华北抗日根据地及
解放区文艺大系

陈　晋　郑恩兵　主编

《晋察冀日报》
文艺文献全编

文艺评论

第一卷

杨程 编

河北出版传媒集团
河北教育出版社

图书在版编目（CIP）数据

《晋察冀日报》文艺文献全编. 文艺评论. 第一卷 / 杨程编. -- 石家庄：河北教育出版社，2023.12

（华北抗日根据地及解放区文艺大系 / 陈晋，郑恩兵主编）

ISBN 978-7-5545-7668-7

Ⅰ.①晋… Ⅱ.①杨… Ⅲ.①文艺－作品综合集－世界－现代②艺术评论－中国－现代－文集 Ⅳ.①I11 ②J052-53

中国国家版本馆CIP数据核字（2023）第043822号

书　　名	《晋察冀日报》文艺文献全编·文艺评论·第一卷	
	JINCHAJI RIBAO WENYI WENXIAN QUANBIAN WENYI PINGLUN DI-YI JUAN	
编　　者	杨　程	
责任编辑	刘书芳　刘　明	
装帧设计	郝　旭	
出　　版	河北出版传媒集团	
	河北教育出版社　http://www.hbep.com	
	（石家庄市联盟路705号，050061）	
印　　制	石家庄众旺彩印有限公司	
开　　本	787毫米×1092毫米　　1/16	
印　　张	23.75	
字　　数	296千字	
版　　次	2023年12月第1版	
印　　次	2023年12月第1次印刷	
书　　号	ISBN 978-7-5545-7668-7	
定　　价	138.00元	

版权所有，侵权必究

丛书编委会

顾　问
陈平原　刘跃进　王长华　李　扬

编委会主任
吕新斌

编委会副主任
彭建强　孟庆凯　刘　月

主　编
陈　晋　郑恩兵

副主编
董素山　向　回　汪雅瑛

编　委（按姓氏笔画排序）
马春香　王少军　田浩军　包来军　吉　喆　刘书芳　刘贵廷
关小彬　杨　程　杨春生　宋少净　张　辉　张川平　赵　华
高露洋　郭义强　阎晓宏　梁晓晓

编纂说明

在中国共产党百年发展历程中，文艺始终是党领导人民开展进步事业的有机组成部分，是党在各个历史时期的中心工作的实时反映和重要推动力量。"华北抗日根据地及解放区文艺大系"，是一部全面展示抗日战争和解放战争时期华北地区党的历史创造、奋斗风采和形象建构的大型革命历史文艺文献丛书，对于深入研究华北地区革命文艺史、红色新闻史，弘扬伟大建党精神、梳理中国共产党人精神谱系，是必不可少的第一手资料，是我们在新时代坚定树立文化自信的重要思想资源。

一、编纂缘起

抗日战争及解放战争时期，华北地处各方政治与文化力量激烈博弈的前沿，这种特殊政治、军事、文化、地理环境中产生的革命文艺，具有鲜明的地域性特征，是五四新文化运动以来的革命文艺发展史上的突出标识。

但一直以来，由于史料文献整理不足，对华北抗日根据地及解放区文艺的研究，始终未能深入，其独特的地域性实践价值和蕴含的文化创新意义被严重遮蔽。这些史料文献主要以党报党刊的形式呈现，梳理汇编这些党报党刊中的革命文艺史料，借之以探索华北革命文艺的发展路径、发展方向、创造机制和创新经验，是深入贯彻习近平总书记关于"把红色资源利用好、把红色传统发扬好、把红色基因传承好""用好红色资源、赓续红色血脉"等系列重要讲话精神的有力举措，也是新时代文艺研究者不可推卸的责任。

2017年6月左右，我们去中国社科院文学所拜访时任所长刘跃进先生，协商合作研究事宜，寻求中国社科院文学所的帮助。请教过程中，刘先生建议我们结合地方特色，做好地方红色文艺文献的搜集整理与编纂出版工作。经过一段时间筹备，2017年底，我们以"河北红色经典系列丛书"为名，正式申报"2018年度河北省省级宣传文化发展专项资金"项目并成功立项，旨在通过选定刊行河北红色经典作品、梳理汇编河北红色经典研究资料、系统阐述河北红色经典发展历史等基础性工作，打造一个集大成式的河北红色经典文献资料库。

项目最初设计共二十四卷，包括六大板块：《河北红色经典史》一卷、《河北红色文艺作品选》六卷、《河北红色经典作家作品索引》三卷、《河北红色经典研究资料汇编》四卷、《〈晋察冀日报〉副刊文学作品全编》六卷、《晋冀鲁豫抗日根据地文艺作品及〈新华日报〉太行版文艺作品汇编》四卷。但在项目实施过程中，我们充分吸收专家意见，认为网络时代和大数据背景下的科研活动有了很大变化，《河北红色经典作家作品索引》与《河北红色经典研究资料汇编》的编纂工作，在当前学术生态中价值不大，并予以取消。同时，在项目实施过程中我们发现，《晋察冀日报》《人民日报》等党报除刊发大量文艺作品外，还有大量记录边区文艺工作者行迹，反映边区戏剧、音乐、文学、美术、舞蹈、曲艺活动与报刊书籍出版发行等各方面情况的文艺史料，以及体现我党文艺方向、方针变化的政策文件与重要领导讲话，是华北地域党和人民对敌作战的重要宣传武器，更是飘扬在华北地区军民心中一面旗帜。这些史料是华北地域革命文艺发生、发展与壮大的真实记录，对我们正确认识革命文艺的特点与历史地位有重要的决定性作用。

为此，我们精心整理了《〈晋察冀日报〉文艺文献全编》《晋冀鲁豫〈人民日报〉文艺文献全编》《〈晋察冀画报〉文艺文献全编》《晋察冀日报社人物志》（共五十一卷），同时收入全国抗战时期和解放战争时期与河北地域相关且被广大群众所喜爱并广泛传唱的红色文艺作品，结集为《河北红色文艺作品选》（共六卷），至此形成丛书目前的五大板块，而且将名称由"河北红色经典系列丛书"改为"华北抗日根据地及解放区文艺大系"，方便以后在此基础上做进一步拓展。

二、地域范围及文艺特质

华北抗日根据地包括当时山东、河北、山西、察哈尔、绥远、热河全部及豫北、苏北、皖北部分地区，分晋绥、晋察冀、晋冀豫、冀鲁豫、山东五大块。1941年，冀鲁豫合并到晋冀豫，称晋冀鲁豫。其中晋察冀抗日根据地作为开辟最早、地域最大、人口最众的模范抗日根据地，是华北抗日根据地的坚强堡垒，牵制和抗击了三分之一以上的华北日军和二分之一的伪军。

在河北及其邻省周边地区开辟与创建华北抗日根据地，是红军长征到达陕北之后党中央迅速做出的重大战略决策。这些根据地地处对日武装斗争最前线，不仅打开了抗战的新局面，成为华北敌后抗战的主战场，而且进行了新民主主义社会的实践探索，对解放战争的历史进程产生了巨大影响，成为我党开辟东北解放区的前进基地和逐鹿中原的战略后方。随着抗日根据地的开辟，延安文艺工作团、西北战地服务团、东北促进纵队干部队、八路军总政治部前线记者团等大批文艺工作者，随同党政干部一道陆续抵达华北，东北、平津的青年学生也纷纷冒着生命危险来到边区。他们一手拿枪，一手拿笔，深入农村与抗战前线，切身体会工农兵的生活，深刻了解工农兵的需求，从而根本上克服了艺术至上主义思想倾向。所以，华北抗日根据地及解放区文艺，既响应了伟大的民族抗战对文学艺术提出的时代要求，亦充分兼顾到广大人民群众的接受习惯和欣赏水平，真实地反映了华北人民火热的战斗与生产生活。很多作者本身就是农民、战士或基层工作者，他们把自己的经历和熟悉的人和事，通过小说、戏剧、诗歌、报告文学、歌曲、绘画、舞蹈等文艺样式记录下来，语言通俗平实，富有生活气息。由于产生于特定时代、特定区域而又适应特定需要，故而无论是题材、语言还是风格，在体现革命大众文艺共性的同时，又具有强烈的华北地域特性。

华北抗日根据地及解放区文艺的繁荣发展，是专业文艺工作者与工农兵群众共同创造的结果。人民群众不仅是革命文艺运动的主导主体、推进主体、受益主体，还是一切成败得失的评判主体。华北抗日根据地及解放区文艺，归根结底，是"以人民为中心"的文艺。

三、学术价值

今天的河北在抗日战争、解放战争时期是晋察冀、晋冀鲁豫两大根据地的中心区域，有着悠久的革命历史传统和丰厚的红色文化底蕴。据不完全统计，抗日战争和解放战争期间，仅晋察冀边区专区以

上就办有报刊四百余种，编印图书五百余万册。如果将这种统计扩大到环绕河北的整个华北抗日根据地及解放区，时间扩展至从中国共产党成立到中华人民共和国成立，数据更为可观。这些红色图书、报刊的出版发行，团结了一大批来自全国各地的著名革命文艺家和专业文艺工作者，其中有大量文艺相关信息，是研究近现代中国革命文艺的重要史料。但因受当时物质条件及复杂局势影响，它们传播范围有限，保存困难，如今已普遍出现老化或损毁现象，面临着消失、断层的危险。

长期以来，由于对抢救、整理和利用红色文艺文献的意义认识不足，现行的科研评价、出版机制亦难以有效刺激科研工作者积极从事老旧报刊等红色文艺文献的系统整理，大量有待整理的红色文艺文献尚未进入学界的视野。特别是华北抗日根据地及解放区的文艺文献，有很多甚至还是学术盲区。如《冀中导报》《救国报》《边政导报》《冀南日报》《团结报》《前进报》《新察哈尔报》《冀热察导报》等各类党报，以及《冀热辽画报》《冀中画报》《北方文化》《五十年代》《新长城》《新群众》《诗建设》《诗战线》等期刊，虽有部分学者对其办报（刊）历程、思想以及传播等方面予以研究，但均无系统的文艺文献整理本。"华北抗日根据地及解放区文艺大系"整理的《晋察冀日报》、晋冀鲁豫《人民日报》、《晋察冀画报》，是当时华北抗日根据地及解放区党报党刊的典型代表，是党的理论和实践同文艺结合的主要媒介和载体，是华北革命文艺重要的传播平台。这些报刊，既客观记录了华北革命文艺的传播与发展，也完整展现了华北革命文艺的特殊使命与风格特征，具有极其重要的史料价值。在此基础上，我们还会将视角延伸到《晋绥日报》《新华日报·太行版》《新华日报·太岳版》等党报，不断地充实这套大型文献史料丛书，以此来系统建构华北抗日根据地及解放区的"文艺史料学"。

四、丛书特色

这套丛书的编纂,主要以抗日战争及解放战争期间华北境内各根据地、解放区出版、发行、制作之图书、期刊、报纸等红色文献中的文艺资料为内容。编纂特色主要包括:

(一)抢救珍贵历史文献,弘扬伟大建党精神。

华北抗日根据地及解放区的红色文献发行于条件艰苦的战争年代,数量少,印制质量粗糙,历经岁月的洗礼,留存下来的品相完好者已经很少,有些到今天已成孤本。这些文献作为特定历史时期和区域的产物,见证了中国共产党领导华北人民争取民族独立和人民解放的伟大历程,反映了华北近代社会的巨大变化,蕴含着珍贵的史料价值和鉴往知来的现实意义,是中国共产党领导的文艺事业、新闻出版事业与意识形态建设发展的历史见证。它们诠释了党的初心和使命,蕴含着坚定的理想信念与崇高的革命精神,到今天仍然具有强大的感染力与说服力,是陶冶情操、磨炼意志,走好新时代长征路的有效精神资源。抢救性搜集、整理与研究这些珍贵历史文献,有利于增强党政干部政治信仰,弘扬伟大建党精神和践行社会主义核心价值观。

(二)文艺与党史密切融合,拓展革命文艺与党史研究的新视野。

革命文艺作品的创作、发表和传播,和党的历史任务和奋斗实践是分不开的。在艰苦卓绝的革命岁月,奋斗前行的中国共产党始终强调,既要拿"枪杆子",也要拿"笔杆子"。革命的文艺工作者,一手拿枪,一手拿笔,深入农村与抗战前线,以人民大众易于接受和欣赏的形式,宣传党的政策,推行党的方针,为中国共产党顺利完成不同历史阶段的中心任务和伟大使命发挥了独特而重要的作用。本套丛书收入的文献史料,主要是抗日战争与解放战争时期党报党刊中的文艺作品与文艺史料,它们鲜明生动地体现了党的历史,党领导人民争取民族独立、人民解放的奋斗历程和精神面貌,从而为学界从文艺角度研究党史和从党史角度研究文艺提供了有力支撑。

(三)作品汇编与史料梳理并行,还原革命文艺的历史场域。

"华北抗日根据地及解放区文艺大系"的编纂,全面辑录华北抗日根据地及解放区党报党刊上刊登的诗歌、小说、戏剧、报告文学、散文、歌曲、版画等文艺作品,并系统梳理当时文艺发生、发展、传播以及社会各界文艺活动的各类消息和报导,同时选编了大量的河北红色文艺作品作为补充。这种文艺史料与文艺作品的配合整理,还原了革命文艺的历史场域,有利于构建对革命文艺的科学认识。

五、丛书内容

(一)《〈晋察冀日报〉文艺文献全编》共三十八卷:

诗歌三卷

戏剧一卷

小说二卷

文艺评论三卷

文艺史料九卷

外国文艺二卷

散文报告文学十七卷

歌曲版画一卷

(二)《晋冀鲁豫〈人民日报〉文艺文献全编》共十一卷:

诗歌一卷

戏剧、小说、文艺评论一卷

散文报告文学五卷

文艺史料四卷

（三）《〈晋察冀画报〉文艺文献全编》一卷

（四）《晋察冀日报社人物志》一卷

（五）《河北红色文艺作品选》共六卷：

诗歌一卷

戏剧一卷

散文一卷

小说三卷

六、编纂体例

（一）整套丛书题材丰富、门类众多，在体裁上不做强行统一。

（二）丛书中所录作品均为当年报刊发表的原文。为确保丛书的文献性、学术性、专业性和资料性，丛书编辑加工的总原则为保持文献原貌，内容上不做改动。

（三）文字的使用

1. 丛书中文字的使用以2013年教育部、国家语言文字工作委员会公布的《通用规范汉字表》为准。

2. 丛书中的古体字、通假字、俗体字，以及所涉及姓名字号、职官地理等专用字，均予保留。

3. 丛书原文字迹模糊残损，但仍可辨认或可依上下文校正，以字外加方框"口"表示；原文缺字或无法辨识，且无法校补，每字以一个方框"口"表示；如无法统计所缺字数，则以"☑"表示。

4. 丛书中数字的使用，保持原貌。

（四）标点符号及其他符号的使用

1. 丛书在不改变原文意义的情况下，将旧式标点改作现行标点符号。

2. 丛书原文中出现代表文字的符号，如"×""△""○""▲"等，保持原貌。

3. 丛书原文中的着重号、专名号等不再保留。

（五）其他

1. 丛书原文中的注释，保持原貌；编者亦出部分注释，供读者参考。

2. 因为原始文献本身产生于战争年代，保存不易，漫漶不清处较多，丛书疏误之处在所难免，希望专家读者批评指正。

七、鸣谢

本套丛书得以顺利面世，要特别感谢中共河北省委宣传部、河北省社会科学院、河北教育出版社的资金支持，以及北京大学陈平原教授、中国社科院文学所刘跃进研究员、南开大学文学院李扬教授、河北师范大学文学院王长华教授等，为丛书编纂提供了多方面的学术支撑；晋察冀日报社老报人及报史研究会诸位老师，中国社科院文学所现代室、中国丁玲研究会、中国现代文学馆各位专家，也在丛书编纂过程中提出了许多建设性意见；院内外的数十位年轻科研工作者，在原文录入和校对方面付出了艰辛劳动，确保了项目的顺利进行。在此一并致谢。

把艺术交给大众（代序）
——祝贺"华北抗日根据地及解放区文艺大系"结集问世

中国社会科学院　刘跃进

由河北省社会科学院文学研究所编纂、河北教育出版社出版的"华北抗日根据地及解放区文艺大系"结集问世，值得庆贺。

文艺是时代前进的号角。1937年7月7日，卢沟桥事变爆发，全面抗战由此而起。广大的爱国知识分子和青年学生，表现出同仇敌忾的民族气节，走出书斋，走出校园，用知识，用智慧，用不屈的精神力量唤醒民众，用实际行动担负起抗日救亡的历史重任。在此后的岁月里，延安文艺和华北抗日根据地及解放区文艺，是中国共产党领导下的两大主体，双峰并峙，展示着那个时代的风貌，引领了那个时代的风气。

随着抗日根据地的开辟，延安文艺工作团、西北战地服务团、东北促进纵队干部队、八路军总政治部前线记者团等大批文艺工作者，随同党政干部一道陆续抵达华北，东北、平津的青年学生也纷纷冒着生命危险来到边区。他们一方面积极创作大量街头剧、活报剧、街头诗、墙头小说、木刻版画、歌曲、舞蹈等革命文艺，开展抗日救亡宣传运动；一方面也通过开办文艺干训班，开展各行业、各阶层甚至全民的文艺创作与评选活动，吸引工农兵群众加入文艺队伍，掀起了"晋察冀一周""冀中一日"等具有深化性质的群众写作运动，以及"创造模范村剧团""穷人乐"等群众戏剧运动，为晋察冀文艺史添上了浓墨重彩的一笔。

说到这里，我想起2009年参加《北平学生移动剧团团体日记》捐赠仪式的一段往事。从1937年到1938年，在中国抗战史上唯一以大学生组成的"北平学生移动剧团"在长达一年半的时间里，历尽艰难，转辗于国民党第五战区的各个战场，演出话剧，创办报纸，宣传抗日，鼓舞斗志，谱写出响彻云霄的时代赞歌。移动剧团的成员每人一周轮流记述，用日记形式记录了那段不平凡的岁月，《北平学生移动剧团团体日记》就是这部历史的记录。它不是写给个人看的私密记录，也不是为将来面世扬名。作者完全出于一种历史责任，真实客观地记录了那段鲜为人知的历史，体现出强烈的史家意识。日记封面上有这样一段题记，"北平学生移动剧团·愿我永恒·中华民国二十七年二月二十三日始·璧华"。孤立地看这部日记，也许没有什么轰轰烈烈的战斗业绩，也没有什么感人肺腑的情感纠结。客观、平实是它的本色，正是这种本色，为那个历史年代留下一段真实。"北平学生移动剧团"的抗日活动，是文艺工作者投身抗日洪流中的一个历史缩影。

随着抗战的胜利，察哈尔省会张家口解放，晋察冀文协、晋察冀剧协、晋察冀音协、晋察冀美协、晋察冀通讯社、晋察冀边区剧社、晋察冀日报社、晋察冀画报社等文化团体随中共晋察冀中央局和军区领导先后开赴华北根据地，一大批文艺工作者也随之来到华北，开展丰富多彩的文艺活动。他们坚持毛泽东《在延安文艺座谈会上的讲话》中指出的方向，一手拿枪，一手拿笔，深入农村与抗战前线，既为切身体会工农兵的生活，也为深刻了解工农兵的需求，从而在根本上克服了自身相当普遍和严重的艺术至上主义思想倾向，为工农兵而创作，为工农兵所利用，以人民大众易于接受和欣赏的形式，普遍写人民大众的生产战斗故事。譬如左翼作家邵子南，于1938年10月随西战团到晋察冀，主持战地社日常工作，主编《诗建设》；1943年整风运动后，他到阜平任小学教员，在反"扫荡"中与群众、民兵一起转移、战斗，还直接在五丈湾跟随李勇的游击组对日寇展开地雷战；1944年5月随团回延安，在鲁艺任教，后调陕甘宁文协搞专业创作，开始大量创作反映晋察冀边区生活的小说。他以亲身体验为基础创作的短篇小说《李勇大摆地雷阵》（后改为《地雷阵》），运用阜平农民群众的语言，以口语化方式讲述了爆炸英雄李勇的抗日故事，明显吸取了民间说唱文学的优点，特别是在白话叙述中还插入不少快板式的韵白，更适合群众的喜好，因而在当时广为流传，家喻户晓，起到了很大的宣传鼓动作用。其他作品，如《荷花淀》《太阳照在桑干河上》《漳河水》《赶车传》《王九诉苦》《孟祥英翻身》《新儿女英雄传》《白求恩大夫》《我的两家房东》《穷人乐》《李殿冰》《戎冠秀》《没有共产党就没有中国》《团结就是力量》《没有土地的人们》《白毛女》等，都是成功的文艺典范，在现代中国文学史上占据比较重要的位置。

在华北抗日根据地及解放区的文艺创作成果中，还有数以万计的文艺作品和极具研究价值的文艺史料刊发在根据地及解放区所办的报刊上。很多作者，本身就是农民、战士或基层工作者。他们把自己的经历和熟悉的人和事，通过小说、戏剧、诗歌、报告文学、歌曲、绘画、舞蹈等文艺样式记录下来，语言通俗，富有生活气息。人民既是历史的创造者，也是历史的见证者；既是历史的"剧中人"，也是历史的"剧作者"。让故事中的人物自己编词、自己表演的创作方式，很好地反映出人民的心声，并让人民群众从生动活泼的艺术作品中得到教育，这确实是一个成功的尝试。

配合党的中心工作，"把艺术交给大众"，通过文艺唤醒大众，这已成为华北文艺工作者的自觉意识。他们积极响应伟大的民族抗战对文学艺术提出的时代要求，充分兼顾到广大人民群众的接受习惯和欣赏水平，创作了大量的作品，真实地反映了燕赵儿女火热的战斗与生产生活，起到了良好的宣传教育与鼓动激励效果。刘萧无编排新闻报道剧《李殿冰》，编剧与演员一起住到李殿冰家里，以便于熟悉主人公的生活，搜集真实生动的群众语言，还模仿他们的动作，理解他们的心理，甚至还让主人公李殿冰等直接参与剧本的修改和编排。描写群众的生活，邀请群众参与创作，这是当时文艺工作者走群众路线的生动体现。该剧演出后获得当地老百姓的极大赞赏，鲁中实验剧团还专门学习该剧的创作方法，创编了三幕五场话剧《过关》。艾思奇《前方文艺运动的新范例》更是誉其开创了前方文艺的新范例。抗敌剧社的《王老三减租小唱》、冀中火线剧社的话剧《我们的母亲》，也都具有这种特色。

这些文艺作品，可能略显仓促，有的甚至急就于战火中，所以在素材提炼、人物形象塑造以及语言的使用、细节的刻画等方面还有很多不足。但是，这不是一般意义上的创作，而是燕赵大地为争取民族独立、人民解放的集体记忆和行动号角，是中国革命事业的重要组成部分。华北抗日根据地及解放区的文艺，有很多这样未经沉淀的纪实作品，不管其艺术性如何，但在发动群众、组织群众、铸就抗击日寇和国民党反动派铜墙铁壁方面，发挥了无可替代的作用。20世纪五六十年代，河北地区涌现出大量的红色经典，便是华北抗日根据地及解放区文艺的传承和发展。

2017年6月，河北省社科院文学所郑恩兵所长来京与我们协商合作研究事宜。我根据所了解的信息，建议他们结合地方特色，做好地方红色文艺文献的搜集整理与编纂出版工作。"华北抗日根据地及解放区文艺大系"就是那次商讨的成果。全书由五个部分组成：第一部分为《晋察冀日报》文艺文献全编，第二部分为晋冀鲁豫《人民日报》文艺文献全编，第三部分为《晋察冀画报》文艺文献全编，第四部分为晋察冀日报社人物志，第五部分为河北红色文艺作品选。全书收录各种文体的作品六千余种，包括小说、诗歌、文艺评论、戏剧、报告文学、散文、文艺通讯、美术、书法和音乐、文艺史料，还有文艺信息、文艺广告，基本涵盖了华北抗日根据地及解放区的文艺创作情况，具有很高的研究价值。

时值中华人民共和国成立七十五周年之际，我们有机会阅读这部皇皇五十余册的"华北抗日根据地及解放区文艺大系"，更加深切地感受到新中国的建立真是来之不易，她是无数条战线的可歌可泣的人们不懈奋斗的结果。在这样一个特殊的日子里，我们感念当年那些有名无名的作者，感谢参与整理工作的学者，当然，更要感激我们这个伟大的时代。

目录

怎样演戏 …………………………………………………… 1
关于街头诗 ………………………………………………… 6
谈报告文学 ………………………………………………… 9
关于街头剧 ………………………………………………… 11
谈谈街头剧 ………………………………………………… 15
作家与语言 ………………………………………………… 21
作品与通俗 ………………………………………………… 26
行动的街头诗与政治的煽动诗 …………………………… 30
对行动性的墙头(街头)诗的一点意见 ………………… 33
开展边区的戏剧运动 ……………………………………… 34
高尔基论诗 ………………………………………………… 37
论旧形式及旧意识 ………………………………………… 38
反映边区实际生活 ………………………………………… 40
鲁迅和新文字 ……………………………………………… 42
文艺创作应该跟抗战的中心任务打成一片 ……………… 43
这里的进步 ………………………………………………… 44
边区的诗运 ………………………………………………… 46
政治时事和艺术 …………………………………………… 48
广泛发展抗日的文化运动 ………………………………… 51
纪念高尔基与我们的文化运动方向 ……………………… 53
让新年的街头活跃起来吧 ………………………………… 56
关于《婚事》的演出 ……………………………………… 59

怎样才能写好通讯	60
《母亲》《婚事》《日出》三大名剧公演以后	63
儿童文艺的创作	66
"民族形式"问题	69
关于墙头小说	78
略论列宁主义的文化观	80
读《"民族形式"问题》后	84
关于"秧歌舞"种种	90
"接受遗产"问题（提要）	96
从"秧歌舞"谈旧形式	99
关于《关于"秧歌舞"种种》	107
鲁迅和孩子	111
给孩子们的信	112
略谈儿童戏剧	114
评大后方"音运的退潮"	116
歌词写作的一般问题	118
对于目前作曲上的一些意见	122
现时我国文化教育的道路	125
目前边区文艺工作者努力的方向	128
迎接"五四""五五"加强马列主义政治和艺术学习	132
秧歌舞	136
怎样写街头诗	145
关于诗的言语	148
把木刻艺术更深入到群众中去	150
画头	152
关于连环画《李铁牛》	155

鲁迅论中国美术遗产问题 157
壮健性 158
纪念高尔基 161
铁的文艺和铁的子弟兵 164
介绍《带枪的人》 166
我看过的《带枪的人》 169
论当前边区的新文字运动 173
关于"列宁"的表演 177
写小说 181
我们要求洗练的剧作 185
街头诗运动三周年纪念 188
谈田庄剧与《跟着聂司令员前进》 190
目前文艺创作上的几个问题 193
街头剧随谈 196
论战时的英雄的文学 198
评《大家说》 201
角色的认识 204
高尔基论怎样写文学作品 207
我对于乡村和部队艺术运动的感想 210
给初学作曲者 213
关于创作"烈士传记"和"英雄传记" 216
为创造模范村剧团而斗争 218
《前哨》演出的意义 223
略论《前哨》的演出 227
建立新的审美观念 232
文艺批评之旗（杂感） 235

谈谈对敌宣传画的制作 ……………………………… 237

文学上的一次战斗 ……………………………… 240

悲哀及其他 ……………………………… 243

怎样解决男扮女装的问题 ……………………………… 245

《晋察冀文艺》创刊号读后感 ……………………………… 251

怎样来进行文艺批评 ……………………………… 254

培养部队中的文艺作家 ……………………………… 256

谈文学的语言 ……………………………… 259

肃清新闻工作中的党八股残余 ……………………………… 262

写小故事 ……………………………… 264

化装随谈 ……………………………… 266

《晋察冀戏剧》读后 ……………………………… 268

妇女·文学 ……………………………… 270

看过《晋察冀画报时事专刊》以后 ……………………………… 273

把文化工作推进一步 ……………………………… 276

读班威廉先生《我怎样来到边区》后感 ……………………………… 279

对创作连环图画说述几点意见 ……………………………… 282

"艺术节" ……………………………… 288

我们的宣传 ……………………………… 289

艺术字商榷 ……………………………… 291

保存"艺术" ……………………………… 294

形象、想象 ……………………………… 296

秧歌舞的化装 ……………………………… 298

对于部队剧社工作的几点意见 ……………………………… 301

广泛培植部队文艺工作者 ……………………………… 304

我们所希望于部队文艺的 ……………………………… 307

得呢？失呢？（杂感）	309
对死者的记忆	311
文艺的绿芽	312
《晋察冀美术》读后	315
《冀中一日》以后	317
怎样阅读文艺作品	321
田庄演出与开展乡村剧运	324
影响和提高	327
孩子们	330
我对于目前文艺上几个问题的意见	332
对于当前文艺诸问题的我见	343
鲁迅对于左翼作家联盟的意见	348

怎样演戏

予里

> 戏剧在抗战中是最能深入群众的宣传工具。边区的戏剧运动也正在蓬勃地生长着,但是普遍地都感到这一方面的书籍太缺乏了。无论是剧本,或者是关于导演和演员技术问题,因了这个迫切的需要,本报特请予里同志写了这篇东西,以供参考,对于边区戏剧的开展上,是不无小补的吧!
>
> ——编者

中国的话剧运动,自抗战开始,又形活跃起来。尤其现在的话剧运动,已经从都市到农村里来了,这是一个可喜的现象。

但是因了过去话剧的被社会忽视,它始终是在旧戏的压制下而得不到一席地位,也就因此中国的从事话剧运动的技术人才便被埋没了,而且占极少数。

现在,话剧广泛地在农村中演出,是极度地感到剧本荒与导演、演员的缺乏。我们看到了许许多多爱好戏剧的青年,而且他们愿意把这演戏工作当作一个宣传的武器,他们将献身到舞台广场上去,把伟大的抗争的史实和日寇暴行、汉奸的丑态与阴谋,用着集体的有组织的方式表现在广大的观众面前。但是,要把故事的真实表现出来,要把战士的英勇精神和日寇种种丑恶残暴的行为逼真地暴露在观众眼前,也不是一件容易的事。谁都知道,一个演员要多体验人生,而现在农村中从事话剧工作的同志们,多数是有血性的青年朋友,他们很少是在社会上有丰富经验的,但是他们要演戏、要工作。这里,笔者很愿把演员的基本表演术略为说说,因了篇幅关系,这是很不够的,不过作为一个参考而已。

做一个话剧的演员，首先是要把所要演的剧情了解了，尤其在你所扮演的角色，深切地知道了他在本剧中的地位、身份和个性。这个个性，在扮演的演员了解后，即把握住他。能够把剧词读熟了，时常去想象剧情，想象那一个故事的演变，自己能够时常地和剧中人化成了一个。然后，再经过导演的改正，依着导演所指定的位置去排演，演员是应绝对地听从导演的指挥，就像战士听从指挥官的命令一样。

在平常的时候，演员是应当不辍地在学习、训练，应当常常地注意到社会上各阶层的不同样的人物，由一般的再去找典型。终日里在模仿他的动作、言行，各个阶层、各个性格的人物是绝对不同的，假若你仔细观察就会得到这宝贵的知识。记得世界上最有地位的大明星卓别林，他在伦敦一个公园门口坐了三年，在那儿看来往的行人，回家后就学习，所以他在影界里能有这样地位，能把人生很深刻地表现出来。我们在当前虽不能像他那样花费很长的时间，至少我们也不能放过去一小会儿的时间。我们研究性格、研究态度、研究服饰，还要仔细看他面孔上肌肉的组织、面部的表情。假若一个人正适合你所要扮演的那个角色，你就会相信观察的重要性了。

我们看到社会上的人物，以戏剧工作者的眼光，去把他们大约分成五大类：忠厚、阴险、滑稽、庄严、侠义。自然还有一些小派的分别，如疯狂、呆傻、流氓等。各个派别的人物，还因了年岁的不同，而所演出的表情也就不一了。这里我们再以戏剧工作者的眼光，把一般表演术分成四类，如声音表情、姿态表情、面部表情和内心表情。这四种表情，虽则经笔者把它们分开了，但它们很有密切的联系性，尤其在演戏的时候，必须配合得当，恰到好处，不能过火，也不能不及，要的是真实、生动，使得观众看不出你在演戏，使得观众为你演出的剧情悲欢的情节而悲欢，剧中人心里在不可抑制地难过的时候，演员与观众都要流下泪来。

这里，先谈谈声音表情，最要紧的是读台词，自然也有一些歌唱、哭泣、欢笑等。一个演员应当很好地保养嗓子、训练嗓子，经常地练习发音，把每个字音咬得很清、正确，同时把每个音阶的高低长短，用很好的时间来训练。做话剧的演员并不像旧剧每天早晨吊嗓子，而是像音乐家一样的在饭后二小时左右练习发音，用丹田发出很洪亮的各个音调，并且要能把一个很喜欢读的剧本，作为练习说白的蓝本。整个剧本中的高潮波浪划分出来，再把每句话中的每个字音长短高低划分了符号，然后再依照这些标记去朗读说白。记得余上沅的一本戏剧概论里写过一个导演考试女演员，详细我已记不清了，只是三个字："这里来！"在这同样的三个字里，表现出许多不同的情节。例如：一个母亲看到她自己亲生的孩子在马路上，汽车忽然来了，她叫孩子道："这里来！"假若这孩子不是她亲生的，又用什么口吻呼唤？一个女人看到她久别的丈夫回家了，自己说不出的快乐去叫他孩子："这里来！"一个女人的丈夫被穷苦逼死了，在债主走进门时，她指着死去的尸体向债主道："这里来！"在这三个字里，还有很多别的呼唤方式，才学习表演术的同志们，不妨作为一个练习。依如此类的许多说话句调，除了去捉摸剧中人的身份与个性，再去多学习社会上各个人物的腔调语气。

姿态表情，可以分为手、足与臂的表情，在这些动作上，要分出各阶层性格的人物特点。

一个老年人，普通的走法，他的步子是在很笨重地踏着地面，但又不稳固，腿是曲篓的，腰也大部变曲，尤其过于劳动的人们，手多是颤抖，身壮的青年则完全相反。在人的身份上又有不同，工人多半是英勇坚强，步伐有力而又稳固；青年走路多轻快；富人和有身份的官僚则有些迟缓、平稳；呆傻子的步子是托着脚走；胆小的人很多脚尖……向内；正直忠厚的人则脚尖稍向外，或平行的；心胸宽大或目空一切的人则脚尖向外跛；……

手与臂的表情，可以表现出内心的一切。手指是代表人的心灵的悲欢，它和眼睛的表情能够密切地联系起、配合起，而且很恰当、很有力，则是一个演员很成功的地方。假若你很难过，把手搔头，抓抓胸部；假若你在祈祝，两手拳起，头向上空；假若你在愤怒，拳紧握起，向着你仇视的目标，瞪着；假若……

手与臂与腿脚的表情很多，演员应当经常注意到人生活中的一切动作，而去学习。

关于面部表情也很多，头发、耳、目、口、鼻、眉都是各有表情的，在不同身份、不同性格、不同工作中都有分别、有变化的。就最重要的眉、目、嘴来略为谈谈。在惊恐的时候，眉高举，目大睁，嘴亦张开；在悲哀的时候，眉紧缩，眼角向下，嘴角也下垂；欢笑的时候，眼睛眯缝成两条线，嘴也咧开；想着一件事情，眼珠随着你的思想去转动一周。自然在表情里还有喜怒哀乐各种分别，在笑中又有大笑、微笑、狂笑、冷笑、打哈哈、情笑等二十余种，哭中还有悲、哀、痛、号等哭法。哭和笑在一起的表情、哭和愁在一起的表情，都是要经常地练习与研究的。在狂笑时要用力把胸中的气有节奏地吐出，哈哈地抽动得肚肠子疼，以至粗脖子红脸，笑不可止。微笑嘴角稍咧，情笑嘴角稍咧眼亦眯缝着。哭的时候，闭着嘴，由鼻孔有节奏地吸气，即是抽抑，目注视一个目标，眼不动也可以流泪，则出一点声音。再进一步的时候，用嗓子噘出声音而停止流泪，谓之于号。眼睛的表情还有注视、斜视、情视、窃视、怒视、呆视……许多分别。面部的表情也很多，应当把它分出许许多多的类别来，再加部分的分别的研究去。

内心表情最为重要。虽在动作上已能做出那个架子了，但是演员的内心如不为剧情所感动，则难以感动观众，所以关于内心表情，是首先要把演员的感情给以丰富的充实起来，多读些文艺作品，多看些好的戏剧，仔细研究故事的结构，自己随时都要走进故事里去，这样演悲戏不哭时观众也会流泪的。这个修养是要做文艺工作者必须培植的。

因了篇幅限制，许多文字不能写出，不能详为解释，只给初学演剧的同志在表演术上一点参考。这点点的贡献，是很惭愧的，还是请大家在人生中多去体验吧。

附记：这篇文字是在临行前夜为抗敌剧社同志赶写出来的，太简短了，希望对此道有研究的同志们给以补充。

七月二十二日于五台山麓

（《抗敌报》1938年7月27日）

关于街头诗

史塔

一、街头诗在陕北

街头诗（墙头诗），就是要把诗歌贴到街头上、写在墙头上，给大众看、给大众读，引起大众对诗歌的爱好，使大家也来写诗。这不仅是要利用诗歌作战斗的武器，同时也是要在不断的实践中，来求得诗歌从学校里、课堂上、文人的会议席上、少数的知识分子中解放出来，使之真正的大众化，成为大众的诗歌。

街头诗在陕北（陕甘宁边区），现在已经成为一个运动，在陕甘宁边区文协战歌社与战地社发动之下，他们在八月七号的一天，发表了街头诗歌运动宣言，而且是大量地把诗歌贴到街头上、写在墙头上了。

照那一天的情形看来，在首先取得人们对街头诗的承认这一点上，是完全可以做到的。因为篇幅关系，我现在这里来抄两首陕北的短的街头诗，以作介绍。

假使敌人来进攻边区

假使敌人来进攻边区，
我们应该跟着——
边区的
旗帜，
首长的
指挥，
站到大队里头，

照毛主席所说：

"坚持持久战斗！"

——田间

毛泽东同志

你们看到——

毛泽东同志吗？

延安的工人

能告诉你们，

他的儿子

——被毛主席的手拥抱过，

而且对他的儿子说过：

"长大呵，

做一个

胆大的边区自卫军！"

——田间

这两首诗也是那天贴在街头上的。这两首诗本身的形式好坏？是否适合于大众口味？当然要根据大众对这诗的反映来说，我们现用不着无根据地空洞地来讨论。同时街头诗，不过还是刚产下地的婴儿，只要诗歌工作者们，能加意地拿心血来培养，它是会健康地成长的。

二、行动的街头诗与形式

我们的街头诗，不用说都会了解到，它绝不是所谓"诗人"在象牙塔里低吟慢唱的"诗"，而是参加在大时代斗争的行动里面的人，奏出的大时代群众的行动的旋律；同时又是正确地指导群众的行动的，故我们的街头诗是需要充满着行动性的行动的街头诗。

至于在我们写街头诗歌的时候，应当注意到我们是在写诗。拿前面田间的《假使敌人来进攻边区》来看，在含义上讲，它是具有相同于政治口号与标语的意义，然而它不是"口号"与"标语"，而是属于诗；且是新诗，是有一种特殊形式的，利用"旧瓶装新酒"；用旧的民歌民谣的形式来写，我们是赞成的，但不要忘记了"批判地、选择地、带创造性地接受优良的遗产"，负起"在旧的基础上开拓新的形式，创造明朗通俗口语的任务"。

三、边区的诗歌工作者到街头去

在目前一切应该服务于，而且已经服务于抗战，诗歌当然也一样。处在敌人远后方的我们晋察冀边区，同其他的地方来比较，更直接处于战斗环境，因此也就更需要诗歌工作者的努力，来写诗——尽力用大众的语言写，来鼓励战士，来教育群众。但我们所处的环境，纸张印刷困难，不说出诗集，就用传单式来印刷也很不容易，所以我们希望：不仅要写诗，而且要写街头诗，到墙头上去写。同时更要来响应陕北，广泛地展开伟大的抗战的街头诗歌运动。

晋察冀边区的诗歌工作者们！到街头上去口"写吧！抗战的，民族的，大众的；唱吧！抗战的，民族的，大众的。"

（《抗敌报》1938年10月26日，《海燕》副刊创刊号）

谈报告文学

东方

战斗时期中的一年，可以抵过和平时期的十年、百年的变动。在民族解放战争的这样急剧动荡的时代，每一个生活在这时代的洪涛里的文艺工作者，要抓紧每一具体的事实，把它反映出来。像托尔斯泰一样窗明几净地来写一部《战争与和平》，现在是不可能的；像高尔基一样来写《四十年》，也不是马上实现的问题。要迅速地把一个战斗、一个事件，艺术地报道出来，一方面要根据现实的事实，一方面又要有艺术的含蓄，这个，就使得"报告文学"在今天的战争情况的狂风暴雨中，成为了有力的形式！

要写报告文学，必定要生活在战斗中。报告文学的写出，一定要有事实的根据，这是先决条件，没有这点，将不是"报告"，另一方面因为是"文学"，所以又要具备报告的艺术性，两点凑合起来，才能够成为"报告文学"。报告文学者要在战斗里去找内容，要在战斗的行动中迅速地表现出来，"不能等待事变以后若干时间才去写，若是失掉了这种敏捷的机能性，它就忽视了报告文学者的主要任务"。

报告文学者和新闻记者及作家都有不同，但却又要具有两者的特长，要具有一般新闻记者的灵活的采访技术，还应当具有作家的充分的艺术表现能力。但它不是新闻记者的纯客观的报道，必须加上自己主观的认识和感情；也"不是一般作家的凭借经验丰富的想象，与借形象的思维来创造典型，它的艺术任务是要依诉于事实的渲染和分析"。报告文学是不怕渲染的，我们不能纯按原来的事实，应该批判地把好的写来比原样还要好、坏的比原样还要坏，"把汉奸的无耻写得更加无耻，把日本帝国主义的横暴野蛮，写得更横暴野蛮，这并不是故意夸张，这是艺术的煽动力量"。要这样，才能把自己的报告写得生动、活泼，传出事实的真相来。

　　报告文学，应该是短小精悍，而富有多面性的，尽可能要有"从一粒沙看到世界"的深远广大的含蓄。"在我们一般的概念中，报告文学多少是采取速写、特写、通讯、访问记、视□记这类形式"，是一种短小精悍、新鲜活泼的文学式样。

　　为了时间和精力，为了适合伟大时代的跳动着的脉搏，报告文学无疑的是要迈开大步地向前发展的。

（《抗敌报》1938 年 10 月 26 日，《海燕》副刊创刊号）

关于街头剧

新録

一、街头剧的任务

自从"戏剧从舞台搬到街头去"的口号提出以后,全国的戏剧工作者,都集中了一些力量来做这一工作,街头剧遂在全国各地,成为一个运动而澎湃起来。

街头剧之所以能如此广泛地开展,并不是偶然的,实在是因为在目前的民族解放战斗的时代里,有着这样的要求,和街头剧的本身又有它的独特的力量的结果。

巴尔扎克曾经赞扬文学的力量,这样说过:"在拿破仑的宝剑所不能到的地方,我将用笔来达到他。"唱歌的人可以把这句话引申出来说:"在巴尔扎克的笔所不能达到的地方,我们可以用歌声达到它。"而戏剧呢?我们说它是在歌声不能达到的地方也能达到的,特别是大众性的街头剧,它将是一个深入民间的有力的工具。拿破仑的剑不能伸展到世界的小角落里面去,巴尔扎克的生花的笔也不能把文字写在文盲面前,歌唱的声音,不一定是老百姓都能听懂的——当然将来我们世界里的歌声,将是每个都能唱、都听得懂的——戏剧是表现一个活生生的现实的具体的事实,不必要旁的陪衬,任何一个乡僻落后的老百姓,都能够了解一个活的故事,更何况是大众化、群众性的街头剧,更接近于老百姓的生活,剧如果演得好,老百姓一定能够悟出,在活的故事中给他们的指示来。

因为街头剧的力量的伟大,所以它担负的任务也就更重要。在"抗日高于一切,一切服从抗日"的原则下,街头剧应该担负起不仅到广大群众中，而且要到巴尔扎克的笔、歌者的歌喉，都不能到达的角落里去的使命。它的任务不光是宣传，而且是鼓和动。

二、街头剧剧本的创造问题

由于街头剧的历史还很短，所以在剧本的创作上，还没有很好的成绩，像现在流行全国的《放下你的鞭子》（这剧本是左明、赵铭彝等几人最初集体作的，在各地方因时地的不同，有很多修改）确然是一个杰作，但却不多见。而且街头剧专门靠剧本来上演，那是一定要遇到许多困难，始终是不妥当的。因为街头剧的演出，不一定是剧团，任何一个宣传队、学生工农群众团体，在某一个行动需要它来帮助时，也可以随时演出。由于时空的不同、地域的不同、任务的不同，一个剧本不能在各个不同的时空（，地）上演。从地域不同上讲，在农村里演的不一定能在都会也一样上演；对工人演的，不一定能够于农民也适宜；在上海滩演的，在晋察冀来就未必能收同样的效果。从任务上讲，比如今天的课题是发动群众游击战争，明天是动员新兵入伍，后天也许是发动慰劳伤员，由于任务的变动，专靠一个或几个剧本一定不中用，因此自己制作基本是非常必要的，而且往往要非自己制作剧本不可。

剧本的创作技巧上的问题，只要无原则的错误，倒不会有什么了不起的缺憾。怎样创造的问题，我以为应该把握住三个原则，就是对环境的估计、对观众的估计以及对任务的估计，据此来确定内容和形式，制作起来最好是集体的，或者由大家决定了由一个人起草说辞，或者彻头彻尾地由大家来共同地配合都是可以的。

三、街头剧的演出

街头剧的演出，它不能像舞台戏一样得精工细致，有物质条件的帮助，也不能漂流浪荡地像走江湖的卖艺者的不合理的胡闹，然而它必须要有舞台戏的简洁和深刻，也必须要有江湖艺术的群众性。

首先，在这里我们注意到的是街头剧和舞台剧的不同。舞台有幕可作凭借，观众是只从一面来看的，这样装置配备是非常便利，但是街头剧就索性地打破了这面盾牌，打通了舞台上的一切幕以及其他的装置，在四面或者三面都是观众的当中来传达剧情，一切表演都要了解到四周都是看客，不如舞台上的可以随便了。

第二，我们要顾及到地理的问题、对象的问题以及我们所演出的剧情的感化性和鼓动性的问题。就是我们要考虑这是什么地方、他们的生活情形以及他们的文化程度等等，使我们所演出的剧能恰合观众的口味，那我们才能够收到应得的效果。

第三，演员群众化的问题。我们所演街头的剧，是大众化的剧，是群众性的剧，我们要随时和群众打成一片，使群众的情绪，能和我们的情绪一样抑扬愤慨，不要常常觉得自己是在演剧，与群众不同，这样，往往会使街头剧受到影响的。

第四，街头剧由于它本身任务的关系，它不仅要担负宣传鼓动的任务，而且要把组织工作尽可能地担负起来。只要配合得适宜，对这工作的担负是可能的。

除此以外，街头剧的演出当然也要注意到其他演剧一样的技巧条件，这里不再"啰嗦"了！

四、一条尾巴

街头剧的基础到现在还是不很好，而内容也还不很丰富，但它是时代的产物，是社会向戏剧提出的要求，它是必然有着辉煌的前途，而且将来也必然会向着更高阶级发展的。

现在的街头剧，它不仅应是戏剧工作者演给老百姓看的，而且应该是广大的群众自己的剧，它不仅应该是大众化群众化，而且应该是大众的群众的。自然它在现在是不是能够马上做到，还是问题，但我们可以断言，它必然是向着这个方向，而且一定要走到这个方向的；做到的程度如何，那要看主观的努力如何而定。我们希望边区的戏剧工作者、宣传队以及一切群众工作者，能把街头剧作为一个工具、一个运动而有力地利用和推动起来。

(《抗敌报》1938年10月30日)

谈谈街头剧

鲁萍

一、为什么要有街头剧

提起街头剧来，虽然在我们处在敌人后方的边区看来还不是什么普遍熟悉的东西，但无论在边区戏剧工作者中间或艺术的领域里，它已经不是一个新的名词了。

关于戏剧大众化问题的提起，几年以前就曾经在中国文坛上被我们关怀大众的作家们提过了。当时大众的"蓝衣剧"也曾经在实践中进行过初步的尝试，然而由于各种客观原因的阻挠与作家主观努力的不足，和对于这一工作自信力的薄弱以及象牙之塔中的"斯文"的作家们的蔑视，终于没有能够成为一个群众的运动而普遍广泛地发展起来。今天大众化的街头剧得以被重新提起而且开始实践地走到了街头成为一种普遍的群众的文学运动，不是没有理由的。

目前急剧发展着的民族革命自卫战争的形势，不仅要求每个战士拿起自己的来复枪向着敌人发射，同样也要求我们的作家、诗人、艺术家将自己的武器对准敌人，站在自己的岗位上为全民族服务。就是说，战争要求我们把侵略者的残暴无耻用我们的笔告诉民众，也要求我们把自己为祖国的独立自由与中华民族的解放而英勇胜利地斗争着的英雄们和那未来的胜利与光明的前途报告和启示给民众，更要求我们以活生生的斗争的现实生活的内容以艺术的手法去煽动民众和组织民众，从而提高民众的抗战情绪、胜利的信心，以使他们从政治的觉悟进而走到积极地参加斗争的实际行动，这就是今天艺术文学的基本任务。

戏剧在艺术的领域里是最直接和最能启发与教育群众的一种表现形式，它综合一切言语、音乐、舞蹈、雕刻等艺术的各部门而给以最直接与最现实生动的表现。伟大、天才的艺术家高尔基曾经特别强调地指出了戏剧对于群众教育的特殊意义不是没有原因的。

戏剧艺术的特点，就在于它能够不但使有教养的知识阶层，而且也使广大无知的工农大众也能了解和从他们现实的生活经验证明它的真实，这是以文字为主要表现手段的文学作品所不能做到的。但是过去的所谓戏剧，无论在内容方面以及表现的形式方面都是仅仅适合于具有一定文化水平的阶层的私有物，对于广大落后的群众依然是不适合而且也不能适合的。即使在今天抗战形势的要求下，把它整个地搬到街头不仅不会有大的收获而且也没有可能。为了适应目前抗战形势的要求，所以我们有将崭新的内容与崭新的似乎非产业时代的手工业式的素朴的，然而又是进步的大众化形式的街头剧，交给我们文化水平低落的素朴的广大群众的必要。无疑地街头剧在今天将在民运工作上给与它应有的贡献，这是现实的要求，从而也将被现实推动着向前发展起来。

二、街头剧之史的考察

首先，街头剧是一个什么东西？或者说怎样的东西应该叫作街头剧呢？这是一个先决的问题。无疑地，街头剧既然是一种戏剧，既然是戏剧艺术领域里的一种特定的形式，那么戏剧的一般的性质与一般的定义和条件依然是适用的，就是说它依然是各种艺术的个别部门之在一定的空间上的综合的与集体的协作之表现。这一戏剧的规律是不能而且也不应该变动的，否则就不称之为戏剧。然而街头剧是否与一般的所谓舞台剧有区别呢？不待说是有的，街头剧是具有着它本身的特点的。所谓街头剧，就是以戏剧中之最简捷灵活的形式将最充实、丰富、紧张与生动的广大群众自身生活中的现实的斗争内容的一片段在无论任何场所的露天之下向广大群众演出的一种流动的小型戏剧，这就是街头剧的特点。要了解街头剧的真正面目，首先必须对于街头剧之在戏剧中的一般性与街头剧本身具有的特殊性这一问题的两方面有明确的认识，才能正确地理解街头剧。

在把街头剧这一问题的概念弄清楚以后，我们认为有根据上述的规定而进一步地研究街头剧的历史的必要。关于街头剧存在的历史这一问题，在今天似乎还很少听到人们谈论。一般地说，也许被人认为是在今天抗日民族自卫战争的客观环境中产生出来的，或者更早些认为是不久以前才被提出来的一个问题。但是如果我们稍微向着包围在我们周围的社会生活中观察一下，或者将我们童年时代的生活回忆一下，那么我们就会知道街头剧这个东西在它本身没有被人们提起以前，早已在我们生活着的社会生活里实践地活动着了。而且实际上我们之所以把它当作一个问题提起，正是因为它是早已在现实生活中存在着的一个东西，像农村中所流行的一些秧歌、高跷、抬杠和社火，这类在农民的庆祝的节日中被农民自己表演的东西，难道不就是一种街头剧吗？因而我们可以断定，街头剧是早已在我们社会生活中存在的一种东西。自然，我们不是在这里做考究，所以存在的历史究竟有多久，我们是不能确定的，但是从这些东西的带有浓厚的庆祝收获的原始的单纯主观的娱乐的舞蹈性质看来，它已经不是近代史上的产物，是可想而知的。

然而这种街头剧与我们今天所谈的街头剧，同样是有所差异的，前者的内容和形式都已经不能适合今天抗战的新的历史形势的要求了。过去的街头剧，我们可以说是与当时的腐败的社会意识形态相紧密地联接着的，它在今天民族革命战争的进步的意识形态上讲，是落后的反动的，是迎合社会的低级趣味的尾巴主义的。从而它在今天已经丧失了教育的意义。我们今天的街头剧是以新的内容与新的形式出现在大众面前，虽然一般地说，它依然是街头剧，虽然与过去历史上的街头剧有共同的性质，但绝不是旧街头剧的重复，而是它的更高级的发展，这就是今天街头剧的特点。虽然如此，但是这并不妨害我们从历史的街头剧里吸取它的某些优点，我们还需要进一步地研究它和批判地接受这一真正民间艺术遗产的优良部分。

三、街头剧剧本的创作及其演出

和一般戏剧文学创作的基本原则同样，作为街头剧创作的原则的，应该是故事的真实性及其对群众的教育意义，而莎士比亚式的泼辣，也同样是戏剧本身所要求的。此外在剧作家创作的过程中，还须时刻地注意到剧本演出的条件，不能上演的剧本不能算作好剧本，严格地说，甚至可以说它不是剧本。因为剧本创作的主要目的在于演出，就是说在于将文字的创作通过演员的活动变为一种现实的行动艺术。剧本的创作并非为了读者的阅读，而是为了要使观众直接去从实际的活动中了解其创作的真实的，否则戏剧就和小说没有任何区别。一个剧作家创作的完成，就戏剧本身的特殊任务来说，只不过完成了他工作的初步而已，只有剧本演出成功后，才算完成了其创作的全部过程，因此剧本的创作问题是与剧本的演出不能分离的。那么，问题在这里就很清楚了，一个剧作家，当他在从事创作的时候，首先他必须时刻地注意到演出的条件，注意到舞台的设置、光线、观众的情绪等问题，否则是不会成功的。而今天街头剧本的创作，更须在创作过程中估计到这种剧本所具有的特殊的"街头"条件，剧作家不能把适于具有近代技术设置的都市舞台剧搬到偏僻的城镇上演，更不能把只具备舞台条件的剧本拿到街头上演。同样，我们也不能把适于都市"街头"条件的剧本搬到农村的"街头"来演。因此，我们的街头剧作家在其创作的过程中不能不估计到"街头"条件的限制，就是说，他必须注意到作品须是这些"街头"的观众生活中所最熟悉的东西，须是这些观众从他们的生活中能够体验到的内容，而故事中的人物，又须是他们中间最熟悉和最能理解的人物。只有这样根据具体的现实的客观环境从事创作，才能产生真正的街头剧，只有这样我们的街头剧才能真正深入民众和担负教育民众与组织民众的伟大任务。剧本的能否演出与演出的成功与否，对于创作本身是有着决定意义的——不能上演的剧本固然不能称为好的创作，而不适于"街头"条件的街头剧本，也同样不能称为真正的街头剧。

我们已经说过，剧本的创作与剧本的演出是有着不可分离的关系的。那么剧本的创作既然是根据演出的条件而被作家制作出来的，演出的困难自然也就不存在了，即使有些偶然的小困难，也是容易克服的。譬如，我们的街头剧，如果它是以我们周围的农村群众生活中所熟悉的题材创作出来的，如果我们剧中的人物是他们所熟悉的农民、士兵、小商人等等，而不是都市的老板、小姐之类的人物，我们故事发生的地点，不是公馆、柏油路，而是农村、田野、战场，那么我们的出演就用不着费钱的设置和选择什么光线，只要随便什么地方我们都可以找到上演的场所，而剧中人物的服装之类的东西也用不着大批购买设备，到处自带"行头"，我们剧中的人物就是那些现实地生活在农村的群众，随便在什么地方我们都能借到这样的东西，所以在剧本演出上不会发生什么了不起的困难和"恐慌"。总之，我们街头剧的演出问题是决定于我们剧本本身的创作的，当我们现实的剧作家在解决他创作问题的时候，他同时已在解决着我们演出的问题了。

最后，关于街头剧剧本创作及演出的问题，我们认为还应该注意到创作本身演出过程之间的交互作用，就是说应该注意到剧本创作的写与行之间的相互关系。剧本的创作一般的是根据作家个人的经验而写出来的，这往往是会发生对现实的估计不充分等等无意识地歪曲或不真实现象的，因此集体的创作比较好，但这依然不能完全克服这种弱点，所以毋宁以剧本当作具有一定内容的底本，而在实践的演出过程中不断地从实践活动中所暴露出的缺点中修正和加以补充，在这场合，演员、群众本身的丰富的多方面的生活经验是有着重要意义的。在今天，特别应该号召广大农村劳动群众参加这一活动，使他们根据自身的经验扮演他们自己所熟悉的人物及其生活，这样剧本的创作将通过这些演员的经验，通过广大群众的批评而更加充实生动起来。同时，更应该使参加实际生活的群众自己创作，使街头剧真正成为广大群众自己的艺术，只有这样才能使街头剧迅速地发展成为一种有力的文化武器。

  戏剧的创作虽然依赖戏剧演出的实践的补充与修正，但是这是不是说作家可以胡乱地随便粗制滥造而等待实践的修正呢？不是的，作家同样应该是尽可能地努力使他的作品做到尽善尽美的。这里不过指示作家应该虚心地向群众学习而已，创作本身依然是能指导和决定其演出的。如果说"没有正确的理论就没有正确的行动"，那么同样地，没有伟大真实的创作，也就不会有成功的演出，从而剧本的创作决定与指导其演出，而剧本的演出又以实践的活动纠正与影响其创作，这就是剧本的创作与剧本的演出之间的相互作用。二者都是戏剧创作活动全部过程中的一部分，但也不是分离的，而是彼此渗透的统一的整体。

一九三八年十一月二十三日

（《抗敌报》1938 年 11 月 11、15、23、30 日，《海燕》副刊第 3、4、5、6 期）

作家与语言

原野

言语艺术的任务，在于将一定的人间社会的思想感情借诸艺术的形象。这里，在言语艺术的场合看来，是借诸文字这一形式作为媒介，而以具体的现实的社会生活为基础，通过某种特定的形式——媒介，给予真实的但又不得不是比较抽象的表现，使现实存在的生活，经过作家的头脑加以整理而系统地予以反映和复写，最后在读者的头脑之中唤起同样的感情与思想，以及读者自身从生活经验中所亲身体验的现实事物的回忆，以达到宣传群众与组织群众的任务，从而作为传达作者的——不，正确地说应该是社会的一定的思想与感情的必要的手段的言语文字。在完成其任务的全过程之中，就必须被着重地看待和强调其决定意义了。

言语文字是作家将自己的思想与感情传达给读者这一活动过程的必经的桥梁，没有这一思维之过渡桥梁，就不能将作者的思想与感情传达给读者，使作者与读者之间在思想上联系起来。因此作家为了要将自己的思想感情传达给读者，就必须很好地运用其思维表现之言语文字这一工具。那么在这里，言语文字之巧妙地熟练地应用，就成为作家自身工作中决定其成功与失败的焦点了。确实，一个作家的写作工作的成功与否，其言语文字的运用得法与否是具有相当重要的作用。如果作家能够很好地把握这一工具而将自己的正确的思想与真实的感情完整而具体地表现出来，他的工作才能取得成功与收获，否则作家就必然遭受失败。自然这里并不能否认作家思想意识的正确与内容的真实对于其作品的决定意义，不过无论如何作家单有这些条件还是不够的，他同时还必须具有表现技巧即对于文字运用的修养。内容与形式二者之间,是彼此渗透的统一的整体,任何一方面的缺陷都是足以损害作品的整体的。

作家写作的最终的对象,是读者群众,就是说作家不是为自己写作,而是为他以外的成千万的陌生的读者写作的。这事,就是在作家自身也是早已意识着的,不过由于历史的不健全的传统,使作家的这一意识是多少模糊了起来。作家写作的动机和目的,是在有意识地将自己的思想与感情传达于读者,但在其写作的实践过程中却往往有意无意地忘掉了自己的读者群众,以致表现了为写作而写作的自我欣赏的倾向,这是作家自身的一种矛盾现象。造成这种矛盾现象的原因,一方面固然是由于客观的历史环境所致,但另一方面作者主观意识的错误,也不能不说是形成这种现象的主要原因。许多作家,主观上虽然并不是有意识地要坐在"象牙之塔"中写作脱离现实生活的作品,但是那种由于忘记广大的读者群众而一味地将自己局限于少数的特殊的知识阶层的范围中,为迎合他们健壮旺盛的口味而斯文地谈吐着这事,未必是正确的。当饥饿着的广大群众在逼切地要求着马铃薯的时候,而你栽种着"夹竹桃之林"是不能被允许的。作家不应仅仅以从"象牙之塔"走到狭隘的都市的十字街头为满足,他应该放大眼光更勇敢地跑到广阔的农村中去。纵然作家曾经将自己△思想与作品的内容从囚禁的狭隘的牢狱中解放出来走到现实的生活之中,但是以脱离大众而局限于知识阶层的高度的文化水平之口讲作为其表现之形式的写作方法是不十分妥当的吧!

几世纪以来,由于历史的错误,成千万的广大群众被剥夺了文化的享受,使他们长久地缺乏着文化食粮的育养而在精神的贫困状态中过着非文化的生活。所谓文化,历来在我们的作家看来,不过是一些特殊的知识阶层的私有物而已,广大的从事于体力劳动的勤劳大众似乎是没有享受文化生活的特权的。这不但在中国而且在全世界极大多数的国家都是如此，广大的勤劳群众是被关在"文化"之门以外过着近于原始的纯朴、单调、无知的生活，历史的发展与文化的进步对于他们除了不断地给他们在增加重压以外是没有什么幸福赐予的。历史似乎决定了他们的命运应该遭受一个长期的痛苦，而所谓知识对于他们好像也是一件危险的事。而在我们中国，广大群众的文化生活贫弱得更加可怜，在他们中间几乎可以说是没有文化生活的。但是我们作为启发国民思想的医治人类灵魂的疾病的从事写作工作的作家们，并没有注意自己所担负的特殊任务，而整天地在知识阶层中兜圈子，忘记了自己阶层以外的广大的饥渴于文化的群众，他们在写作的时候，仅以少数的知识阶层为阅读的对象，没有看到更多的散布在各个偏僻贫困的角落里生活着的群众。他们的眼睛太小了，只看见特殊的一部分，没有看见一般的全体，结果是以特殊代替了一般，以部分抹杀了全体。有时虽然也曾注意到广大落后的群众，但是也许是由于我们的作家太偏爱了自己的"艺术"之笔的缘故吧，他们始终没有勇气把自己的笔改换过来而为褴褛的群众写作，在我们酷嗜优美的言语艺术的言语的形式主义者的作家们看来，"粗俗的"大众的言语是不能爬上艺术的以至文化的舞台的，这将会使他们"圣洁的"艺术与文化遭受损失而流于"庸俗"，或者至少对于作家的教养将不能给予表现吧！这种错误的观点，到今天为止，或许还被作家们或多或少地保留着，他们为向读者表现自己的深奥博学这个小市民的虚荣心紧紧地抓住了。在今天，作家们如果还存在着这种观念是非常有害的，生活在目前民族革命自卫战争的时代的暴风雨之下，广泛地开展着的群众运动与群众抗战动员，要求着作家把自己△笔转向广大群众而担负起对他们的宣传教育与组织任务的时候，这种错误的观点应该彻底予以清算了。

作家在今天急骤发展着的抗战形势面前，单单以抗战建国这一内容写作是不够的,他还必须用适合于大众的形式来表现这一内容,就是说他必须用大众自己所说的话来表现他的正确的思想与感情,只有这样才能真正将正确的抗战建国思想深入到群众之中而担负起教育群众和组织群众的任务。但是也许会有人感觉到将作家限制在群众"贫乏的"言语中写文章,未免要感到这种言语表现之无力与丧失其活泼△姿态了!这样△想法是不对△。我们应该知道,在广大△群众中间,正存在着和生长着丰富的活的言语,他们中间流动着美丽的诗句、活泼的描写、锐利的批评与讽刺以及巧妙的诙谐与幽默,只是由于作家对他们的隔离与疏远不能理解他们这些丰富的言语的价值罢了。难道伟大的作家高尔基的劳作不是用广大民间收集起来的语汇写出来的吗?就是作家回想一下旧俄时代的伟大的古典艺术家里奥·托尔斯太的对于每个过路的陌生的旅客苦心孤诣地追问其流传在群众中的言语这事,也应该了解民间言语的价值吧?!因此作家对广大群众的优美的言语怀有偏见与蔑视是不正确的,他应该深入群众中去研究他们的言语和应用他们的言语。一个作家不懂得群众的言语不仅是可耻的事,而且也不会有所成就的。

但是这是不是说"把那现代流行的既成的言语之文献丢到垃圾堆里去吧"这样的意思呢?不,这完全是错误的,这是另一个极端!目前在我们中间流行的文字,它是不断地发展起来的一种言语科学,虽然它现在还不能被广大的群众所理解,但是不久的将来,当广大的群众被教育起来的时候,他们将会迅速地追上这个高度△文化水平。现在中国△许多著作中,无疑地欧洲言语地表现方法是被接受了过来,这些言语中间有许多地方是有着独特△、优美而且有力△表现方法△,我们应该学习这些东西和发展这些东西,只有这样地处理言语问题,才能最后使广大群众△用语与今天文献中△用语结合起来形成一种未来△崭新△语言被我们自由地去应用。这是言语△发展与扬弃

△过程,作家应该而且必须理解这一问题。今天作家△发展民间广大群众△语言,一方面主要地固然是为了提高群众对抗战△政治认识,发动他们自觉英勇地参加抗战,另一方面则更可以提高他们文化政治△水平,使他们达到现代△高度△文化政治所要求△一般水平。这种工作对于发展与重建中国新文化事业也同样是不能分离的。为了完成这些任务,从事写作△作家当他们在写作△时候,应该注意到广大群众△水准而用他们△言语来写作,这是为了神圣△抗战事业,也是为了文化△发展事业。

(注) △——的

(《抗敌报》1938年12月17日,《海燕》副刊第9号)

作品与通俗

鲁萍

关于作品大众化与通俗化的问题,在几年以前就曾经被人们提过了。但是也许是当时的客观现实对于这样的问题要求得还不够十分迫切吧,我们的从事写作的作家们,似乎并没有对于这些"琐碎"的问题给以注意,从而无论在创作方面或理论与批评方面都不曾产生真正大众化和通俗化的作品,好像倒是被诅咒的鸳鸯蝴蝶派抓紧了这一被时代所抛弃的"落后的"武器打到"落后的"广大群众中去了。

然而抗战发动以来,由于战争的要求,作品通俗化的问题,已经不再是仅仅当作理论上的问题提起讨论了,而是已经开始被伟大的战斗的现实逼着作家走到实践中活动了。因为一个真正前进的革命的作家,如果他要在今天民族危机的前面担负起神圣的民族解放的历史事业,而勇敢地站在自己的岗位上负起启发群众、教育群众和组织群众的任务,他就必须很好选择自己适当的武器。否则,作家带着纵然是精致的现代文学的勃朗宁、以中世纪骑士的勇敢精神走到今天广大群众的面前,也将会成为英雄无用武之地,他将在时代的怒潮下被卷落。

但是今天作品通俗化的工作是否已经够了呢?显然地,在今天空前紧张与迅速发展着的形势下面,我们这方面的努力还差得太远。无论在数量上质量上,目前所流行的一些通俗作品,还不能令人满意。首先从量的方面说,现在除了少数的作家写了一点出来外,大多数的作家还没有向着这个方向发展自己的工作,他们依然抱着自己"伟大的作品"在玩味,舍不得放手,如果说小市民是具有浓厚的保守性的,那么这也许就是这种保守观念的一种表现吧?!其次从质的方面说,从现在出版的一些唱本、鼓词的小册子和各种刊物报纸上所表示的所谓通俗作品如故事、歌谣、鼓词等看来，大多数都还说不到真正通俗。一般地说，目前写通俗读物的作家，好像还是在重复着过去流行在民间的章回小说之类的作风，他们的所谓通俗的标准，并不是从广大的文化政治水平落后的群众身上着眼的，而是以能够读旧的章回小说的读者群众为其对象。例如在前汉口出版的《抗到底》半月刊第十一期刊载的艾生先生所作的大鼓词《跨海征东》，开头一句就是"狠心倭狗太狂疯，妄想着占尽中华锦绣城"，其次如"卢沟桥畔炮连声""华南华北逞强暴""晓谕军阀要仔细""俯视大地起白雾""遥望失地山河壮"以及"好似见无数老幼被屠戮"和"碧浪万顷朝阳起"之类的句子，都不是广大群众能够完全理解的。另外像老向先生作的《抗日三字经》也是一样，如"人之初，性忠坚；……众乘客，淡与豪；倭寇机，空中怒；随巴纳，穷追逐；……可怜哉，沉大江；美政府，提抗战；寇诳言，就故意；……"（标点是我加的——平），类似这样的句子，恐怕除了有专人给群众一字一句地讲解以外，是没有使群众能完全了解的吧！？然而在前述《抗到底》第十一期上有一位河雁先生在他的《评〈抗日三字经〉》里却为之介绍说："老向的这一形式的运用是非常聪明而深深地把握了中国的现实环境的。……他基于平素和民间接近的关系，他知道了哪些东西是人民能了解、可以普遍的……他先把握了这一点，这就奠下了他写作通俗文艺的成功条件。"这种对老向《抗日三字经》的过分的评价，是不能被我们同意的，至于其他通俗读物编刊社编的各种鼓词，如《张子青诱敌》《枪毙韩复榘》和《郝梦龄抗敌殉国》等小册子，虽然有些地方还比较通俗，但有不少的句子也是不易使群众了解的，这是目前我们后方关于通俗化工作的一些成绩。最后说到我们边区，我们知道今天也已经开始注意到作品通俗化这一问题，而且一些边区从事文化政治工作的人们，实际上也已经开始在向这个方向发展自己的工作，这是一种好的现象。不过不能否认就目前已经出现的一部分作品中看，够不上通俗的东西还很多，像什么"侵略"呀、"屠杀"呀、"威胁巩固"呀，或是什么"奸淫掳掠"呀等等名词都在所谓"通俗作品"中被毫不顾忌地应用着，甚至在准备作为专门散发给老百姓的宣传品的鼓词之中，也被毫无考虑地把"经济恐慌"这类现代经济学上的专门术语生吞活剥地搬进去了。这实在不能不说是今天通俗化运动中的一件极其遗憾的事！无论如何，就现阶段广大群众的文化政治水平看来，离这样的要求还差得很远，在这样广大群众还对文字生疏的时候，就想搬着术语辞典对他们作文章未免太早，应该等一等。这就和今天打持久战一样，单顾自己性急地想速胜敌人是不行的，应该注意和认识客观事物发展的必然进程。

从以上所举的几个例子看来，我们可以知道，真正通俗的作品，虽然不能说绝对没有，可是毕竟还是很少见的。大部分所流行的通俗作品，一般地都表现着两种机械的倾向，而这现象是由对通俗化问题的机械论的观点所产生的。拿眼前的一些通俗作品来分析，无疑地，大都只是呆板地、机械地利用了易于接近群众的旧形式的表现方法（笔调和语气这个单纯的外表的形式），而在用语方面则很少考虑（用了难以接近群众的语句），从而结果就形成了与采用旧形式这一主观的目的意识相矛盾对立的现象。这中间又有两种不同倾向的作风：一种是机械地利用旧形式，而以有现代文化政治教养的作家的风度，将需要搬查现代语辞典的名词用进去；另一种则是机械地采用旧形式，将古老的需要准备《辞源》和《康熙字典》的文言语句和字眼填进去。这两种对于通俗化问题机械地理解的形式主义者，都是不正确的。作家应该知道，单单将自己作品的头尾加上"话说什么什么"和"且听下回分解"或将类似鼓词、唱本形式的作品加上韵脚还是不够的，作家必须把握而且保证自己的作品能够真正以今天广大群众广泛地普遍地应用的通俗口语配合这一形式，才能使它为广大的群众所接受和理解。今天作家接受这种中国的古典遗产的表现方法与形式，即是说今天接受和采用这种旧的形式，不是无批判地机械地重复和死用这种表现形式，而是要以真正广大群众今天所用的活泼的民间的通俗用语与之配合而创造和发展新的表现方法与形式，从而通俗化在今天是具有历史的高级发展的意义与创造的性质，它将成为普遍提高群众政治文化水平到一定高度而克服我们政治文化水平发展的不平衡的现象的一种运动。

然而今天通俗化工作的薄弱，是不是应该完全由作家们负责而对他们加以责斥呢？显然是不能的。因为作家也许不一定是主观地要故意写作伪通俗的作品，相反地，他们也希望他们的作品能够成为真正的通俗读物。只是由于作家长久地脱离广大群众而写作，一旦把自己的笔转向群众，因为缺乏民间群众的通俗语汇的知识，所以使作家在进行写作工作的时候，感到了用语的困难，虽然是有充分的意思，但是在作家自己有限的通俗语汇之下，不免要感到表现的困难，特别是在一些转笔的字眼上，真使作家们要感觉苦恼了。但是这些字眼并不是没有，只是作家们不晓得这些东西罢了。因此我们认为这些作家应该虚心地向群众学习他们的言语，不要以为自己已经够了，要知道我们在群众的面前是表现了对他们现实生活的无知的，我们应该承认这点。那么，为了回答现实的要求与号召，作家们立刻动员起来向群众学习和为千百万广大群众写作吧！

（《抗敌报》1938年12月23日，《海燕》副刊第10号）

行动的街头诗与政治的煽动诗

鲁萍

随着战争形势的发展,要求文学从自己从来固守着的狭隘的园地走向大众的呼声,也高涨了起来,而且实践地已经开始向荒芜的大众的原野开拓着和播种着他们所需要的食粮。诗歌,这一虽然最初被劳动所创造但随后即与大众的劳动分离而为游闲者所掠夺,去为他们服役的所谓"神圣的"艺术,在战争的鼓动之下,也开始要求从锢禁的锁链中解放而回到自由的大众之中重新与劳动和斗争相结合了。

过去,诗歌在中国的艺术领域里,似乎是没有什么地盘的。在高贵的作家们看来,所谓诗歌,只是无聊的无足轻重的东西,文学的地盘,应该由其他的文学创作独占。他们不了解诗歌的价值,从而也就对它加以蔑视和抹杀。基于这个错误观点出发,诗歌在一些文艺刊物中,就被编辑先生们放于补白的地位或者置于冷僻的角落,甚至有些地方则公开声明"诗歌无稿费"!这从商品生产的世界看来,也许是意味着诗歌没有交换价值的吧!?固然当时的诗歌之中"风花雪月"之类的作品委实不少,应遭弃绝,但是其他部门的文学创作,"醇酒妇人"一类的作品,也还不见得绝对没有,公正地说,也同样应该遭受唾弃。作家们对文学取着无批判与狭隘的态度与观点,而一味地抹杀诗歌的艺术的与社会的价值,在今天已经是不能允许和不可能存在的了。

像暴风雨中的海燕那样,今天的诗歌,已经在澎湃着的民族革命战争的巨浪面前勇敢跃活地在飞翔着和为伟大的斗争而愉快地歌唱着。诗歌已经不是在阴暗的角落里保藏着和囚禁着了,它已经开始参加到战斗的行列之中,成为斗争着的大众的吹鼓手和未来光明的预言者了。

显然地，在战争中间，诗歌已经成为文学的前哨了，过去曾经被蔑视的诗歌，今天是占据了文学的重要岗位。普遍全国的诗歌运动，正在空前广泛地开展着，新的优秀的诗人也与伟大的具有历史意义的诗篇，在战争的炮火中生长着。总之，战争本身不仅推动了诗歌产品之量的增加，而且也助长了作品本身之质的提高，使今天的诗歌艺术的创作以泼辣锐利的形式与生动的战斗内容，代替了肤浅空虚的现代派的象征诗与一切庸俗的形式主义者的作品。特别是小型的行动的街头诗，更是代表这个时代的一种特殊的文学表现形式。

街头诗之被提起和迅速地向前发展，这不是任何人所主观的随便创造出来的，而是由于当前的客观现实的要求而产生出来的。因为在紧张的战斗环境中，长篇的叙事诗不易创作，而且也没有充裕的时间被阅读；尤其是对于广大的劳动群众，更是难以接近的。因此战争就要求诗人们将适合于这一现实的小型轻便的街头诗交给群众了。

但是街头诗的内容必须是行动的。就是说它本身应该是战斗的，它应该将抗日战斗中的各方面的斗争姿态与各个特定时期的斗争的政治任务与政治口号，具体地、真实地通过这一艺术的表现手段而予以反映。但是这里必须注意到的一个问题，就是情感条件。诗歌必须具备这种条件，它必须以浓厚强烈的现实的人间感情与抗战的政治热情所渲染而鼓动群众。特别是行动的街头诗，必须强调其政治的煽动性，从而也就应该成为政治的煽动诗。至于形式，则应该以灵活轻便为主，长篇的叙事诗的形式，固然不适宜，就是太长的诗句也应该尽可能地避免采用，而且用语又必须是具备通俗的条件。这样以小型传单、标语的形式，贴在街头或散发给群众，将一定的斗争任务与政治任务及口号通过艺术的表现——那强烈的感情的激动性去宣传群众与组织群众，就是今天行动的街头诗＝政治的煽动诗之具体而逼切的任务。因此行动的街头诗是具有政治传单的效果与作用，只是它以不同表现手段与姿态出现在大众面前。那么与其把这种艺术的表现形式说是行动的街头诗，毋宁说是现实的艺术的政治煽动诗更为容易理解。总之，行动的街头诗是与积极的政治目的相密切联系着的，同时又是不能与现实生活分离的。但这里必须强调"艺术"这个特点，从而单调地将某些政治口号与标语呆板机械地当作诗句是不行的，它须是在现实生活的表现中艺术的地渗透其政治的中心意义，即政治的中心任务与口号。根据这样的理解，那么就应该得到如此的结论与公式：现实+政治+艺术的特定的诗歌表现形式=行动的街头诗。

（《抗敌报》1939年1月1日，《海燕》副刊第11号）

对行动性的墙头（街头）诗的一点意见

郭苏

△△同志：

行动性的街头诗，我觉得至少在原则上已不应该有人反对的了。本来么，广大的读者，在这沸腾的、激变的大时代里，他们是需要艺术，特别是需要诗的。但是诗要通俗，要反映出现实，要富于行动性，因此我同意行动性的墙头诗。

我们□是形式主义者，但在通俗化的基础上建筑起形式来，是必要的。□读了□□所谓"国防诗歌"，觉得很通俗易懂，而当交给一个同志（部队里）□的时候，□不懂。所以，我们不仅□用字上要通俗化，而且要在结构上通俗化，转弯抹角是简单的□术素养的人所难了解的。以上算是个人对墙头诗的意见吧。

（《抗敌报》1939年1月1日，《海燕》副刊第11号）

开展边区的戏剧运动

——为边区戏剧座谈会而作

在我们晋察冀边区，戏剧曾经以最活跃的姿态，在文化教育与宣传工作方面起了很伟大的推动作用，得到了显著的收获。边区广大的人民，往日以政治文化的落后，无缘与现代的进步的艺术接近；但由于边区在抗战中的大众的战斗的戏剧的出现，使广大乡村人民耳目为之一新，他们一年多以来对于戏剧的热烈的赞赏与欢迎，表示了他们是最能接受戏剧这一种宣传的艺术形式的。也正因为这样，所以一年来边区的戏剧相当普遍地建立与发展了起来，从事戏剧运动的人，逐渐增多，新的△○人才，在不断地产生着，演出的技术也逐渐地进步了，使得△○运动成为整个边区的文化运动中之一有力支柱。

但是我们也不应该否认边区的戏剧运动，和全边区整个的文化运动一样，在主观与客观的诸条件的限制下，还存在着许多缺点。边区整个文化运动过去的主要缺点，照我们所已经检讨过的，是无组织、无计划、不正规、不平衡、游击主义、狭隘的功利主义的色彩。因此严格地说，还没有形成真正的文化的运动。这些缺点，虽然今天正在逐步克服，然而基本上这些缺点至今仍然是存在着的。在戏剧运动方面或多或少也同样存在着这些缺点，从基本上彻底克服这些缺点，是目前边区从事戏○运动的同志和全体文化工作者要坚决勇敢地担负起来的最严重任务。

最近边区文化界抗日救国会积极筹备召集盛大的戏○座谈会，检讨以往边区○运的经验教训，并邀请新近从后方来的国内著名戏○家袁牧之先生参加，交换和商榷今后开展边区剧运的新方针。我们希望这个座谈会，在集体的努力之下，首先能够发挥新的力量，克服边区文化运动中的缺点，以整个文化运动之一环的戏剧运动的□全的开展来推动边区整个抗战的文化运动走上健全发展的道路，以完成边区文化界当前的总的任务。

同时，在今后戏剧运动本身的问题上，我们相信这次座谈会一定更会有很多宝贵的收获。这里，我们也愿意提供几点原则上的意见。

我们认为边区的戏剧运动是全边区人民抗日武装斗争中的产物，它是具有战斗性与战斗的作风的。但在今天随着边区抗战形势的发展，面对着□残酷的战斗的场面，边区的戏剧运动就需要更加提高它的战斗性，更要富有强烈的战斗的作风，以适应新的环境的需要。这就是说，战斗的戏剧今天要更加战斗化、争取战斗化。这里具体的问题是：戏剧的内容、形式、演出的技术的各方面都要高度适合战斗的要求。它要利用当时当地现实的背景迅速反映与报道当时当地群众斗争、武装斗争的新的事件、新的胜利，抓住具体的模范的例子，提炼战斗中的精华的部分，以教育广大人民，动员广大人民；它要和每种斗争、每一个斗争，更紧密地联结起来。如果能够使导演者、编剧者、演员和观众之间的感情与时空的距离缩小到最小限度，以至于分不开，那是最理想的成功了。

另一方面我们也认为过去边区的戏○运动是和边区大众的生活建立了某一程度的血肉的关系，因而边区大众也特别表现了对戏○的赞赏与欢迎，它是具有大众性和大众的作风的。但在今天，随着边区抗战的大众教育的新需要的加强，边区的△○运动也就不能不更进一步和大众的生活建立最高度的不可分的血肉的关系，更加提高它的大众性，更要富有大众的作风。这就是说，大众的△剧今天要更加大众化、争取大众化。当然，能够实现上述战斗化的条件，已经是具备了大众化的主要的前提，可是，这里仍然有应注意的具体的问题。首先，○本的语言与表现的手法应该完全适合于民族的特点与地方的特点，△○的演员应该富有大众的素朴的生活的风度。如果能够吸收在斗争中生长的大众的△○的天才到△○团体里来，使△○这一艺术形式真正为大众所掌握和喜爱，那又是最理想的成功了。

最后，为了△○的高度的战斗化与大众化，我们认为目前边区○团的组织形式要力求灵活、短小精悍，造成无数轻骑式的△○突击组，普遍和深入到边区每一个山沟小道的村庄中最下层的人民大众中去。而且只有这样分散的△○突击，才能实现正规化的△○的集中的建设。

（注）△——戏　○——剧

（《抗敌报》1939年6月13日）

高尔基论诗

"但是你的诗的大部分,像现代诗的大部分一样,是由'智性'而来、由'文学'而来——对不起得很,是由'流行'产生的。

"真正的诗——往往是心的诗,往往是心的歌,即使略有一点哲学性,但是总以专讲□理的东西为可耻。

"例如《秋》这首诗——在你的那一类的里面,就有着不希望有的文学的'粉饰';许多唯美主义的先生们用这样的粉饰毒害了俄罗斯的诗,污浊了俄罗斯的文字。这种粉饰,表现在俄罗斯,不会传达出语言的强烈的意义或意外的优美的响声,反而破坏了韵律,形成了粗劣的'定型化'。唯美主义者诸君的诗——看起来,是穿巴黎服装的卡尔加地方的民主主义的九等文官,就是他们还没有明白,自己要好好地穿上不惹人注目的衣裳。"

——给亚伦斯·加凯尔的信

(《抗敌报》1939 年 6 月 19 日,《高尔基逝世三周年纪念》专刊)

论旧形式及旧意识

炽焰

旧形式这个名词的内容,是包括一切旧形式,就戏剧来说是京戏、山西梆子、粤戏、四根弦、秧歌……一切都在数的。

旧意识应当是所谓落在时代后面的一切不合理、不进步的有碍人类进化、科学进步的一切腐败意识。比如如今抗战,他偏要当奴才、当顺民;比如如今实行民主、改善民生,他偏要独裁、法西斯化,压迫剥削劳苦群众,阻碍生产力的发展。什么忠君、复辟、"尽忠天皇"、压迫女性……都是旧意识在内中作祟。

这还不在字面而已,比如"新民会"、托派的"新共产党",汪贼的"新国民党"虽加以新字,而其实是最旧的,因为那是反对中华民族解放、反对世界人类进化的法西斯日本的帮凶、奴才自私自利的勾当。这可称为新形式旧内容。

至于见到别人写了"忠""孝""保卫祖坟""向青天发誓,不当亡国奴",是旧形式新内容……如看了这些,便马上认为这是旧意识者,这是看法的自命为新而实旧的。因为事物是变的,伦理也是变的,忠于民族、忠于四万万五千万人是最好的。祖坟中埋的是一堆骨头,但因这骨头而发生保卫家乡的热情,由对家乡的热情即和敌人打,这不是好的吗?对老天爷烧纸、烧香、上供、求雨或求晴是迷信的一种旧意识,向神灵求和平而不用力气去打出和平来是不对的,但在祖坟上发誓,立志要和敌人打,不打出敌人没脸回来见祖坟的办法还是要的。活的事物生出活的人类意识,如果盯了死的眼珠去死看,是不对的,如再说——凡忠、孝……都坏,线装书都该烧,中国的玩意都该击碎……敬礼是供神龛,叫爸妈是封建——这和阿Q的看法——凡女人和男子说话，总不是好事是一样错误。如果错误得利害了，还会入上边说的新形式旧内容的伙中去的！岂不危险！

洛甫先生的《待人接物》一文中用了好些古话，毛泽东先生《论持久战》中以下围棋作比，难道是在复古，提倡下棋？化若先生讲赤壁之战，陈伯达先生讲老子的哲学，难道是叫人回到春秋战国及三国去？白德内叫高尔基"进苏维埃的忠烈祠去吧"，并非提倡跪拜礼，贝多芬的《向马扎尔人的神祈祷呀》并非传播什么教门，玛耶可夫斯基的《亚当夏娃给工人留下充分的法律》也并非崇拜耶稣基督呵！

中国的东西里有许多宝藏，我们又有了唯物论辩证法的武器了，何必还伯夷、屈平的洁癖一般地对待旧文物、旧学问呢？何必退回"五四"时代去，用"五四"的□风呢？

旧形式是可以利用，旧意识是要洗刷的，但是用"五四"时代的态度来处理一九三九的事理却是旧做法，所以还是需要马上进步起来的，不然呢！

有入新形式旧内容的"新民会"等等之伙的危险！

（《抗敌报》1939年8月20日，《文化界》副刊第4期）

反映边区实际生活

劳夫

前天边区政府召集的专员会议上，对文化教育工作有许多重要决议。里边有这么一条——要反映边区实际生活——这个决议是很正确的。

在阜平的时候，一个同志说过，《边区文化》应该多多反映边区的现实。这意思和上边那决议的意思是一样的。

宋主任谈到，边区的百姓是这样的进步！——比如送手榴弹的一个民夫，掉队了，又没人跟着他，但他结果好好地完成了他的任务。另外一个送边钞的驮夫，□天黑了，马病了，天又下起大雨来的时候，他不光半点不抱怨，而他还去找人替他写信，他说怕别人挂念，他归根冒着夜雨，忍耐着饥饿疲倦把信送交收票人，第二天一早把东西如数送到——这，也是没人跟着的。像这样可歌可泣的事，在民选中，在缴公粮中，在一切帮助抗战的事件中，不知多到什么样子！然而我们的文艺工作者，仍有些是坐在屋内想文章，还是应该改变的！

是的，边区的百姓已不是以前的百姓。他们飞速地进步着，到处表现着他们对抗战建国的认识和热情，到处表现着他们对公共事业的责任心、积极性，并且这种进步是跟着抗战的深入、跟着文化教育的普及是必然继续不绝的。这种不绝的进步，就会驱逐出日本帝国主义，就会将边区造成三民主义新中国的缩图和模型。

然而我们文化运动者呢，文艺工作者呢，还只写自己的身边琐事吗？还只是悲观地说什么"变得太快了，抓不□吗？"还只是好高骛奇地追忆什么"诗人自述"吗？……

把目前、把周匝的人物的变化写进你的小说中去吧！把可歌可泣的模范例子写成你的报告诗、叙事诗吧！把前三年料不到的大众的生活、大众的心理……写成通讯报告剧本吧！

这里不是反对其他的如抒情诗、讽刺文、□论等。但抒情诗也要现实，讽刺应针对敌伪、汪逆、托派及一切动摇妥协□气节昧天良的家伙！不然，讽刺认不清敌友、乱咬一气，抒情的连"晋察冀"写作"冀察晋"者是要不得的。

□时谈理论，尤其要认清客观的需要、认清目前的形势，对理论的内容尤其要有了解，不然，演了一个京戏（不是旧形式全部），用的是旧瓶装新酒的方式（还不是利用），被人叫了两声倒好（也是□然的），就马上流着大汗、骚着头发大呼起反对旧形式，并且像吃了苍蝇似的一面吐着唾沫，一面说"否定旧形式"，这是更要不得的！

（《抗敌报》1939年9月7日，《文化界》副刊第5期）

鲁迅和新文字

萧三

鲁迅本来是中国白话文学最成功的一个，也可说是白话美术文的建□者。可是鲁迅是永远进步的。到了晚年，他提倡大众语和大众文学运动，他由此而赞成、拥护拼音的新文学——拉丁化中国字。"汉字的艰□"使全中国大多数的人民永远和前进的文化隔离，中国人民决不会聪明起来，理解自身所遭受的压榨、整个民族的危机。"我是自身受汉文苦痛很深的一个人，因此我坚决主张以新文字，代替这种障碍大众进步的汉字。……我想新文字运动应当和当前的民族解放运动配合起来同时进行，而进行新文字，也该是每一个前进文化人应当肩负起来的任务。"——这是鲁迅病中答《救亡情报》记者的谈话。在别处□说道，"新文字是大众的文字"，"只有用新文字写出来的文学，才真正是将来中国新文学的诞生"……这些都可见鲁迅对于新文字的热心。而读他的《门外之谈》这篇文章，令人惊叹他的学问之渊博，实在罕有其匹。他在那一篇文章里差不多将关于文字的一切问题都提出来讨论了。许多语言学或文字学家恐怕都要望尘莫及，这也因鲁迅的思想进步，所以他的见解正确。

(《抗敌报》1939 年 10 月 17 日)

文艺创作应该跟抗战的中心任务打成一片

以前，在九月，本刊上曾发表一篇要求文艺创作要反映边区的实际生活的文章。自那篇小文揭露后，的确看到相当的收获——只要留心边区的文艺作品，那是可以看出的，通讯、报告不用说了，戏剧也有了《水灾》的脚本，诗也有些。

但是，我觉得有更进一步，更跟中心任务打成一片的迫切需要。比如今年的救国公粮动员吧，竟没听到一个关于这方面的歌曲，像唐县、平山一月就完成了公粮的英雄的史实，在文艺各部门上，真是反映得太贫乏了。

只见到了唐县的一个《救国公粮》的小报，这小报还是偏重一般新闻消息的记述，文艺的很少。我以为这么大的一个中心任务，是值得写出千万首行动的街头诗、传单诗、诗标语的。

这么一个轰动边区的史实，是满可以写出许多报告、小说、剧本、叙事诗来的，是可以作出连环画、连环木刻来的，是可以编出公粮大合唱及新的公粮舞来的，是可制出公粮的秧歌脚本、大鼓词、快板……来的。如果创制了出来，是足够和《被开垦的处女地》一样有意义的。如突击队下乡，政府及群众团体的估计，分配数目□花户，评议会上，储存公粮……都是多么壮美的场面哟！

它不但告诉边区及外边以传奇似的故事，而且告诉了他们——这样的干法就能战胜了残酷的围攻，就渐渐走上了三民主义新中国去！

所以，希望文艺工作者们，更深入、更广泛些，对于抓取题材，对于活动的场合！

（《抗敌报》1939 年 12 月 22 日，《文化界》副刊第 7 期）

这里的进步

邵子南

在这次戏剧比赛上,我们得到很高的艺术,但最令人兴奋的,还是它的进步。

这是事实。这些参加比赛的剧团,都是从单薄的宣传队变化来的。就是说,他们先前都是由几个比较出色的文化娱乐人才集中拢来,有几张灰毯子做幕布,唱几支歌子,跳传统的舞,演近似活报的戏——从那里,充分表现着纯朴。

现在看见了他们演出的提高到全国水平以上的东西,并且还创造了别开生面的舞,□□□在中国旁的地方还是看不见的;自然,有好几个还有许多应该商量的地方,但这是从太高的看法看的,要盲昧地从最完整的艺术看去,是不但苛刻,而且性急。

这种进步,要不深于理解八路军的进步会觉得惊异。八路军本身的进步,在这意识形态之一的艺术方面确切地反映出来。他们有着革命的热情与革命的理智,保证了自己一时一刻进步,不用一切非革命的事务、意识、习气来阻挠它。

在我感触到这一层的时候,我写了下面这一首诗:

> 我们的剧团,
>
> 同队伍一齐进步,
>
> 并不夸张,
>
> 而且为革命的理智所支配;
>
> 并有革命的竞赛,
>
> ——在这时,都以胜利归大会,
>
> 以经验归自己。

从一些很短的时间里，改变一次自己，
　　让你再看见它时，感到陌生。
　　这过程——
　　就是从几张灰毯的幕布，简单的跳舞里，
　　变出神奇、灯光和色彩，精致的三幕剧。

这一个诗，很朴素，简直像散文，爱读温而又热的读者一定会看不起它，不过我当时的确这样的感觉着，在这种环境里，不容许□□想□□，一个现实，推不掉，拉不开，非让这样□不成，或许是我的确无诗才。

这现实，是实实在在□是在这实在中之潜在着惊人飞速的进步，所以是□人的。

（《抗敌报》1939年12月22日，《文化界》副刊第7期）

边区的诗运

峰晴

一年来，边区的诗运，是在蓬勃发展中过来了，这种现象，在边区以外所少有的，还可以说是中国诗坛所少有的。

虽然，边区的诗，在质上还没有到达一般读者所期望的水准，但在产量上，已相当可观了。正因为诗在量上大大在增加，而诗的实质也渐渐地提高了。这是边区诗运一个辩证的发展。

边区，它是站在抗战的最前线，它是模范抗日根据地，它与我们的总后方有种种的不同，所以边区的诗也和其他地方的诗歌表现出不同的姿态来。

边区的诗歌，是富于战斗性的，内容形式都相当大众化，以及主题的明朗、字句的简练，都是它的特色。

这时边区的诗歌工作者，都参加了战斗，他们的生活，是充实的，他们有生活的实感，他们的战斗情绪是高的，他们的工作很紧张，甚至于他们没有写作的时间，但终被创作的要求所鼓动，于是生产出诗来。

正因他们没有时间学习、修养的不够，所以边区的诗歌，也显露出它的缺点来，如作品的一般化、想象的浅薄、词汇的贫乏以及模仿多于创造、形象少于概念，见一人写《我们的马》便模仿出大批的"马"来，见一人说到山□边□，于是大家都喊起来，所以读者对于"大山沟""□□门""山"等一类的字眼看俗了。

这些缺点，是急待我们克服的。我们丢掉模仿吧！我们不要空洞地去喊了，我们要建立自己诗的风格。我们□诗，要表现出高的意境，我们要创造典型的性格、典型的言语、典型感情的时候到了。血淋淋的现实，正等着我们去反映，活生生的人物等着我们去正确地传达，这是历史赋予我们的重大课题。诗歌工作者，完成你的史诗吧！

(《抗敌报》1940年1月7日，《文化界》副刊第8期)

政治时事和艺术

史轮

——由白德内、玛耶可夫斯基说起
要燃烧的热情和坚冰的理智——

我们知道，苏联大诗人白德内和玛耶可夫斯基的诗是和政治紧紧相连的。比如白德内的《两种一致的浪潮》把法西斯和它御用的托派是用了怎样痛恨的言语以揭穿了他们的阴谋呀！像——

> 托洛茨基——满嘴喷着白沫。
> 他很少得到报偿：
> 从失败中又爬到了失败。
> 把他叫作吉卜西的"拉胡琴的"
> 伊里奇是有原因的。

单单其中这几行，不就已够那《乡音毒蛇的嘴》和在《风中疾走的谬论》的家伙无法掩饰和辩驳了吗？

再如玛耶可夫斯基的《破坏者与屠夫》中那反对世界大战的《巨雷吼鸣》的诗句：

> 福煦，那破坏的家伙，
> 刽子手张伯伦
> 他们已穿上
> 油腻的作裙。
> 当多嘴的凯洛格
> 空谈着"反战"的时候
> 我们便闻到了

那发白疮毒的血腥，

……………

生命

大廉价了。

打碎的

脑壳——

像打碎的

那残酷的——惨死

将给养□

百万吨

少年的肉身……

这样的作品在今天的边区是怎样迫切地需要着哇！

在今天，边区的从事艺术的同志们，的确有些还保留着过去的不注意和不喜欢政治的习惯。因此，作品之以尖锐的政治内容、具体的时事内容作创作素材与主题的，实在还感觉太少。譬如目前的：

1. 中国抗战的主要危机是妥协投降、阴谋分裂、反共反八路军的荒谬的丑态罪行。

2. 国际形势的激变，世界大屠杀的日愈展开，《苏德互不侵犯协定》及苏波、苏芬事件的内容与本质。

3. 英法对西班牙、中国问题的鬼胎及最近愈加法西斯化的反动政策……我们曾有几个戏剧家、画家、音乐家反映了、分析了、暴露了它们呢？曾有几个诗人毁灭过、讽刺过它们呢？而它们（这些现实）是迫切地需要我们的艺术的呀！

当然，我们不要抽象的、概念的东西，但有计划地去从时事里挖掘是值得的，拿出对真理拥护的燃烧的热情和对丑恶痛贬的坚冰的理智，把时事制□艺术品，交给大众是值得的呀！艺术家们，拿政治锻炼我们的脑髓、蒸煮我们的血液吧！

在这里，我喊出这样的口号——

向白德内及玛耶可夫斯基学习！

(《抗敌报》1940年2月12日，《文化界》副刊第10期)

广泛发展抗日的文化运动

"广泛发展抗日的文化运动",是中共中央最近向全国人民提出的目前十大任务之一。中共中央在这时候提出这一任务,并且强调地指明:"没有抗日文化战线上的斗争,以与总的抗日斗争相配合,抗日也是不能胜利的。"这自然有其和以往不同的特殊重大意义。

文化运动,在整个抗日民族战争中,向来占着极重要的地位。抗战走向相持阶段,敌人政治诱降加紧,其在文化思想上,也日益展开猛烈的进攻。而反映在我们国内,正和政治上的危机伴随着。我们看到了文化思想上的危机。曲解、伪造孙中山先生的三民主义,成为一时的风气;投降妥协的邪说,经过巧妙的文字技术,在市场上偷偷出卖;复古的倒退运动,重复抬头。而进步的文化、进步的思想、进步的教育,特别是在抗战文化中起了很大推动作用的前进的马克思主义的思想,在很大地方被剥夺了存在发展的自由。这种情形,在敌后方看得最为清白,一方面是敌伪撒上毒药的麻醉宣传品,随着军事"扫荡"行动,向我广大军民大事散发;另方面则是投降派反动分子又以大批从伪报、伪杂志抄下来的口号、标语和五花八门的投降妥协的"防共""反共"的谬论,到处散播,到处张贴。这种敌伪的欺骗宣传和投降派反动分子的妥协投降的思想准备活动,如果不予揭发,不予打破,以致最后的扑灭,一定会影响到政治危机的加深。

其次,正因抗战一天天走入艰苦的环境,国内抗战团结进步和投降分裂倒退两条路线间的斗争日趋尖锐,便愈要求抗日军民,特别是抗日干部对抗战前途有正确而深刻的认识。"没有革命的理论,就不能有革命的行动",广大军民的觉悟程度,将会决定抗战的成败。而欲提高觉悟性,就首先必须提高文化和理论的水平。抗日思想的巩固与发展，是使抗战得到胜利的可靠保证。在目前情况下，对文化运动的轻视，将是很大的过失。

敌后华北，在两年多的抗战过程中，随着其他各部门的进展，文化工作有了初步的成绩。要完成广泛开展文化运动的任务，主要的是要在现有文化运动的基础上，继续增强文化工作活动。就是说，一方面提高文化运动的质量，加强文化战线的斗争性，另方面要有更加宽广的发展，更加深入群众中去。而要做到这样，就必须：

第一，加强对文化工作部门的政治上的领导和经济上的帮助。以往各地文化运动，虽然表现出若干成绩，但由于政治上领导得不够和经济上的限制，往往使现有文化机关、文化团体尚未能充分发挥其应有的作用。密切注视文化上一切部门的工作，特别是出版机关的工作，掌握对这些部门的政治领导，使适应新的环境，配合目前的政治任务而工作，一定可增强文化部门工作的斗争意义和政治作用。谁不注意对文化工作的政治领导，就证明他不了解文化斗争的重大意义。同时，给予文化的一切部门以必要的□□上的帮助，则可提高和扩大文化部门的工作效率和工作范围，□□□□也是非常必需的。

第二，应该在政治上、工作上、生活上进一步地帮助文化工作者。直到今天，依然有不少文化工作者，没有被吸收到文化工作范围中来，这已经是一个损失，而对已在岗位上的文化工作者帮助的疏忽，又会影响其工作效能。帮助文化工作者，就是在政治上加强文化工作者的锻炼，工作上尽可能予文化工作者以优良的工作条件，使之能更有效地进行自己的工作。

响应中共中央发展抗日文化运动的主张，我们谨提出以上两点，请大家讨论。

（《抗敌报》1940 年 4 月 24 日）

纪念高尔基与我们的文化运动方向

世界无产阶级伟大的作家、政治家、革命家，世界革命文学的导师，新人类文化的先驱者——马克西姆·高尔基逝世四周年纪念日（六月十八日）来到了。这位享有六十八岁高寿，"在人类两时代的分界线上——资本主义没落与社会主义破晓时期的分界线上……生活、创造、奋斗，毕生致力于改造世界，整个的生命与布尔什维克相团结"（《真理报》）的伟大的"工农知识分子的模范"，无条件的是"无产阶级艺术的最伟大的代表者"，他"非常之巩固地用自己的伟大的艺术作品同俄国和全世界的工人运动联系着"，他的"巨大的艺术才能，对于全世界的无产阶级运动已经给了，并且还要给许多益处"（列宁）。这益处其实是无穷的，因为他给了我们以指示新人类与新社会之新文化方向的伟大而丰富的社会主义的文化，特别是文学艺术的遗产。

高尔基所代表的世界无产阶级革命的社会主义的文化方向，是今天全世界文化运动的总方向，而中国今日新民主主义的文化运动恰是这一世界的文化运动之一组成部分。新民主主义的文化是世界无产阶级的社会主义文化在中国现阶段历史条件下的具体表现。在中国现阶段资产阶级性的民主革命时期，文化运动及其性质只能是新民主主义的，这就是"以无产阶级社会主义文化思想为领导的人民大众反帝反封建的新民主主义"。人民大众（各革命阶级）的"新民主主义的文化"，就是"民族的科学的大众的文化"，"就是中华民族的新文化"，"在今日，就是抗日统一战线的文化"，这种新文化是"反映新政治与新经济的东西"。而新政治与新经济是什么呢？"国体——各革命阶级联合专政。政体——民主集中制。这就是新民主主义的政治"；"中国的经济，一定要走'节制资本'和'平均地权'的路"，"这样的经济，就是新民主主义的经济"。这"就是新民主主义的共和国，这就是抗日统一战线的共和国，这就是三大政策的新三民主义的共和国"的新政治与新经济。我们的新文化就是"替新政治新经济服务的"。（上引语均见毛泽东同志《新民主主义论》）中国新文化的这一方向，实际上，自"五四"以来就已经是中国的高尔基——鲁迅所走的方向了。"鲁迅的方向，就是中华民族新文化的方向"（毛泽东），同时也可以说就是高尔基在中国的方向。这是我们今天的中国的文化运动的总方向。

高尔基以其巨大的天才，致力于无产阶级革命的社会主义的文化建设，特别是社会主义的文艺的创作，他的文艺创作方法是社会主义的现实主义（即新现实主义的）。这是根据整个社会主义文化方向而规定的文艺创作的方向。这在中国今天，就具体化为新民主主义的现实主义，也就是新三民主义的现实主义，这同样是根据中国现阶段统一战线的文化运动之新民主主义文化的总方向而规定的文艺创作的方向和文艺创作的方法。这个创作方法也必然是以无产阶级的科学思想与革命的世界观——辩证法唯物论为领导的。但是，"中国无产阶级的科学思想能够和中国还有进步性的资产阶级的唯物论者和自然科学家，建立反帝反封建反迷信的统一战线"，它"决不能和任何反动的唯心论建立统一战线"（毛泽东），因此，这一新民主主义或新三民主义的创作方法，必然要成为今日中国一切进步的文艺作家所共同把握的。

在我们晋察冀边区，过去曾经提出了"三民主义的现实主义的创作方法"这一口号，并且边区进步的作家，一致依这一口号而创作。这个三民主义的现实主义，在毛泽东同志《新民主主义论》发表后的今天说来，显然也就是新三民主义的现实主义，就是新民主主义的现实主义，这是无可争辩的。当时对于三民主义的现实主义的规定，完全符合于中国现阶段统一战线的文化运动之新民主主义文化的总方向的。当时就已经指出过,"三民主义的现实主义,是现中国自身所独有的,同时又是新现实主义在中国现阶段的具体运用。三民主义的现实主义是文艺作者统一战线的口号"(彭真),"我们提出三民主义的现实主义,这正是政治对于文学的要求"(聂荣臻);而且更指出"三民主义的现实主义的哲学基础",当然,"我们是辩证唯物论者,我们是根据辩证唯物论的观点出发的"(聂荣臻),"三民主义的现实主义的哲学基础……在我们,自然认为三民主义的哲学基础是辩证唯物论,但我们并不强迫别人来肯定地同意这个意见"(彭真),这也就是说,三民主义的现实主义是以无产阶级的哲学思想为领导的,这就是我们今天所说的新民主主义或新三民主义的现实主义了。这三民主义的现实主义的提出,完全是基于现实的,特别是"晋察冀边区早为三民主义的新中国而斗争的前锋……所以边区是三民主义的现实主义文学的最好园地"(彭真),在今天说来,边区也就是新民主主义的现实主义文学的最好园地。全边区进步的作家,今后将更加团结在这一面"新民主主义的现实主义"的旗帜下,为新中国的光明而生活、创造和奋斗!就像那站在"人类两时代的分界线上"而生活、创造、奋斗的高尔基一样!

(《抗敌报》1940 年 6 月 17 日)

让新年的街头活跃起来吧

胡苏

在晋察冀边区街头剧的创作和演出,简直是太少了。由于什么原因呢?在边区需不需要街头剧呢?我简单地提出下面几个问题以供商讨。

□已往国内一般从事街头剧的经验,其演出地区往往在城市或城市附近之村镇、市集,换言之,即具有下列情形之地区:一,群众事务不全在白天,白天较有余暇时间,可以观剧;二,群众缺乏良好组织,召集于一个剧场内去观剧比较困难,必须以或□方法召集之;三,市区闹盛之处,来往行人众多,不可能纳之□剧场演出多幕剧,因其费时太多,行人不能久待。因此,在那种地区演出街头剧遂成为非常合适之宣□工具。而今天边区的情形则与之不同:一,乡村群众忙于农事,忙于抗敌勤务等等劳作,舍冬季外,整年几无白天余暇的时间,而街头剧一般的只适合于白天演出;二,群众已经组织起来,并且已经习惯于集体行动参加露天剧场观剧,以街头剧的号召观众方法,在此种情形下,遂"不甚"需要。

这是由观众来决定的一个原因,但,绝非绝对的原因。如以群众忙于各种劳作为由,可是我们也很少看见在冬季农闲时有街头剧的演出;如以观剧已无需号召为由,而遽然舍弃街头剧,即毫无疑问的演剧活动将仅限于一定的剧场而自动放弃其多样的有利的戏剧作战的阵地,自为群众戏剧运动者所不取。

今天边区缺乏街头剧的创作与演出之主要原因,实由于我们戏剧工作者主观的方面所造成的。

首先,我们一般从事戏剧工作者习惯于镜□舞台的演出方式,孜孜不倦于使舞台装饰从与剧旨内容不相称到如□相称的研究，习惯于采用幕线的写剧技巧（当然这些研究自有其一定的意义，但是——），因此而忽视了对街头剧的演出与创作，此是主因之一。

其次，街头剧虽因取消幕线，利用自然景物代替装置，对于演出固有不少方便，但也正唯如此，在写作上不得不更顾及于观众使其保持一定程度的（与舞台剧殊异的，更进一步的）真实感，因此，在题材的抉择、故事的结构、人物表现的方法，以及其他各种技巧的处理等等方面，自较舞台剧的为困难限制性较大。如舞台剧可以描写高山大雪、深院巨厦，可以描写一个人在门外听了半天秘密谈话，可以描写一个人倒地而死，闭幕后回到后台去；如在街头演出倒地后"复活"便成滑稽……这些，在街头剧则都因受各种限制而无法表现（当然这□就严格的要求上讲，事实上固然也有把舞台剧《张家店》在街头演出而收得效果的例子，不过这□一般中的特殊，无法在一般情形下仿效，因此，严格的要求，不能不就一般的而言）。

由于写作上的困难，便形成了街头剧的创作鲜见。剧作者□□□□□了街头□□□□□加以努力去克服写作上的困难，边区责无旁贷的。

再其次，一般"脱离生产"的大剧团经常忙于其"自身"工作（军队的学校的），无暇顾及对于群众剧运□太多的帮助，因而忽略了对于作为群众戏剧宣传、群众自己戏剧活动的一种良好形式的街头剧的重视。

由于全边区戏剧工作者的努力，不可否认边区剧运的开展是博得了相当成绩，但是群众剧运在其开展上，尚缺乏深厚的坚实的基础。这里□且不谈组织工作方面问题，即以材料的供应上来说，也还是一个大问题。群众戏团常有□缺乏适合的演出脚本而自己"闭门造车"的（自力更生是好的现象，"闭门造车"倒不是；不过，无良好剧本作为借镜，欲其不"闭门造车"亦不可得），更□有以缺乏适合的演出脚本而停顿工作的。

我们为什么任令其以简单的秧歌舞为满足（秧歌舞须改造，可改造，这是另一问题，这里不谈）——且已有个别村子不以为满足的现象！——而不去为街头剧争一席地？街头剧正应发挥其所具备的卓越条件——短小，轻便，演出容易，一□都大众化——而且宣传鼓动性大，而去为广大群众所接受，成为他们自己所有。

新年快到了，老乡们□街头曝太阳，他们热望着自己的娱乐。剧人们多多作街头剧的创作和演出吧！让新年的街头活跃起来！

（《晋察冀日报》1941年1月9日，《晋察冀艺术》副刊第1期）

关于《婚事》的演出

娄山

伟大的俄国古典作家果戈理的名著《婚事》喜剧的出演,不管是从提高今天边区的艺术,或从国民教育的观点来讲,都是有好的意义和永远的价值的,身为观众的我们,是曾经以充满了激动和希望的心情去参观了这次的演出。

在这次《婚事》演出上,联大文艺学院的同志们是尽了极大努力的。导演,一般地说是成功的。比如《相亲》这样角色比较多和动作复杂一些的场面,都是很自然的生动的,没有混乱不清的表现,每个场面的连接也都还紧凑。演员方面,如七品文官鲍阔来新及其友人高志卡廖夫与海军人员芮瓦金诸角色,演来真也确像一群"宝货"。

不过,舞台装置还似嫌简陋和草率一些,自然,这一方面是由于物质条件的困难,另方面就正如他们演出时所申明一样,太仓促了一点。其次,除前所列举以外的诸角色的演员的表情和动作,我们都感觉得似乎比较生硬和呆板些,个性的掌握还不够紧。如对于斯拉夫人的那种特殊气质,就表现得相当模糊,对十九世纪俄国贵族老爷们的那种虚伪丑陋与无人性的生活的讽刺,还未能给予应有的夸张。是不是呢?

今天边区戏剧运动,可以说初步普及了,因此,戏剧艺术的提高、世界名剧的介绍,向世界诸伟大剧作家的学习是必要的,这需要我们大量地排演世界古典名著(像文艺学院的同志一样),为了虚心地艰苦地真诚地创造我们时代的戏剧之路!

听说边区政府成立三周年纪念大会,不久将再次出演《婚事》,同时出演高尔基的《母亲》(沙可夫改编),我们在这里祝他们完全成功。

(《晋察冀日报》1941年1月15日,《晋察冀艺术》副刊第2期)

怎样才能写好通讯

洛甫

> 这篇文章是洛甫同志在延安通讯员大会上的讲词节录，载新华通讯社出版之《通讯》创刊号上。这对于学习写通讯的青年朋友及本报诸位通讯员是一个宝贵的参考，特予转载，以飨读者。
>
> ——编者

通讯员同志们，今天开这个延安通讯员大会，我很高兴来参加，因为这个会，很有重要的意义。

我们常说边区是抗日的模范根据地，而它的模范的表现究竟在什么地方？现在有很多人还不很了解。这就要由我们通讯员来介绍边区的情形到外面去，去影响和推动全国抗战建国的运动前进。这就可以看出通讯员的责任大了。

同时，通讯员的通讯不但是对外，就是在边区内地也很重要。我个人也很高兴看好的通讯，我想其他同志也是如此。我们从这些通讯里可以看到群众的生活与斗争，看到各部门的工作的具体情形，看到各种工作的优缺点以及如何发扬优点或改正缺点。因此，在这一方面说，通讯员也很重要。

另外，在敌后的八路军、新四军同志们，他们也很愿意看到延安通讯，他们从这些通讯可以知道边区的同志是怎样地工作着、生活着、斗争着，这可使他们得到安慰，鼓励他们更英勇地进行战斗。

因此，通讯员不应看轻自己的工作，应相信自己的工作重要，是一种重大的革命工作。

边区的通讯员，无疑的，过去已经做了很多工作，但是有缺点。

什么是这些缺点呢？

第一，就是这些通讯还不具体。有人讲写通讯要有五个"W"，就是什么地方、什么时候、什么人、什么事，还有怎样的经过。这就是写通讯要写得具体。过去很多通讯常是讲一些抽象的感想，事实却不很具体，因此常常失去了应有的效力。可是，有的却又把具体看成流水账，比如写生产运动只写开荒多少亩、锄过几次草，又收获多少担谷子等等，这也不算具体。

第二，就是通讯员的真实性不够。比如说开会并不热烈，但通讯上却写得热烈，或者相反。通讯应该是真实的，有优点就写优点，有缺点就写缺点；最主要的就是我们的通讯员还不会从各种平凡的表面的现象里去把握本质的东西。而没有这种本领，通讯就会缺乏真实性。

第三，就是写通讯还写得不生动。外面的有名的记者如邹韬奋、长江等，他们的通讯都写得非常动人，我们的斗争与工作是生动的，我们的通讯员也应该是生动的。

现在我来讲怎样才能把通讯写得好。

第一，先讲讲搜集材料问题。比如目前秋收运动的材料，就应当很好地来搜集，我们知道写小说还可以靠想象，写通讯这样就不行，这必须写实际的东西。材料要从各方搜集，正面的也好，坏的也好，都应搜集。这就要求通讯员具备勤奋、苦干、不怕麻烦的精神。

第二，要接近群众。搜集材料就要接近群众，与群众打成一片，同他们生活在一起，才能得到真正的材料。对于群众，要是抽象地去问一个问题，是不行的。通讯员一定要接近群众，很多问题在表面上是看不出来的，一定要深入到群众中去看、去问、去感觉。

第三，要到实际斗争中去体验、去实践。如在前线、在部队里、在机关里，要在实际工作中、实际斗争中去找材料，写通讯才能成功。这一点,同资产阶级的记者不同,我们的通讯记者是在实践中锻炼出来的,我们的通讯记者本身就应该是一个革命者。

第四,通讯员要养成从各种具体现象中把握本质的能力,同时更注意技术上的修养。特别是工农通讯员更应在这方面努力,这一方面成功的秘诀是多学习、多写,不怕人家不发表,一次不发表,再学习、再写。不要一次不发表就灰心不写了,只要多学习、多写,坚持下去,一定可以成功。一下就写得很好的通讯记者,天下也是很少的。

我们的通讯员如果能照上面的话去做,就可以使通讯达到具体、真实和生动的标准。

今天我们需要无数的通讯记者,今天的前线就缺乏通讯记者。因此前线很多惊天动地的事情,无法传布出去、介绍到全国全世界去。这很可惜,因为这些事情如果给全国人民知道了,一定可以巩固他们抗战必胜的信心,及使他们了解如何争取胜利的具体道路。

每个通讯员同志应当把通讯工作当成终身事业,这样做下去,一定能产生很多的青年的名记者,这对革命事业,是有很大的帮助的。

(《晋察冀日报》1941 年 1 月 28 日)

《母亲》《婚事》《日出》三大名剧公演以后

丁里 王久晨 田间 汪洋 李牧 牧虹 周巍峙 胡苏 洪涛
侯金镜 崔嵬 张金辉 郭耕 贾克 廖行光 赵冠琦 韩塞
罗东集体讨论　胡苏执笔

伟大的五十年代的年头,战斗的晋察冀的戏剧的斗士们,在革命的团结之下相继地演出了由高尔基原作改编而成的《母亲》、俄国古典名作果戈理的《婚事》和我区优秀剧作家曹禺的《日出》。三大公演对于边区剧运给予了什么影响,我们对此应有正确的足够的认识。

为了"普及"的质的提高

我们的三大公演不是边区剧运的最后目的,而应是无可置疑地站在群众剧运——人民大众的戏剧之基础上面,向古典名作学习其伟大优秀的成果,为了求得边区剧运现状下的"普及"更加开展与坚实,遂有完全必要的质的提高的要求。

正确地认识了这一基本意义,因此,在三大公演后如竟尚以演外国戏剧为荣为快,而成为一种偏向的话(假定有这种看法或打算),则自应认为有背于此基本意义。如因欣羡于三大公演所表现的成绩,而自陷于对本身剧团的悲观不能自振(也假定有这现象的话),则更□是昧于上述公演的意义,并无视其本身剧团在剧运中的任务了。

晋察冀边区的剧团,一般以脱离生产与不脱离生产而分为两大部分,后者泛指农村、工厂、连队、中小学等剧团,前者则又以其工作岗位、任务等之殊异,而有演员修养、演剧水准等之不同。因此,我们自不应强求在不同的工作岗位、任务下,一致地去做某一特定工作岗位、任务所应做的戏剧演出;我们也自不应强求在今天尚不相同的演员修养、演剧水准下，一致地去做只有某些演员的演剧水准适应下的戏剧演出。自己不应强求，别人也不应强求。

同时，问题的另一面，在一定的工作岗位，还有一定的任务，或有一定的演剧水准的剧团，也不宜于专致力于外国戏剧的演出，放弃了或者妨害了其"普及"的任务，其理甚明。

此种戏剧的演出，应是一定剧运的全部工作中的相当部分，有计划地——应该是比这一次更有计划地计划此种古典名作的大公演；有研究地——应该比这一次更有研究地来演出它们，使其演出更加发挥"质的提高"的作用。

质的提高的普及化

三大公演在边区剧运质的提高上会起相当大的作用，但如果不宝贵这次收获使其普及于边区戏剧运动的各个岗位上，质的提高将偏于部分的少数的，仍有背于新民主主义剧运的本义。

把大公演的作品及其演出的一切方面，都加以深刻之研讨，作为自身的教育，这在边区剧运的每个岗位上，应该广泛地开展起来，甚至（例如对于一般戏剧修养较差的对象）由剧社干部采用一种上课形式也是完全必要的。

秉此精神，即使在平时也好，经常不断地研究名作，加强戏剧创造的各方面修养，也应该是各个岗位上戏剧工作者的普遍的要求，绝不能局限于部分的少数的范围。更□不应忽略的，把戏剧干部的与脱离生产剧团的质的提高，作为提高群众剧运（泛指不脱离生产剧团）的戏剧水准的一个重要的资源，使群众剧运也更加有力地开展起来。

需涉及的几个问题

三大公演兴奋了边区一切戏剧工作者，自然也兴奋了剧作者。三年来的边区为什么还没有一部反映边区现实斗争的大剧作呢？写吧！给他们一些必要的时间和环境。

这是需要的，为了边区剧运质的提高。

在这种情形下，将会产生较好质量的剧作，多幕剧或者独幕剧。

不过，多幕剧与独幕剧只是量上的多寡、形式的长短，而绝不是质上的优劣。如有以写多幕剧才是伟大作品，演多幕剧才"过瘾"，写于独幕剧则无论写之者、演之者，都认为渺小、无足轻重，与质的提高无关，则又是谬误的偏向了。

其次，三大公演也兴奋了剧团负责人、导演人、演员和一切舞台工作者。我们向三大公演学习了它们所给予的，可是晚会工作常带着突击性，使我们很少可能完美地来进行创作，往往是把一颗苦涩的未成熟的果实，摘给了观众去吃——他们这样感慨着——给我们一些充分的时间吧，让晚会更有计划些吧，使演出的成绩更完美些。

在那种情形之下，将会有较好质量的公演，来更加满足日益提高着的边区剧运。

组织一些有意义的晚会，尽量减少不必要的仅供娱乐的晚会。

其三，向先进国家古典作品和新形式学习，这是质的提高的主要方面；但不能忽略了对本国遗产的接受。

在此伏彼起的大公演热潮里，我们不能无视了中国旧戏剧形式在创造戏剧的民族形式中的一定地位，让我们也去研究用旧形式啊！

（《晋察冀日报》1941年2月6日，《晋察冀艺术》副刊第5期）

儿童文艺的创作

林冬苹

十月十九日早晨想起了鲁迅先生,因之也想起了边区的儿童文艺创作问题。边区的儿童从六岁到十四岁的,以其全新的组织生活和战斗热力,要求着读物——无论是看的、听的和唱的。

叶绍钧先生在十几年前用《稻草人》给中国儿童文艺开了一条路,也吓退了一些花枝招展的儿童读物的"鸳鸯蝴蝶派"。但此后,"不但并无蜕变,而且也没有人追踪,倒是拼命在向后转"。——鲁迅先生这话当然是指的抗战前的情形,而也并没有忽视张天翼诸人的"大人的"童话,如《蜜蜂》之类。

边区的文艺工作□□是突击过来的。对于"稻草人"的道路,不只有充分追踪的勇气,而且有十足"蜕变"中超越的可能。如边区的孩子普遍地参加了艺术活动(演剧跳舞)、诗、歌谣的创作;如西北战地服务团的"少年高尔基"们,对童话,儿童歌剧的注意等等。但工作还是□着初步。

在形式方面不成问题,短小、浅白有韵、行动多于对白、民间形式奔向民族形式……这里提出来的是关于内容方面的一些参考。

苏联在新儿童文艺的创作当中,曾克服过两种偏向。是关于新童话的创作要不要神话(广义的传说)和幻想(在中国没有合适的字眼来表示这个意思。幻想两字在中国一般是指胡思乱想而言的。在这里的这两个字应该理解成——科学的幻想——的意思。下仿此)的问题。有一些人主张把神话和幻想从儿童读物里完全驱逐出去,完全"科学"化。这显然是忽视了儿童读物以及文艺创作的一些特点。列宁曾说过幻想是一种极有价值的东西,就是在数学上也是必需的。以为只有诗人才用得着,这种想法是不对的。

联共中央指摘了这种偏向。高尔基参与了这个指示工作。他写给儿童书籍委员会一个信详细地解释着,没有幻想的艺术性是决不会有的,艺术由于幻想,而得到生命,科学则努力于实现这个幻想。委员会不可否定幻想,不可消灭儿童的幻想。资本主义社会是又害怕现实,更害怕幻想——他在别一处写道,"我们则不必"。

第二个走极端的一派是主张使儿童读物完全脱离现实,使儿童读物纯粹为"儿童的世界",同时受到了指责。因为孩子们是生活在建设的新人类的土地上,把他们构拢□完全神话的玻璃□或是幻想的"暖室"里,当然是颓废资本主义的遗毒的要求。

适当解决了这个问题,因此,在苏联的儿童文艺的创作就走上了平坦的□而飞进了。对古典文学的接受,也不只是现实主义的、浪漫主义的,神话的□科学的幻想的也在内了。神话、幻想、现实新鲜巧妙地结合起来,像花枝□□□成了一株光艳夺人的美丽的七月菊。

据报载:一九一九年用苏联五十□人民语文印行儿童读物一六四三种,总发行数四千一百万册。发行儿童报纸□十五种,在每一民族共和国中儿童均有用本族语文印行的报纸可读,杂志亦□。而有,□邱可夫斯基、马尔夏克、什□科夫、卡尔马等专门儿童文艺作者。

当然,我们边区处在紧张的战斗中,因此对于神话和幻想在儿童文艺中的运用,在分量上就不能像苏联在和平建设的时期所运用的那样多。而内容和简图也应切合边区现实的要求。

孩子的一代,已经是参与了的战斗的一员,迫切的是需要政治的战斗的□学的教育。在今天用艺术来帮助儿童,要使他们的思想感情和感觉,达到更深刻、更清楚,更敏快的习惯;使他们的□识扩张,使他们紧紧地接近到集团,□别人在一起获得进步,加速成长,接□

民主的生活和战斗的前线。

孩子们及其父母、哥哥和姐姐,过去在寒冷和愚□里生活,只有这三年,才接近了进步的文化生活。根据这个,一切基础的切实的科学知识,应广泛地容纳到儿童读物里去。大家除去注意的民间的童话、歌谣、儿童的绘画、木偶人戏、儿童玩物等东西以外,要研究国外从《伊索寓言》到欧□特别是苏联的儿童读物的收获和经验。在新童话里写入战斗、民主和科学。在表现上趋向儿童的爱好,太阳也不妨弹琴,月亮可以讲演,玉黍蜀可以成为炮弹,小花狗、空中飞的鹰、河水里的鱼,都可以开会、运输公粮、捉汉奸、打敌人了。

苏联的儿童戏剧工作者奥林森说,儿童是一种单独的实体,并不是一个成人的一种缩影。这话暗示着儿童文艺创作之困难。过去有许多运用上几句"小了一个便"或是"吸一下鼻涕",便算是童话的特征的作品。其实儿童并不是老"小一个"什么什么或是老"吸鼻涕"的(其实儿童小便和吸鼻涕的遍数不见得比大人多到哪里去,为什么一写孩子就把这些动作提到第一位呢?)。儿童文艺的作者,应该除去深入现实生活以外,更深入儿童的生活,研究其生活、心理、进步的过程、不同的状态等等。

这个工作(儿童读物的写作),我们把它当作边区儿童保育工作的一部分。

一九四○年十月

(《晋察冀日报》1941年2月16日,《晋察冀艺术》副刊第6期)

"民族形式"问题

田间

因为中国社会的半封建性半殖民地性，（殖民地性）这就使群众文化水准与政治水准还不能很快提高，使新文艺运动还没有达到长足的伸展，没有在群众中建立基础。这样，再加以从封建社会而来的旧形式、民间形式的仍然普遍存在（这些旧形式、民间形式本质上是压迫者的统治艺术，民众中虽有对封建意识对压迫起反感者，然而这些艺术中，经过曲折路线，或多或少地包含了民族的和□□自己的生活样相，□们才感□一些"亲切"，亲切□他们"习见常闻"中使他们软化，他们自己并不知道，当然就很少反抗、斗争，这些东西才更在民众中有了"占有势力""支配的力量"……），于是当中华民族碰到极大的危难在挺身起来的战斗的大浪潮中虽然需要广大的、普遍的、斗争的、新的艺术以反映战斗、以助长战斗，但并未能很好地做到；并且旧形式、民间形式强烈地复活与发展，连一部□文艺工作者（很少数）中彷徨着或者干脆只制"新酒"放进"旧瓶"里去，也正在这时期左右，就有鹿地亘和张秀中、适夷们的关于利用旧形式的论争：鹿地亘认为"这伟大的民众是值得给予最高的、艺术的"（列宁）来说明为了战斗，为了中国，应该要创造好的新的艺术，至于"利用旧形式"不过是宣□教育工作上的□，就是这样也要□实做到批判、改造；张秀中们认为现在的民众似乎还不可能接受最高的艺术，"利用旧形式"是比较合时的办法。……（大意如此——作者）

同时，有许多人□从事□□究竟怎样利用旧形式——怎样批判地接受和怎样改造。这□没有得到什么明显的效果，所谓利用者只不过"应用"而已，只不过"旧瓶装新酒"而已。结果，无论从文艺创作上，无论从运动上，无论从宣传教育工作上来说，"利用旧形式"成了普遍的现象、很热烈的现象——这样进而到达了在"民族形式"问题的提起时，竟有向林冰等□□"民间形式"是创造"民族形式"的中心源泉。其理由不外是民间形式是民众所"习见常闻"甚至"喜见乐闻"（也有些人认为民间形式才是"中国货"，才是民众的东西，如果从这种形式发展出来的形式或创造出来的形式一定可以成为"民族形式"一样）——他不知道这理论有意无意中是否定了"五四"文学革命精神以及它所走过的道路的战□，他也不知道这理论是流于□念论（从形式到形式），违反了艺术创造上的现实主义的精神。……

俗语："脓长多了泡要裂。"问题发展到这样的时候，斗争又切实地展开了，反向林冰自成系统的论点，□反现实主义倾向者皆接踵而起，除茅盾的《旧形式、民间形式与民族形式》、郭沫若的《"民族形式"商兑》而外，最近还有胡风的《□民族形式的提起和争点》等都深刻地驳斥了这一流行的迎合于某一些人的歪曲的调子。

问题解决不少了。例如对于新文艺战绩及其□□的肯定（中国新文艺运动的开始，新文艺作品的艺术形式虽然是从近几百年来各新兴国家、各弱小民族里成长的市民阶级文艺与无产阶级文艺等，直接或间接地影响而来的，鲁迅□一□小说即受果戈理等作家的影响，但毫无理由说，这是非民族的文艺运□或不能由这些作品可以进展到民族形式的创造、完成——因为类似的社会基础可以产生类似的文艺形式，这些形式也可以互相影响着……），例如最具特征地指明我们民族形式的创造的中心源泉是现实生活（卢卡契在《叙述与描写》里说："表现现实的新的风格，新的方法，虽然总是□以前的诸形式相联系着，但是它决不是由于艺术形式自身固有的辩证法□□生的。每一种新的风格的发生都有社会的、历史的必然性，是从生活里面出来的，它是社会发展必然的产物。"），例如对民间形式的理解和批判（大致和我在前面所说的一样，不重复——作者），以及我们应有的态度——胡风在这一点也说得很详细："所以，现实主义的作家虽然应该深彻地研究民间文艺，但并不是为了'运用'它□形式，而是为了要从它□到帮助，好理解大众的生活样相，解剖大众的观念形态，选积大众文艺词汇。前二□溶化到现实生活里面，得接受□家的一定观点（创作方法）的组织成为创造新内容的题材，后者溶化到大众的口头言语里面，也得接受作家的□定观点（创作方法）的组织，成为创造和那相应的新形式的材料。□且，不是为了运用形□，也不是为了接受内容，而是为了得□帮助。对于'现实生活'和'口头言语'的知识更加丰富，更加能够理解大众的表现感情的方式、表现思维的方式、认识生活的方式，就是所谓'中国作风与中国气派'。"例如对于"欣赏力"的应有看法，胡风也指出："欣赏力，我们所肯定的欣赏力，是从哪里来的？一方面可以是由于生活存在上的，甚至是文艺形式上的'习见常闻'。但另一方面却是生活存在里的、隐藏着的甚至是原来常常被大众自己拒绝的、战斗的欲求。前者必须服从后者，在后者的要求下面，被肯定或被否定。进步的文艺所评价的、所要求的、所应高扬的正是后者而不是前者。对于大众欣赏力的适应这一努力，应该服从生活真理的原则，只能在这一原则所能允许的限度下面进行，否则，从文艺本质上说，就是解除武装，就是去势。"因为"欣赏"在我们看来也并不是对于事物受动的感应，而是对于事物的能动作用。例如对于"利用旧形式"的一个较新的看法，郭沫若说："所以民间文艺的被利用，还是以民间艺人的被利用为其主要契机，这点我们是不可看掉的。"……

在理论上，我们相信这是能够击碎向林冰的或和向林冰近似的观点幻觉倾向。……但我们不能以此为满足，因为实际上有些工作正在符合着（不管有意或无意）那种论调，很显明的就是大后方一部分人一做□"通俗运动"或"通俗化"，便毫不考虑地举起"旧形式"——这种把"利用旧形式"的旗帜插到通俗化工作上，那将要把"通俗化"或"通俗运动"带到什么地方去呢！（你不看连堂堂的□□□国文艺□□□协会所主持的《通俗文艺》也如此吗？)

谁都会承认："通俗运动"或"通俗化"不是去势，不是解除武装，也不是把真理打个折扣。但到了实际行动时则不然。不是有许多"利用旧形式"的东西明明把真理打了折扣吗？甚至歪曲的事实也有的吗？他总以为民众是傻瓜，就不能有欣赏或接受新的事物的能力，于是"选举村长"来一个"挑村长"。他也不明白民众处在新的斗争当中，他们的生活感情、思想正在□□着——这种变动的事实告诉我们——他们对于旧的东西（这里是"旧形式"）并不是有些人所想的那样"爱"或"亲切"。这只要看看他们为什么乐于组织村剧团，也乐于合唱，也乐于开会（他们还能够举行"斗争会"）等等就可想而知（当然，我也想到他们在某些地方也显出还很保守）。如果在文艺工作者们来说：那我们还不是赤手空拳，还不是毫无资本，我们也有许多形式可以把它变成新的通俗的形式——街头剧、活报、田庄剧、街头诗、朗诵诗、墙头小说、□□、新民谣、英雄□记、小故事、连环木刻等等。只要我们能很好地把握着现实主义□的创作方法，在言语和感情上锻炼得更明朗、更群众化，而且具有单纯而伟大的性格，避免琐碎和繁什，克服一些往往是作家的多面的、幻想的情调，深入生活，把生活的尖锐面、战斗面提炼出来；使现有□□□□一般是短小精悍的形式成长和普及，同时要善于开展文艺运动（例如开办"乡村艺术训练班"）等，要借政治力量和社会力量来帮助（"□□□□□□□□阶级作家的霸权现在还未曾确立，党应该加援助于这些作家自己造出□向这霸权的历史的权利来……"——《关于文艺领域上党的政策》，联共〔布〕中央委员会的决议。鲁迅译），要勇敢地、广泛地把我们的东西放到群众手上（郭沫若说："问题是要让老百姓有多多接近的机会。我决不信老百姓看电影没有看连环画那样感兴趣，我更不相信老百姓听交响乐以为没有锣鼓那样动人。"），去用真理和"旧形式"争夺群众。如果我们自己先不积极，或者又被旧形式、民间形式所吓退，那么新文艺运动不但恐怕不能很快地前进，也许正如某些人所担心的有倒退的危险！（没有斗争，旧的东西是不肯将位置传让给新的的。——柯庚教授）

因此，我希望在通俗运动里不单要灌输我们新的观点，还要创造我们新的方法。

那，即使它为了宣传教育工作也好，也好的，也会发挥更大的更真实的"使用价值"。郭沫若在这一点似乎还没有很好的理想，他告诉我们："但为鼓舞大多数人起见，我们不得不把更多的使用价值，放在民间形式上面。"照这样说，是不是会对新文艺运动有影响呢，有些妨碍呢？我想：会有的，对宣传教育工作也有影响的。

大家既然公认了民间形式是那么单薄、软柔（所谓"毒素"之类且不说），它可以装得多少我们所要宣传的东西呢？而我们要宣传教育的正是丰富的内容。于是你不把那"定型"的壳子打破（所谓真正做到批判、改造之意），真理还不是要被削一削放进去么？这里可以举一个例子。大家认为"秧歌舞"的形式算不错的了，但根据最好地说，它批判了一下，也多少改造了一下，结果无非是人多些（加进"工人""农民"诸角色），扭得紧张些，配以乐声，加进简单的场面（它也只能加进简单的场面）。这样，我们看见什么呢？——群众还是笑笑哈哈的，舞员也是笑笑哈哈的。好一点的话，多少有些效果，坏一点的话，一场无谓的游戏。更坏的是有些妇女要打扮得漂漂亮亮的，男子也乘机来看女人。……假如新民主主义的舞应该是坚强的力的节奏，那这都相反。那这是好的宣传教育工具吗？能获得更多的使用价值吗？

而新文艺又是不是能作为一个很好的宣传教育者呢？只要它真正是我们所说的新文艺（这里暂指通俗文艺），那它毫无问题是艺术价值和使用价值（社会价值）同时具备着的——而且只有最艺术的东西，它给□人的鼓舞和祝福就更多些，更强烈些。——列宁与敏娜·考茨基女士在论倾向文学里非常正确地说明了。

是的，今天我们还有很多群众是文盲，是文化知识很低，你的文艺作品会有什么生硬的东西不见得会和他们能发生关系。是的，在我是经常看见，这也是事实。不过，那就要说我们的社会教育工作（以及其他一般教育工作）要负些责任，否则，不但文艺，就是任何文字宣传品也同样会碰到这问题——因为即使你写了"一、二、三、四、五"他也不懂。鲁迅很早就说过："不能设想，在现在的政治条件下（指说话当时的政治条件——作者），可以使大众化事业有如何了不起的成就。"

这样说来，是不是叫我们把旧形式、民间形式一脚踢开呢？那也不必太过火。前面不是说过还要很好地研究它，作为我们创造"民族形式"过程中的某些参考。除此，在我还认为：假使真正有比较健康的民间形式，而我们也是站在为创造新形式的基本观点上，能够改造它，也可以。不过，那万不能把以"民间形式"来作创造"民族形式"的中心源泉与□混同。这是极少的可能成为事实的例子吧？

也许有人要问："在新文艺的力量没有达到的地方，难道不好先用旧东西来代替一下造成过渡时期吗？或者难道干脆放弃宣传教育吗？"这是有理由的。但我们仍然要看是不是那个地区与新文艺毫无姻缘，在那里完全缺乏伸展的条件；如果不，那再看我们的领导者是否有决心，是否能不畏艰苦地向先进者取得经验教训，寻觅种子？即便"代替"也得看如何代替吧（"利用旧形式"的经验教训，很多了）！

　　有些问题，本来不一定要谈，在晋察冀边区：三年来的斗争过程中，首先是政治上获得了民主的精神；而在经济上的开拓，经过几次大开荒与生产运动，手工业的发展、农业的改进，已渐渐向"耕者有其田"理想前进；在社会教育上，也有过数度冬学运动，文盲减少很多。……群众对于斗争的拥护与爱，对于新的理想的新的希望，他们自己也创造了无论在哪一方面都有一些新的精神。——在这里，群众显示了自己的伟大与智慧、不可被侮辱与不可被侵犯。因之，就有十几岁的农民孩子能写诗、绘画、木刻，能演剧；就能把许多在别人认为是无法接近群众的"新形式"——歌剧、歌活报（《参加八路军》更是震动了群众）、话剧、街头诗、朗诵诗、木刻、摄影、合唱等都与群众发生了战斗的友谊、真正的亲切感，同时也有群众创作话剧、出演话剧，某些地方的群众则用鄙视眼光来对待旧形式（虽然边区还有一些地方正在"利用旧形式"）。——我们这里正好来创造"民族形式"，来向"民族形式"□□□□，为建设新民主主义的□□文艺阵地而战斗，来影响来促进全中国□□□运□，□□□□的世界文艺运动交响、□□。——□□□，事实上也正在这样努力着。

　　晋察冀边区□各个时期政治动员□战斗□员□，□□、小传单、话剧、歌曲、街头诗、报告、通讯等，都起了相当伟大的作用，也有了不少的所谓"使用价值"了。

　　文艺作品质量的渐渐提高，文艺工□□□现实生活更进一步在一起，几年来，我们也□□了一些优秀的文艺作品，这些作品的艺术水准是完全能够与全国的艺术水准并驾齐驱□□愧色的。……

今天"民族形式"问题的提起和我们的任务，我想，那不外是在我们的形式上要能够注意到"民族形式"，它本质上是"五四"的现实主义传统在新的情势下面主动地争取发展□□，一方面使主导的基本点争取前进，一方面□这主导的基本点受到妨碍的弱处或不足处争□克服，是这一争取发展的道路。它的提出，"是由于形式的能动作用能够达到内容的正确的把握而且前进这一方法上的意义，也只有在实践里面固守这一意义才能够取得战斗的作用"（胡风）。同时，我们更要以新民主主义的世界感和世界观去战取生活、组织生活、武装生活。这工作是艰难的，我们要不怕艰难！

而在对"旧形式"的看法上，□也不得不□重。"如果形式是内容的本质的要素，□□文艺形式的力学是特定社会层的力学——气氛、情调、作风、气派的反映，那么，新的文艺运动就有的世界观、内容一般的斗争之外，还得和作为形式本身的旧形式做斗争的必要，尤其是当旧的□力装出一个好□只反对旧的□式，并不反对新的内容似的面孔的时候（□'五四'时代对于白话诗、现在对于自由诗的□□），尤其是当旧的形式因为有了完成后长□□配时期，形成了很□和内容无关的本身的□□似的时候（如有些人对于旧形式的拥护），□其是当旧的形式装着愿意接受'批判'，□□让出点地位给'新□容'寄居的时候（如□□的旧瓶新酒理论），这种斗争就更必要，也□艰难。"（胡风）在新文艺工作者本身固然□应该"利用旧形式"（"接受遗产"是另□一个问题。——它是要决心克服前代的□□来完成自己的新风格，这种新风格要和前□□思想意识、客观的发展的事物相吻合），而□要尽可能地影响那些正在"利用旧形式"的□般人，使他们跟我们一同前进。这工作也是□难的，我们要不怕艰难！

我们应该深深地想道：向林冰的错误的□论，或多或少也在别的人身上，在别的地方□可以找到的。……这样，为了坚决地完成"民族形式"的任务，为了坚决地完成新文艺□□的任务，为了坚决地完成战斗的□□，我们□要让那种抛弃现实、抛弃斗争的理论在伟大□坚决的工作中被粉碎！

附记：这是我个人的感想，提出来也无□希望□大家更清楚向林冰的理论，□及民族形式的提起和争点究竟在哪□，也无非希望供给晋察冀边区文艺运动——这一生气蓬勃极有前途的文艺运动做一个小的参考。当然，更□□大家加以批评和讨论。

一九四一年二月

（《晋察冀日报》1941 年 2 月 25 日，《晋察冀艺术》副刊第 7 期）

关于墙头小说

孙犁

一、名称的来历

墙头小说这个名称,是从日本传来。在一九三〇年,日本左翼文艺杂志《战旗》,曾向各工厂、农村、团体中的进步作家号召写这种文章,把他们所在的地方、所处的环境中发生的事,迅速地写成这种作品,贴在附近。但结果这个运动,还是印在刊物上的作品,比贴在墙头的多。一九三一年中国的有历史意义的文艺杂志之一《北斗》(丁玲主编)介绍这种形式,也登载了几篇作品,如白苇的《米》《传令员》等作,后来并译成了新□□。当时的文艺新闻也介绍着。但在中国的这个运动,据笔者所知,当时也没像它的名称所表示那样开展起来。

二、边区最需要这个形式

边区的广大人民,已经有了相当的阅读能力,广大人民正要求着写作的练习。边区各村、各工厂、各机关、各学校都有自己的墙报,边区的印刷条件还不大充分——这一切条件,都说明墙头小说这种形式,一定能在这里广泛开展起来,一定要在这里广泛开展起来。

三、和报告文学的关系

墙头小说怎样写作呢?它和报告文学,和一般短篇小说的分别怎样呢?除去它是短小的、不是印刷的、是贴在墙头的这些特点以外,它应该比报告文学更直接、更具体一些。一件事情,在这里发生了,

墙头小说应该马上出现，反映这件事实，反映群众对这件事的印象，集纳群众对这件事的意见。它可能有一些假设和想象，它不一定要像报告文学那样，有一定的新闻性质的人名、地名等等的制约。它的故事可能是经过作者的编构，可能用假设的人名和地名。其次，它不一定反映当地的事件（反映当地的事件当然是它最基本的任务），它也可把别的地方发生的事用这种样式报告给这一带的居民。它要具备短篇小说的特点、长处，但比普通所谓短篇小说新闻性、政治性要更大更壮烈泼剌些。它，最好是经过集体的讨论形式写出的。它，应当是一个行动前的文艺的政治动员工具，或是行动之后，一个文艺的检讨形式。它在形式上更有头有尾、生动有力，更大众化，更有民族的形式和风格。它可以用单张的纸写出，也可以编入墙报。

四、其他

墙头小说、街头诗、街头剧是边区三支文艺轻骑队，是年青有力的三姊妹。

九月十四日

（《晋察冀日报》1941 年 3 月 7 日，《晋察冀艺术》副刊第 8 期）

略论列宁主义的文化观

向文村

在一定的社会经济生活的基础上，在一定的历史时期的一定的政治条件下，产生一定的文化，这应该被视为人类文化发展的科学的规定性。

因此，在一切都变成了商品、一切商品化了的资产阶级社会里，文化发展的可能性是有限度的；同样，在压迫与剥削的制度还存在着的各个社会或各个历史时期，无论当时的压迫与剥削的程度与形式如何，只要那制度还存在着的时候，文化的发展都是有其一定的限度的，这不是文化主观主义者和文化先锋主义者所能够把它根本改变的。文化发展与人民大众在文化上的解放及其进度，是与人民的经济生活与社会的政治的生活的发展程度密切依靠着并为后者所决定的。这里就可以想到为什么只有在解除了压迫与剥削的新的社会制度之下，才能够有苏维埃俄罗斯的广大的文化发展，因而也才可以了解列宁指出"在革命解放了一切力量之后，从此就把这些力量从生活的底层固定和推送到生活的表面上来"的意义了。也只有当革命解放了一切力量、解放了群众的时候，真正的群众文化的觉醒与斗争才高昂起来，所以十月革命后列宁与克拉拉·蔡特金的谈话中说道："从无产阶级夺取政权的时候起，便存在了群众对于文化的觉醒与斗争，这对于□□文化革命是很重要的。"这可以作为列宁主义者对于革命与文化的总的认识。的确，真正属于群众自己的新的高级文化的建设与成功，是要□群众从革命中取得了胜利之后。文化在革命的斗争中要担负其伟大的前□的作用，而新的文化形式□确定的成就却要在革命斗争一定阶段的胜利之后。

列宁一生从事革命事业中，就最关心于文化的发展。当苏维埃政权在旧俄领土上获得胜利之后，列宁首先注意俄罗斯劳动大众的文化发展，极力进行国民教育。在帝国主义干涉后□国内饥馑的极端困难的条件下，他对于工农群众的教育，对于扫除文盲，对于训□师资、技术家、科学家与新知识分子干部和对于保存前代艺术遗物与固有的文化艺术建设等都注意到了。

列宁对于培植属于劳动人民大众自己的新的革命文化与艺术是非常耐心的，一点不燥□，而且他特别注意旧的前期的艺术的价值，他极端反对那些卑视或轻视前代的旧艺术作品的□□与主张。他对于许多资产阶级的艺术家也都非常重视，认为把那些著名的艺术家埋没了，否定资产阶级艺术人民的光辉作品，是非常错误的。他对于新艺术的未形成，一点也不表现出苦恼，因为他认为革命会发展它自己的艺术。

列宁主义的文化艺术生长的观点完全是辩证发展的观点，它□□没有预先认定某种艺术形式是新的完善的形式，而是认定新的艺术形式必然是在一□固有的和现有的艺术形式中发展完成的。所以列宁说："艺术，不是博物馆里的而是动的艺术，必须经过一定的、不太猛烈的而正是迅速的革命去适应新的要求。""这种艺术□在开始时或许是很幼稚的，而且不能够单独用美学上的观点来认定它的。"在这种观点上，列宁曾经激烈地反对过那种毫无思想的，甚至有时无意义的艺术，没有一点生气的"左"的超现代艺术的"狂热病"（□维雷夫)，因为这种"左"的超现代的艺术是与劳动大众的生活脱离的，因此是非现实的、粉饰人生的。列宁主义者相信："革命会产生自己的天才，普通人民的儿女，这些人能够创造属于人民的和为人民而创造的艺术。"（□维雷夫）

"当工人和农民群众需要黑面包的时候，难道我们必须拿香甜的恹意的饼干给一群只占少数的人吗?"这是经常被人引用的列宁的一句警策那些唯"新"是务的"左"的艺术家们的语言。这就是说:当绝大多数群众的肠胃此时此刻(不管他时间较长或是较短)还正需要某种文化艺术的时候,你决不应"左"的卑视他们,而□先要尽量满足他们,逐渐经过"一定的、不太猛烈的"进步的过程,你才能领导他们并且由他们自己生活与斗争的经验与各种条件的充实,走进新的更高的文化艺术的领域中去,创造更高的艺术形式。这种艺术形式才能真正与他们的实际生活的内容相适应,这种改变也才是真正迅速的革命。如果主观地以先锋主义的观点,只斤斤于形式的提高,标新立异,舍弃大众所熟习的东西,只急于图功,那就不是领导大众而是愚弄大众。所以列宁要竭力反对未来主义的矫情,反对崇拜任何新的事物,只是简简单单地认为是"新的"就算了。他曾经沉痛地说:"对于艺术时尚有很多的矫情与非理性的崇拜,在西方占着统治地位。□□是很好的革命家,而从某种理由来说,我们不得不表示我们也是站在'现代文明的高峰'。但是现在我□有勇气来宣布自己是一个'野蛮人'。我是绝对不能够认为那些表现主义的、未来主义的、立体主义的和其他什么'主义'之类的作品是艺术天才之最高的表现。我不理解它们,我对它们毫不感兴趣。"

最明显不过的了,一切追逐于所谓"新的艺术"(真正的新的艺术是必须为大众自己所创造的)的"左"的艺术爱好者,看到广大的昨天还是无知的受压迫的农村群众热切地把新的生活与斗争的内容从他们自己手里仅有的拙劣的艺术形式中表现出来时,那种轻蔑卑视的眼光是何等可憎而又可笑的。真正的新的进步的文化,必然是人民大众自己的,"左"的艺术家们在实际上是没有了解这问题的。

列宁主义的文化观与文化政策,在苏联已经获得了完全的胜利的发展。特别是列宁主义的民族文化问题,曾经为斯大林所光辉地发展了，成为苏联文化建设中的巨流。民族文化问题是列宁主义文化政策的基础。斯大林曾经指出过：曾经生活在从前沙俄帝国下□的人民，曾经在从前，被人□文化的□地——教育的下面赶开了的人民，在为迎头赶上文化上经济上最进步的民族而斗争中，不是去模仿他们，或写他们，而是要从古典的东西中去学习，去锻造他们自己的文化。这实际上不仅是对民族文化问题，而且是对一般文化问题的科学的提示。

列宁、斯大林对文化问题的观点和列宁主义的文化政策，已经把世界六分之一土地上的人民从落后的过去，引导到进步的今天，引导到人类文化的最高峰了，世界其他民族的人民大众或早或晚也都必然要经过这同类的过程。

(《晋察冀日报》1941年3月12日，《文化思想》副刊第2期)

读《"民族形式"问题》后

左唯央

> 自边区各协会负责主编的《晋察冀艺术》第七期刊载田间同志《"民族形式"问题》一文后,已引起各方不同意见之争论。本报为发扬理论商讨的精神起见,于篇幅极端拥挤之际,本期特辟此地位,选登左唯央同志《读〈"民族形式"问题〉后》一文,以飨读者。本期艺术不得不缩小篇幅,敬希各协会同志见谅。
>
> ——编者

最近在《晋察冀艺术》第七期上刊登了一篇田间同志的《"民族形式"问题》的文章,这篇文章的中心内容,与其说是讨论民族形式,毋宁说是讨论利用旧形式的问题更为恰当。

关于利用旧形式的问题,过去在边区曾经有过一番讨论,最初虽然意见不完全一致,但最后却是统一了。这次田间同志在《"民族形式"问题》的命题下重新提出这一问题,似乎田间同志在什么地方发现了新的论据,因此觉得有对旧形式加以新解释的必要。根据田间同志的这篇文章,我们以为整个《"民族形式"问题》中所包含的论点不外是反对向林冰,怀疑郭沫若,拥护胡风而已。

问题的提起,是从向林冰关于民族形式的"中心源泉"论开始的。据说去年当大后方文艺界热烈讨论文艺民族形式问题时,向林冰曾经异想天开地发表了一套所谓"民间形式是民族形式的中心源泉"的妙论,结果这位批评家的妙论却引起了各方的非难。关于这篇妙论的底细究竟如何,虽不得而知,但就许多批评者的引文看来,这一"中心源泉"论之遭受非难,实属理之当然。田间同志的文章,正是针对向林冰的"中心源泉"而发的。不过，田间同志最担心的还不在向林冰的"中心源泉"，因为向林冰的"中心源泉"已经遭受到不少的中心批评，而主要地还是担心那些"和向林冰近似的观点幻觉倾向……实际上有些工作正在符合着（不管有意或无意）那种论调"或"向林冰的错误的理论，或多或少的也在别的人身上，在别的地方也可以找到的"这种危险。无疑地，向林冰这种不可思议的"中心源泉"应该粉碎，对一切真正"倾向"这个"中心源泉"的理论应该展开无情的斗争。但是究竟哪些是"倾向"向林冰的"中心源泉"的呢？据田间同志的见解，则好像一切利用旧形式的行为都是具有"和向林冰近似的观点幻觉倾向"和附和着向林冰的"论调"的，因此都应该在被"粉碎"之列。这就是田间同志这篇文章的中心，也正是这篇文章的结论。但是利用旧形式和向林冰的"中心源泉"究竟有无共同之点呢？向林冰的所谓"中心源泉"者，乃是把民间形式当作民族形式的"中心源泉"来看待，即是说民族形式应该从民间形式中取得，或者是认为民间形式就是民族形式。然而利用旧形式绝不就是把旧形式或民间形式看作中国应有的民族形式或向林冰的那种"中心源泉"，这是非常明白的事。如果照田间同志的逻辑，以为利用旧形式就是"近似""倾向"和"附和"向林冰的"民间形式是民族形式的中心源泉"的论调，而企图以与向林冰同等的罪名粉碎之，则未免过于武断，自己走错了路。

旧形式可不可以利用？利用旧形式是不是就是放弃新形式保存旧形式、投降旧形式和停止于旧形式呢？我们的回答是：旧形式可以利用，但利用旧形式则绝非放弃新形式、固守旧形式。自然，谁都不否认一定的内容决定一定的形式，因此以反映一定的新民主主义社会生活为内容的文学，应由适应于它的新形式来表现。但是当长期停滞于半封建半殖民地社会生活的广大人民还未能立刻摆脱旧生活给予他们的影响和完全以新的生活改造他们的习惯爱好的时候,当广大人民正在战斗着开始从半封建半殖民地的生活样式向新民主主义的生活样式转变和过渡的行程中,那久为群众所熟悉的旧形式还未从他们情感中死去的时候,利用旧形式对于以新的思想教育广大群众的工作上,具有特殊的意义。我们承认落后的旧形式对于进步的新思想、新内容是缺乏活泼生动的表现力的;因此,旧形式绝不是我们理想的形式。可是假使我们能够适当地利用旧形式,那么旧形式也绝非完全不能为新思想新内容而服务。总之,在为政治任务服务的前提下,任何可利用的旧形式,我们都应广泛地利用。这正如郭沫若先生所说:"在目前我们要动员大众、教育大众,为方便计,我们当然是任何旧有的形式都可以利用之。……但为鼓舞大多数人起见,我们不得不把更多的使用价值,放在民间形式上面。这也是一时的权变,并不是把新文艺的历史和价值完全抹杀了,也并不是认定民族形式应由民间形式再出发,而以之为中心源泉——这是不必要,而且也是不可能。"田间同志对于这种意见似乎感不到多大兴趣,因为他认为这种"使用价值"不仅对新文艺运动与新文艺的艺术价值有"妨碍",而且对于宣传教育也有"影响"。为说明这点起见,田间同志曾经举出一个秧歌舞的例子告诉我们:"大家认为'秧歌舞'的形式算不错的了,但根据最好的说,它批判了一下,也多少改造了一下,结果无非是人多些(加进'工人''农民'诸角色),扭得紧张些,配以乐声,加进简单的场面(它也只能加进简单的场面)。这样,我们看见什么呢?——群众还是笑笑哈哈的,舞员也是笑笑哈哈的。好一点的话,多少有些效果,坏一点的话,一场无谓的游戏。更坏的是有些妇女要打扮得漂漂亮亮的,男子也乘机来看女人。……假如新民主主义的舞应该是坚强的力的节奏,那这都相反。那这是好的宣传教育工具吗?能获得更多的使用价值吗?"田间同志的这个勇敢的结论是令人惊讶的!我们不晓得田间同志看过的秧歌舞是不是另外的一种秧歌舞，不过就我们平常所见的那种秧歌舞（虽然不是什么"最好的"）来说，首先我们觉得它是包含着抗日的内容，和各阶级阶层共同联合抗日的统一战线的内容；甚至常常反映着一定时期国内政治形势的特点，如日本帝国主义的政治诱降、国内亲日派反共分子顽固分子的阴谋和人民的斗争；它不仅有"工人"和"农民"，而且有日寇、汉奸、亲日派、顽固派诸角色。所有这些积极的方面，田间同志好像都没有看见，田间同志完全没有注意这些旧形式中的新内容，而只是单纯地舍弃了这些生动的现实内容，由纯形式的见地给予评价的。但是任何一种艺术创作或任何一种事物，舍弃其内容而空谈其形式会有什么意义呢？今天边区的秧歌舞不能说没有一点缺点，可是假使人们不从积极的方面去认识并帮助改造和发展，只是消极地去抹杀、否定，把它看作"无谓的游戏"和一钱不值的东西是不应该的。至于企图把今天的秧歌舞当作新民主主义的典型舞，因而以新民主主义所要求的"坚强的力的节奏"来责备今天边区的秧歌舞为不合艺术标准的下流货，这对于群众未免太苛刻了。

无论如何，田间同志企图用秧歌舞的例子来证明旧形式的无用论，或否定其宣传教育的作用与"使用价值"是不可能的。旧形式绝不像田间同志所说的只限于提供"研究"和"参考"，或者像胡风那样，把它只认为是"为了要从它得到帮助"的一种东西；也不是单纯地把它当作达到宣传教育目的的一种手段和工具，或只是具有"使用价值"而对新文艺丝毫无关的东西。我们应该正确地"把学习和研究旧形式当作认识中国、表现中国的工作之一个重要部分，把吸收旧形式中的优良的成果，当作新文艺上的现实主义的一个必要源泉"（周扬）。另一方面，又必须纠正那种把旧形式作为一种专供新文艺吸收营养的资料，只停止于研究和学习而不去利用的倾向。

然而，田间同志会告诉我们"利用旧形式的经验教训很多了"。这意思是说这条路走不通，应该放弃（虽然不是"一脚踢开"），唯一的道路是专心从事新文艺。至于那些文盲和文化知识很低的群众对于"你的文艺作品会有什么生硬的东西不见得会和他们发生关系"的话，那是关于"社会教育工作（以及其他一般教育工作）"的事，文艺工作者是管不着的。分工的原则是不错的，一旦变为决议实行起来，那局面是不堪设想的！

但是我们并不悲观，因为我们相信这个意见，这个以"近似""倾向"和"附和着"向林冰"中心源泉"论的罪名的起诉书，是不会通过的。虽然田间同志"要尽可能地影响那些正在'利用旧形式'的一般人"，使他们抛弃旧形式跟自己"一同前进"。

事情很明白，旧形式一定要利用下去。"但是利用旧形式并不是单纯作为一种艺术形式的实验或探求，而毋宁更是应客观情势的要求、战斗的需要，作为一种大众宣传教育之艺术武器而起来的。大量地需要旧形式的理由是在这里。向旧形式要求它所不能有的那样高度的艺术性，是一种绅士式的态度。以旧形式能博得大众的拍掌，就认为是最高艺术，这也是不必要的，这太近乎一种廉价乐观与自我陶醉"（周杨）。还要说一遍，主张利用旧形式并不是反对发展新形式的新文艺，我们的基本态度是："一面尽可能利用旧形式，使之与大众的新形式平行，在多少迁就大众的欣赏水平中逐渐提高作品之艺术的质量，把他们的欣赏能力也跟着逐渐提高，一直到能鉴赏高级的艺术；另一方面所谓高级的现在的新文艺，应切实大众化，一直到能为一般大众所接受。"（周扬）

总之，"民族新形式之建立，并不能单纯依靠于旧形式（也不能单纯依靠外来形式——唯央），而主要地还是依靠对于自己民族现在生活的各方面的绵密认真的研究，对人民的语言、风俗、信仰、趣味等的深刻了解，而尤其是对目前民族抗日战争的实际生活的艰苦的实践。离开现实主义的方针，一切关于形式的论辩，都将会成为烦琐主义与空谈"（周扬）。

——为了坚决地完成战斗的任务，为了坚决地完成新文艺运动的任务（这两句话是我为了给予它以新的意义与比重颠倒过来的——唯央），"我们还要让那种抛弃现实、抛弃斗争的理论在伟大的坚决的工作中被粉碎！"（田间）

(《晋察冀日报》1941年3月7日，《晋察冀艺术》副刊第8期)

关于"秧歌舞"种种

冯宿海

"秧歌舞"在今天的乡村里,算是盛极一时了。真是随时皆舞,随处都舞;男的要舞,女的也要舞;特别是女的,粉面朱唇,花枝招展,头戴□一块儿花手巾,□旧戏中的刀斧手,但无刀斧手的英武,还□的在□项上□一个朝天髻,插一朵芙蓉花,手里拿一条长绢子——自然这娟子也是红红绿绿的了——扭起那单调的"秧歌舞",确是舞态婀娜,身轻□妙,五彩的绢子,前扬后甩,而朝天髻则凌空摇拽,这已经够人神往(!)小半天了的,再配上那喧闹的锣鼓,实在噪得人头痛,进而催人呕吐。至于唱起歌子来,和着那"梆、枹、木、金、土、丝、竺、管、统、笙"之类的古乐,平静的、温情的,一种太平景象,油然勃兴,其声不大,但却淹没了歌声。这种舞,这种歌,这种乐,偶尔扭扭、唱唱、吹吹,间或还可聊解人颐,但也只能给人以肉麻之感,丝毫没有半点革命、战斗的气息,因而,到得今天,便形成了一种为看女人而看"秧歌舞"的现象。如若不信,你们可以看看。

我们都知道,"秧歌舞"是一种旧的艺术的民间形式,当其始也大□是男女人民在插秧的时候,创造出来的一种舞蹈,原本表现一种青年男女在劳动之余的爱的追求的形式,后被封建统治阶级所利用,硬塞进去一些礼义廉耻、男女大防的臭东西,作为他们麻醉人民的思想统治的武器,所以在抗战前的"秧歌舞",大只是令人软绵绵的没有生气,其中虽也有女角色出现,但这女角是男扮的,女人只合看一看,扭一扭是从来不许的。可是抗战以来,情形变了,女人不但要参加政治活动、经济建设,而且也要参加文化活动了。作为一个运动,广大的妇女,特别青年妇女,来参加文化活动,是去年的"三八"节。去年"三八"节在平山,有近千的青年妇女,扭起"秧歌舞"来了,他们尽情地扭、热狂地扭,虽然采取的是旧形式,然而那对于封建的有毒的文化,不啻是一个正面的否定。所以顽固分子就要造谣,日本帝国主义就要诬陷。

这是必然的。

然而,社会是发展的,社会上的一切事事物物,是变化的。因之,"秧歌舞"也同样应该是发展的,应该随着整个社会的变化而变化,而前进,否则,它会落在现实社会的后面,遭到现实的唾弃。"秧歌舞"之走上今天的结果——为看女人而看"秧歌舞",就是一个活例,这是现实之现实的否定,也是必然的。所以我们说"秧歌舞"在其命运之途,倘仍故步自封,不求改进,则其将来,是不知"□于胡的"的。

但是,"秧歌舞"为什么会遭到这样的危机呢?我感觉到有下面几种原因:

第一,今天的"秧歌舞",还是一种纯粹的旧形式。一定的内容,决定一定的形式,而一定的形式反过来又影响一定的内容,这道理谁都知道的。根据这道理,虽然我们今天的"秧歌舞",也曾经配进去几个不连续的、独立的新的抗战歌子或小调,然而,由于这种旧形式本身的僵化、音乐的不协调、舞法的过于简单,使这些内容和动作,完全不一致,彼此无关系,成了两回事,内容和形式,不是有机的统一的整体了。因此,尽管这些歌子,是多么革命的,而用那种色情的、令人肉麻的形式表现出来,则这革命的内容,也就变成软绵绵的麻醉剂了。

第二,因为这形式的过于简单,只是扭扭、进一步、退两步,所以就不能表现出舞蹈本身的艺术力量,加上舞与歌子的貌合神离,且这些歌子是不连续的、观念的，于是就更不能形象地反映现实，进而歪曲现实。

第三，那些音乐，也是独立的，各管各，各不相干，虽然是硬往一起杂糅，但音乐的声音，却把歌声掩盖了，使仅有的一点这舞的生命，也被这音乐给强奸了，做了这音乐的俘虏。

第四，至于化装，那就更是令人难堪，你们见今天边区还有哪一个女人，在那里粉红黛绿的干呢？打扮得杨柳细腰的，这简直是污辱现实，对现实的一个嘲弄。

综上所述，"秧歌舞"必须改造，脂粉必须收起，不然，"秧歌舞"将总停留在低级的地步，永不会达到高级的、真成为一种革命武器的阶段。

怎样改造"秧歌舞"呢？根据上面四点，根据今天的具体环境，我觉得"秧歌舞"应该走上歌舞剧的道路，而且还必须是街头文化。怎样走呢？要这样走：

第一，要使"秧歌舞"走上街头化的歌舞剧，首先必须有一个完整的故事，也就是说应该使"秧歌舞"能够典型的形象化起来，不，不只是形象的，而且是通过个性，具象地反映现实。倘从反面讲，就是说这"秧歌舞"不再是单单扭一扭，唱几个一般的、观念的、独立的、不连续的歌子了，而是要从头至尾，每支歌曲都是连续的、有关系的，中间还可以插上一些说白，让观众看了以后，可以得到一个整体的印象，从这里面看到一些有个性的人物，有革命的、有反革命的、有好的、有坏的，总之，"秧歌舞"应该表现一个有头有尾的故事，或一段时事，像活报那样。

第二，"秧歌舞"既然要成一"秧歌舞"剧了，那么它的舞式、舞法、舞姿，就不能再那样简单了。不应该只是扭一扭，也还应该跳一跳，也即是说这种"秧歌舞"的形式、动作，不应该再是无意识的不表现意义的动作了，应该□成一种适应一定内容的形式，就是形式和内容要统一起来；它的全部动作，要表现整□的意义，而每一个小的动作，又表现每一动作的特殊意义，一个一个的小动作，贯成整个的剧，在这个剧的中间，要能表现出人类所具备的喜、怒、哀、乐、忧、恶、欲各种情感。但是，每一个动作、每一种表情，还必须适合每一种人物和每一个人物的身份、环境。

第三，单是这样还不成，我们还必须把化装与道具的使用，也要改良。我们反对那种无味的、落后的涂脂抹粉，或有意的出丑与开玩笑，我们要求本色、不加修饰地反映现实，女人就是今天日常活动着的女人，男人也这样，当然我们并不是不要化装，而是把装化得适得其当，适合每种人物和每个人物的身份。至于小道具，则必须取消一条条的红绿手绢，变成工具或武器，如农民要拿镰刀锄头，工人要拿斧头，商人要拿算盘，战士要拿武器，女人则适当其分的拿□应拿的，而且这些小道具的使用，都应该是有所为而为，并不是单纯的点缀品。当然为了方便，这些东西可以做小一些。

第四，"秧歌舞"既然要向歌舞剧的前途发展，那么音乐仍然是离不了的，但音乐的配置，倘仍如其旧，是不成功的。我以为这些音乐，只留一二种，为了迎合那舞步的节拍和歌曲的节奏、旋律等，是可以的；但这音乐一定服从整个的剧，不应妨碍剧的任何一个小动作的演出和观众的视听。音乐在全剧的作用，只是辅佐的作用——加强剧的演出与帮助掌握观众的情绪。

第五，关于舞台，由于这"秧歌舞"纯粹是一种群众的东西，而且是需要大量的演员出演，所以它的形式，不管变成怎样，而"秧歌舞"的前途，总是在街头；因为只有在街头，才能充分发挥这种艺术的力量，我以为。

第六，最后还有一个大问题，就是想要"秧歌舞"真正走上歌舞剧的道路，真正地能够扬弃了那些"秧歌舞"中的落后的封建的部分，打破当前一般人对"秧歌舞"那种不正确的、低级的、下流的、"为看媳妇而看'秧歌舞'"的污秽的观点，必须使今的"秧歌舞"，走上真正的男女合演，否则，仍然单是妇女来跳，依然还会有人抱着"看媳妇"的观点去看"秧歌舞"的。这道理很简单，就是"利用矛盾"的问题后。也就是说我们应该了解在今天人们的意识里，还多少存在着轻视妇女的残余因素，要剔除这因素，就只有使男女合演，把这个矛盾统一起来。也只有使矛盾走向统一，才能击破社会意识领域的那一道顽固的壁垒，"秧歌舞"也才能发展到歌舞剧的新阶段。这叫作"以毒攻毒"的办法。但，我在这里要声明一句，就是：抱"看媳妇"的观点去看"秧歌舞"的人，不光是男人，在这个"人"里面，也包含有女人，不过似乎少一点罢了。

"秧歌舞"必须改造，必须发展，进而创造新的民族形式的"秧歌舞"剧，这自然并非一件易事，如剧本，如导演，如跳舞，如其他等等，立刻就是一个问题；但虽是难，不过这不是不可能，相反的是充分可能的，在现在社会里，这种事实是很多的，丰富得很。如在去年的春耕中，男女结队□□，且歌且舞地修着滩的那种雄□□□□欢乐□；又如在百团大战中的灵寿的民兵，在奔赴前线的时候，一面唱着选举的歌子，一面跳着舞，奔上万仞高峰的骆驼岩，为了保证他们既得的自由与幸福，他们是如何的兴奋，如何的□□，如何的勇敢，如何地在热爱着边区呀！他们□兴□□在□□战场的中间，在爬上大山的中间，跳起舞来，然而，□相信他们的舞姿、舞法，一定不是那种软绵绵地令人麻醉，但也一定可以想象到民兵们那种舞姿的雄壮、单纯、热烈、□猛与有力量，手执刀矛，脚登山岩，前去杀敌的那种战斗的而又愉快的舞蹈，这是多么真实的艺术创造呀！我们的"秧歌舞"，应该追上现实，向现实学习，现实中的□料，是取之不尽、用之不竭的。因此，我们可以发动群众自己创造剧本，我们聘人给他们修改，一面发动我们的干部，深入下层，从事这种活动，提取现实的精华，也可以创作出一些好的、适合人民出演的剧本，这是一；另外，就是我们自己可以先在那个村庄，试创这样一个新式"秧歌舞"队，做出一个榜样。只要这样干，一定会成功的；只要领导得正确，群众自己的创造能力，是异常伟大的！

(《晋察冀日报》1941年3月15日，《晋察冀艺术》副刊第9期)

"接受遗产"问题（提要）

孙犁

一

"接受遗产"问题，不是"利用"旧形式问题，也不是从民间形式找中心源泉问题。但它是和建立"民族形式"有密切关系的问题，是建立民族形式工作中的重要的部分（但不是主要的部分）。

二

"接受遗产"不只是接受中国文学的遗产，而也要接受外国文学的遗产。不只是接受昨天的遗产，而也要接受明天的遗产。不只是接受"文学的"遗产，而也是接受中国外国整个历史生活的遗产。

三

接受中国的文学遗产，要接受那些代表中国历史发展的战取的，充分表现当时大众的生活和希望的那些文学。因此，就是《诗经》，就是唐人的好诗，就是宋人的好词，就是元人的好戏曲，就是明清的好小说，"五四"以后的好的新文艺（鲁迅的《呐喊》和《彷徨》，茅盾的《子夜》），不是末流、乔装打扮的东西。

四

接受外国的文学遗产，在取舍上有如上述。

五

越是近代的则被接受的可能越多，对那些作品更应多加注意。如中国的《水浒》《儒林外史》《红楼梦》《西游记》，外国的绥拉菲莫维支、巴比塞、邵洛霍夫，以其更接近中国现代人的生活和要求之故。

六

建立民族形式的目的是能达到高度的现实主义，能高度真实地反映民族今天的生活和明天的路程。因此，接受遗产的问题，应依附民族今天的生活。

七

民族形式的建立，是在文学上肯定民族新的生活，否定民族旧的生活，发展民族新的生活。因此，"接受遗产"问题，应依附这个要求。

八

今天，中华民族的生活，和民族的过去历史有关，和国际上别的民族有关，为了表现今天的民族生活，接受遗产是不可缺的工作。

九

接受，不是化装，不是披外套（最糟糕是拙笨的模仿），因为我们是从生活走向表现生活的文学形式。因此，学习施耐庵、曹雪芹，一定要在工作的过程之中去学习，学习他们两个的小说之中特别能够感动中国群众的"秘诀"（即是从生活上了解其所以然的原因）。

十

中华民族自己的经济的政治的文化的生活，向前发展，但也受到国际民族生活的影响。因此接受国外的遗产（即是翻译、研究等等），一方面是输入新的内容，同时也输入了新的表现方法。这可以帮助中国文学民族形式的建立。

十一

中国的旧文学,连旧白话小说在内,其形式的本质——语言,已经大半是死的言语,因此,在民族形式的建立上,接受国内外的文学遗产对完成中国的语言、语法、拉丁化的工作,都有其作用与意义。要使新的字眼、新的语法,得到真实的生命,也一定要从现实生活出发。

十二

建立民族形式的过程,也就是彻底大众化的过程。

十三

中国人民在反帝反封建的任务上,生活不再是过去那样简单,已经是复杂的,而且创造着绝对新的转变。因此文学的民族形式自有其革命的而非改良的特点。

十四

接受的方法。接受者要先准备自己的创造能力,要确认民族形式是新的东西,对遗产是吸收消化,作为创造的营养,要能取精用宏,大胆扬弃。

十五

创造民族形式,我以为主要是写人(从生活写人)、民族的精神和风貌,倒不一定是只对中国旧文学作品的形式搜索。

一九四一年二月

(《晋察冀日报》1941 年 3 月 15 日,《晋察冀艺术》副刊第 9 期)

从"秧歌舞"谈旧形式

——略评《关于"秧歌舞"种种》并关于旧形式的利用问题

林采

> 自边区各篇主编之《晋察冀艺术》上先后发表了《"民族形式"问题》和《关于"秧歌舞"种种》以来，本报接到各方批评的文章多件；为了发扬艺术理论探讨的精神，本报特于篇幅极为拥挤之际，首先选登林采同志的一篇以飨读者！
>
> ——编者

在田间同志的《"民族形式"问题》一文里，曾经作为旧形式的范例而提到了"秧歌舞"的利用问题；站在创造"民族形式"的艺术的立场上来看"秧歌舞"的"使用价值"的实际，田间同志似乎是没有多大兴趣的。然而"秧歌舞"在边区的"盛极一时"的利用，田间同志也至少在表面上承认了："批判了一下，也多少改造了一下……好一点的话，多少有些效果。"（虽然，照他的那篇文章的结论看来，他是连这一点"效果"也做了最后的否定的）但是，这问题一临到冯宿海同志头上，单枪直入，那就更加"进步"了。我们可以说，冯宿海同志的《关于"秧歌舞"种种》的观点，完全是由于对现实情势的曲解而到达的污蔑和唾弃的态度；他的"秧歌舞"改造的论调，完全是从"秧歌舞"的本身切离的、没有附着点的架空的幻想。他虽然以激烈的而且很自信的声调喊出了"改造"，并且提供了一些所谓"改造"的办法，但是由这些办法所得到的结论却不是"改造"，不是批判的"运用"，而是跳跃，从地上跳到天上，而是对人民大众的污蔑和离弃。……问题本来是很明白的，谈"秧歌舞"的改造而不从"秧歌舞"本身出发，只看到"秧歌舞"的缺点而看不到"秧歌舞"的所以曾经并且现在还是"盛极一时"的道理和它的优点，那还能谈到什么改造呢？

既然"秧歌舞"是满身疮痍的烂东西、一钱不值的破旧货，那还有一点"使用价值"吗？抛弃拉倒，"改造"何为？然而要抛弃而偏要谈"改造"，要抹杀而偏要给予一条似乎美丽的似生而死的去路，这就是冯宿海同志的关于"秧歌舞"的"改造"的论调的所以架空，所以不能自圆其说的道理。

根据冯宿海同志的见解，那么"秧歌舞"是"生于民间"的男女在劳动（插秧）之余的"爱的追求形式"——这本来是没有什么不可以的；但是后来被封建的统治阶级利用了，"硬塞进去一些礼义廉耻、男女大防的臭东西"，于是"秧歌舞"的本质的精神就在民间"死"了，"死"了而进了"庙堂"了。既然是"死"了而进了"庙堂"，那么"秧歌舞"在民间的盛行，这不是对于现实之进步的"拉□"吗？这还能对于抗战建国有益吗？何况"秧歌舞"演变到抗战的第五个年头的今天，完全变成了一种"肉麻"的、"色情"的、"花枝招展"的，属于女人"献媚"和男人"猎欲"的"无谓的游戏"了？这是无怪的，无怪乎"正人君子"们要"头痛"了，"头痛了"而且要"唾弃"了；这是无怪的，无怪乎"先锋战士"们要"呕吐"了，"呕吐"了而且要"改造"了。但冯宿海同志也许是属于后者的，因为他是在"神往小半天"（？）之后提出了积极的"改造"的意见，他是为了民众也是为了"秧歌舞"的"命运之途"着想的。敢于正视现实的"黑暗面"而又敢于向现实的"黑暗面"冲锋，这毕竟是"先锋战士"的"英勇"的行径！

但是，"秧歌舞"真的已经没有什么可以批判地改造和利用的了吗？今天的"秧歌舞"真的已经变成了"看媳妇"的"无谓的游戏"了吗？现实是最好的例证。今天的"秧歌舞"不仅没有完全变成"看媳妇"的"无谓的游戏"，而且已经批判地改造和利用过了；它不仅可能而且已经（虽然不是最好的）在为抗战建国的现实服务了；它不仅把抗战建国的新内容灌注到它的形式里去，而且从内容出发已经改造了和不断地改造着它的形式；它不仅是"进一步、退两步"的"扭一扭"（事实上显然不是这样的。否则，"秧歌舞"在步法上将成为倒退的而不是前行的了。冯宿海同志既有志于"秧歌舞"的"改造"，这一点最起码的知识似乎是应该知道的），而且也有了简单的场面的穿插了；它不仅是几个"观念的"不相连续的歌子的凑合了，而且也有了简单的故事的联结了；它的角色不仅是"花枝招展"的女人了，而且也有了工人、农民、兵士、学生、商人等现实的男人和女人了（照冯宿海同志的说法，那么"矛盾"已经"统一"了）；它虽然依旧是旧形式，但已经不是纯粹的旧形式了；……"秧歌舞"作为一种落后的、带有封建色彩的旧形式而在民间盛行过几时，这是由于中国长期停滞于封建和半封建的旧经济与旧政治制度的反映；"秧歌舞"作为一种已经批判地改造了的在内容和形式上多少带有反帝反封建的革命性的民间形式而盛行在今天，这就是由于抗战建国的新民主主义的现实情势的要求；如果离开了现实情势的把握而空谈什么形式，那只有一跤跌到不可收拾的混乱的泥淖里去。

但当然，我们主张根据于现实情势的把握而批判地改造和利用"秧歌舞"，这不是把"新民主主义舞"的形式制造停止在"秧歌舞"的改造和利用的阶段，不是企图从"秧歌舞"里去找寻"新民主主义舞"的"中心源泉"；相反地，我们认为"秧歌舞"的改造和利用（从宣传教育方面），主要是对于抗战建国事业的服务，从秧歌舞本身是创造不出"新民主主义舞"的，"秧歌舞"的"命运之途"是必然地要趋于死亡的。冯宿海同志认为"秧歌舞""应该走上歌舞剧的道路"，这是不可靠而且是不必要的，"秧歌舞"是不会因为经过"改造"而能走上歌舞剧的道路的。因为"秧歌舞"与歌舞剧，这是属于两个不同的历史范畴的两个不同的艺术形式。如果认为"秧歌舞"能够经过"改造"而走上歌舞剧的道路，这是"新质发生于旧质的胎内"的向林冰的错误观点的重复，这是对于文艺发展的历史道路的歪曲。"秧歌舞"的前途,只能停止在为抗战建国的现实而服务的改造和利用的阶段,它不会超越出由它所产生的历史的范畴的社会基础而一变为歌舞剧的;如果中国的反帝反封建的新民主主义的革命彻底胜利了,它的社会基础完全消失了,那么"秧歌舞"也必然会在民间死亡了;如果秧歌舞本身存在着一些可以作为创作歌舞剧的营养资料,那么这是接受"遗产"的问题,不是从"秧歌舞"走上歌舞剧的问题,这是新形式的完成,不是旧形式的"改造";如果"秧歌舞"与歌舞剧是两种截然不同的代表着两种截然不同的思想内容的艺术形式,而欲以后者来代替(否定)前者,那更不能是"改造"或"走上"的问题(虽然假设这样,但创造新形式是不能从旧形式截然分开的。因而后面的说法,是两段论的机械主义的观点,这是违反历史发展的真理的)。因此,冯宿海同志在提出了"秧歌舞"必须"改造"的理由而企图把"秧歌舞"拉到歌舞剧的道路上去,这是走不通的,这是"秧歌舞"的取消的论调。而这论调的作用,是很明显的——解除"秧歌舞"的武装。

（——命令你把红缨枪交出来,把这挺机关枪拿去向敌人冲锋!呵,你□□□吗?蠢货!）

但还是说明一下吧。

也许还有人会说:"既然用歌舞剧来取消了'秧歌舞',那不是更好吗?歌舞剧总比'秧歌舞'好吧!而且我们的民众也不会都是阿斗吧!"是的,我们的民众不会都是阿斗,而且比阿斗要聪明得多;但是从封建主义到达新民主主义的完成,从"秧歌舞"到达民族新形式的歌舞剧的完成,这是一个渐进的复杂的斗争的过程,不是一下子的飞跃的突变。……是的,歌舞剧是要比"秧歌舞"好,而且是好得很多的;从艺术的观点上,我们的着力点正是要灌注在歌舞剧的创造而不是"秧歌舞"的改造和利用。然而民族新形式的歌舞剧的创造与完成，不能而且也不会全部是"外□"的作用，既然是从"秧歌舞"的"改造"的观点上出发而创造歌舞剧，它应当接受"秧歌舞"的虽然是极少的但总还有一点的好的"遗产"，空谈"秧歌舞"的"改造"和歌舞剧的创造而不从"秧歌舞"吸收它的可以作为营养资料的"遗产"，或者是看不到和根本抹杀了可以从"秧歌舞"接受的东西，这样的"改造"和"创造"的逻辑是不能成立的，这样的逻辑是机械的而且是形而上学的。

由于封建社会的长期停滞和旧形式的长期存在而造成的广大民众的文化水平的一般的低下，使他们到现在还不能很好地把握到新形式而发挥其力量，他们中间的极大部分还停留在旧形式的"爱好"上面（虽然这"爱好"是由于"习见常闻"所造成的，也许是无条件的历史的"错觉"）；但前面已经说过的，新形式的完成与旧形式的灭亡，这是一个长期的斗争的过程，不是一朝一夕的跳跃所能够达到的。"五四"以来新文艺发展所经历的道路，这就是一个复杂的与旧形式争夺读者的斗争的里程。这斗争的里程说明了：当由于社会教育的不普及而广大民众的文化水平仍是相当低下的时候，新形式的完全胜利是不可能的。而且，由于这斗争是一个复杂的斗争，斗争不仅需要新文艺用（更加大众化）的新武器向旧形式做阵地的进攻，斗争还需要利用旧形式的内在的矛盾使之互相削弱，而争取（接受）它的优秀的可以作为新文艺和加强新文艺的部分到自己这边来。我们利用旧形式的原则应该是这样的："不是为旧形式所束缚，而是要从旧形式的活用中，屈服旧形式，使旧形式服从于新内容，去掉其不合理的部分，增进其合理的部分，并从旧形式的活用中（益之以外来的和'五四'以来新文艺形式的成果——采）创造出新形式。不是为旧的习惯所束缚，而是用活用旧习惯来克服旧习惯，即所谓'以子之矛，攻子之盾'。"（陈伯达：《关于文艺的民族形式问题杂记》）……

当然，利用旧形式，这中间还有利用的程度上的差别，也即是所谓方法问题。一般地讲，旧形式有三种可能利用的方法：第一种是"旧瓶装新酒"；第二种是加以批判的改造的利用；第三种是吸收它的精华，作为创造新形式的营养资料，也即是所谓接受"遗产"问题。但无论是利用、改造，或接受"遗产"，都必须通过现实主义的创作方法和抗战建国的新民主主义的内容的把握而能发挥其一定限度的力量的；这是利用旧形式问题的决定的关键。

利用旧形式作为在文学上的接受"遗产"的看法，这问题是已经确定了。因为正如高尔基所说的，在它里面含有长期积累的民众智慧的金屑，可以帮助我们了解民族生活的过去和现在的各种各式的样相，我们可以从它得到帮助而丰富表现生活内容的方法。至于所谓利用和改造，虽然主要的是属于宣传教育方面的，是从"使用价值"的直接的把握出发的，但就在利用和改造的过程中，它是会间接地帮助（由于它对于旧形式所表现的旧内容的否定而最后达到旧形式本身的□定这一点上）"民族形式"的创造的。……因此，"旧瓶装新酒"和批判的利用旧形式在创造民族形式和提高民众的文化（艺术）水平的现阶段，它的存在仍旧是必要而且是必然的。

话也许说得远了，我们还是回转来谈谈冯宿海同志的关于"'秧歌舞'应该走上歌舞剧的道路"问题吧。前面曾经提到过的，关于"'秧歌舞'应该走上歌舞剧的道路"，冯宿海同志曾经提出了些"改造"的办法。然而这些办法的提出，不是从"秧歌舞"的本身出发，不是接受了它的优点而开割了它的缺点，而是把它一脚踢开，踢开了而把歌舞剧（虽然据说是街头剧）□过来。如果这样子就是"改造"和"创造"，如果"改造"和"创造"是这样容易的事，那么"秧歌舞"早就在民间死灭了，天下也从此太平了。但问题往往不是这么简单的，"秧歌舞"虽然有它应该否定的缺点；新的内容与旧的形式的矛盾，歌与舞和舞与音乐的脱节，没有一个比较完整的故事……但也有它的所以存在并且"盛极一时"的道理：形式单纯，民众容易接受；是群众性的集体的歌舞；内容的表现有时可以不拘泥于一定的形式（□□鼓罢了，歌声起了，讲演来了……）；是民众所熟悉的因而在形式上是比较富于感染力的（这多半是由于"习见常闻"和民众文化水平低下所造成的特点）；……总之，离开了现实情势的把握而谈形式的"改造"，离开了民众的文化水平的一般的低下而谈提高，离开了"秧歌舞"本身的利用而谈什么"秧歌舞"的"改造"……这都是"腾云驾雾的主观的幻想"。

至于冯宿海同志所特别提出来的，最关心的，也是作为"秧歌舞"必须"改造"而"走上"歌舞剧的道路的主要的理由的"男女大防"问题上，他在他的"办法"里认为是应该"走上真正的男女合演"（事实上早已是这样的了——采），"仍然单是妇女来跳，依然还会有人抱着'看媳妇'的观点去看'秧歌舞'的。这道理很简单，就是'利用矛盾'的问题。……就只有使男女合演，才能把这个矛盾统一起来。……"这是怎么讲的呢？难道他所特别提出来的，没有经过"改造"过的"秧歌舞"所表现的女的"献媚"和男的"猎欲"这一点是矛盾的吗？由这"色情"而得到的双方的"性感"满足是矛盾的吗？难道男女合演了这个"矛盾"就"统一"了吗？此矛盾统一的法则是这样地运用的吗？……果照这样推论下去，男女的"矛盾"是永远不会"统一"的。由于男女没有合演，今天的"秧歌舞"还只能止于形式上的"看媳妇"而已。但一旦进而男女合演——男女合演了就是"矛盾统一"——其结果实在是不堪设想的。

综观冯宿海同志关于"秧歌舞"必须走上歌舞剧的道路的"改造"的论点：一方面是不从"秧歌舞"本身的改造出发而企图用歌舞剧来取消"秧歌舞"；一方面则又异想天开地企图把"秧歌舞"拉到歌舞剧的道路上去。一方面要把它踢下来；一方面又要把它拉上去。不根据"秧歌舞"的发展（改造）的现实情势而全面地加以考察的立论，仅抓住在这发展（改造）的过程中的一个不正常的现象作为取消的根据。于是乎使他自己的论点陷入了不可收拾的混乱；于是乎得出了他的对于现实的歪曲的，一方面是污蔑了演员（妇女），一方面也污蔑了观众（男人）的荒谬的结论。

但当面，我们承认，"秧歌舞"的批判的利用在今天还是做得非常不够的。要说明这所以不够的原因：一方面是由于"秧歌舞"的本身的形式所存在的对于新的内容的限制性；一方面是由于某些人对于它所采取的绅士式的冷视的态度而不思加以主观的改造；甚至于有些人认为"秧歌舞"的形式已经是完全僵化了的破烂不堪的死东西而给予全面的打击。因此，使"秧歌舞"的利用虽然曾经是而且今天还仍然是"盛极一时"地在民间流行着，却没有尽情地发挥出它的可以发挥出的民间艺术的力量（这不是我们对于它的幻想）。怎样在实践中纠正上面这些一味死套的、冷视的，甚至于歪曲的观点，这是在今后的"秧歌舞"的批判的利用的过程中应该确切注意的问题。

总之，"新民主主义舞""歌舞剧"，或者是"民族新形式"的创造与完成，必须从旧形式（民间形式）的批判和利用的过程中吸取它的精华作为营养的资料，而益之以外来的和"五四"以来的新文艺运动的优良成果，从现实生活中获得"中心源泉"作为创造的基础（内容决定形式）。这样，这样才有可能的。"离开了现实主义的方针，一切关于形式的论辩，都将成为烦琐主义与空谈。"（周扬）

三月十九日夜

（《晋察冀日报》1941年3月29日）

关于《关于"秧歌舞"种种》

任钧超

谈起秧歌舞来,我马上□□□□新年尤其是上元节前后,当时那种不分军民歌舞若狂的情景。的确,这有着不少缺点的简陋的"土豹子"玩意竟为广大人民如此之□□,可见群众需要文化娱乐的迫切;而今天他们的所有的却是□□一种东西,这又说明我们的艺术工作者和负责宣教工作的同志们,□□何劳力以满足这一需要啊!

对于秧歌舞,过去就是不断有人注意着它的,不过可惜的是各方面还没能对它做更积极的改进,使它在对群众的宣传教育上起更大的作用。

三月十五日出版的第九期《晋察冀艺术》上刊载着冯宿海同志的一篇文章,曰《关于"秧歌舞"种种》。我抱着喜悦的心情仔细读一下,但当我读过之后,就感到冯同志对秧歌舞的那种看法是很不妥当的了。

对戏剧、音乐、舞蹈等我都是外行,但看了冯同志的文章,凭一己之愚见,实有不得已于言者,所以写出来和大家讨论。

首先使我们百思不解的就是冯同志是那样绝对而又武断地说秧歌舞"丝毫没有半点革命、战斗的气息"。可是冯同志自己不也知道秧歌舞里"曾经配进去几个"虽然是"不连续的、独立的",但却是"新的抗战歌子或小调"吗?歌子或小调既然是抗战的,为什么又不是革命的呢?如果说这一革命的部分(内容)竟在"旧形式(本)身的僵化、音乐的不协调、舞法的过于简单"之下,被影响到"丝毫没有半点"的地步,那么所谓形式似乎也太厉害了些——它竟会绞杀了内容。难道这就是所谓"一定形式反过来又影响一定的内容"吗?

谁能否认呢?在今天任何不求进步的都必然要"遭到现实的唾

弃"，秧歌舞又何尝不是如此？比如正因为它已抛弃了□□"吃人的礼教"□□的内容，而成为抗敌的一种宣传工具（不正是一种群众的娱乐），所以它不会被"唾弃"而为广大人民所喜爱。谁又能否认呢？如果今天的秧歌舞内容还是过去的那一套，它一定会□比四年前不知要进步了多少倍的边区人民所"唾弃"。但谁也没想到今天的秧歌舞有着□大的"危机"；相反的，我们却正在高兴地为秧歌舞庆幸呢——庆幸连它这样"过于简单"的旧东西，在今天的边区里竟也能为神圣的抗战服务了。至于"秧歌舞为什么会遭到这样的危机"，冯同志举出几点原因：这"是一种纯粹的旧形式"，"舞法的过于简单"，音乐的"各管各，各不相干"，"不能形象地反映现实，进而歪曲现实"，还有化妆的"令人难堪"，竟至"嘲弄"与"污辱现实"。

　　自然，秧歌舞是旧形式，虽然它还没有"纯粹"到原封不动，但就让它是"纯粹的旧形式"而又是那样的简陋不堪吧。然在"宣传教育的通俗化工作"上它还不失为可利用的一种工具，如同任何落后的武器在杀敌时也都应该利用和可以利用一样。谁都知道今天的秧歌舞外表上虽然一部分和旧时的秧歌舞差不多（如舞法、锣鼓等），但本质上到底不同了：它没有"礼义廉耻，男女大防的臭东西"，而有的是抗战歌曲和即使简单也很明了的情节，而这情节是革命的；人物不是忠臣孝子烈妇义仆，而是抗日的战士以及敌人汉奸等等。诚然，那些情节和表演方法是幼稚而简陋的，但它是今天边区人民思想意义的反映，它是群众自己创造出来的，所以要受群众一定的政治文化水准所限制，如果拿看抗敌剧社等演《雷雨》诸戏的眼光去看，那自然是差得很远。说秧歌舞太简单，那倒是确实的。也就因为它简单，所以它才会成为普遍民间的东西，□□□□□□□□□□□□□□。□□□□□□□□□，□□□□□，哪里没有它的足迹？至于旧形式的□内容不□□□也□出来□用旧形式

□□生□□。然这是不是可能作为□□□□□的理由呢？不能！"□□"而"□□"未免不智，所以在一定限度内使其尽可能的□□这是必要的。

　　是的，今天的秧歌舞缺点太多了，舞法也□，音乐也□……□□在着不可否认的缺点。也□正□□□，所以它亟待改革。□□□今天的秧歌舞□□□下去，任其□□，□□是不应该的。□□□改革呢？冯同志主张"'秧歌舞'应该走上歌舞剧的道路，而且还必须是街头文化"。对这样一个主张我们不好说同意与否，因为创造一种新的街头化的歌舞剧我们是要举起双手来赞成的，但秧歌舞到底是秧歌舞呀！冯同志在他的文章里确是提了很多意见，不过这些意见都是对将来的歌舞剧说的，而不是对今天的秧歌舞说的，比如"必须有一个完整的故事"，歌曲都是要与连续的即兴剧情"有关系的"，还要观众"从这里面看到一些有个性的人物"，舞法要适应内容，"而每一个小的动作，又表现每一动作的特殊意义，一个一个的小动作，贯成整个的剧"，音乐要服从整个的剧，"加强剧的演出与帮助掌握观众的情绪"。……所有这些如果是要求将来的歌舞剧（即使是街头化的吧）都要做到的话，谁又会不同意呢？但如果要求之于秧歌舞，我以为是不适当的。

　　如何改进秧歌舞这一问题，是值得大家讨论的。不过我们应该就秧歌舞来谈秧歌舞。秧歌舞是群众自己的娱乐，所以谈其改革必须就秧歌舞现有状况，在一定限度内（主要适应人民现阶段的文化水准——虽然不要忘了提高）予以可能的改进，创造适应新内容之新形式的歌舞剧则又是一个问题（虽然二者相互有关必须同时并进）。我们再重复地说一句，秧歌舞到底是秧歌舞，它不是歌舞剧也不能是歌舞剧，等到新形式的歌舞剧产生而为群众所欣然接受，□□□□□□□□□，□□□□□□□□□□□□□"寿终正寝"□。

□□，对□变于□向□□□□之内的"□女人"□一□，□□□是绝不正确的。

我们反对有人认为今天的秧歌舞已经有□□□，□□□□□不□□□；□□也反对□□□□□一文不值，□在□□下，□□不□□□□不□□□□□□□地否定秧歌舞。我们希望边区的艺术工作者、宣教工作者一□□□□心地对秧歌舞加以改进，使它发挥更大的作用，一□□□□□□□新形式的歌舞和歌舞剧而努力，并广泛与深入地开展乡村剧运。当然，在新的没有产生并使我们的广大群众乐于接受而自动抛弃落后的秧歌舞之前，秧歌舞仍然要被当作一种宣传教育的工具来利用，也仍然要是必然要是群众的一种娱乐。

最后，还有一点要附带谈一下的，就是冯同志一□主张化装必须和现实完全一样，虽然他"不是不要化装"，但化装"要求本色，不加修饰地反映现实"。这种"现实主义"主张实未可厚非，但要了解戏到底是戏而不是真事；看戏的人的心情和眼光，比起他们在日常生活中看人看事的心情和眼光□不相同。戏剧是艺术，所以要"美"（虽然它绝不□□现实）。联大文工团所演歌剧《拴不住》里的人物的化装，以及布景等，都是很美的，它何尝和现实完全一样，何尝"本色"地"不加修饰"？但这个戏剧也不否认它是收到了相当的效果，起了很大的作用。剧中的表情也是一样，如果一个演员台上表演的动作和日常生活中的动作是完全一样的话，那他必然要遭到失败。所以一个好演员他会深刻地了解在台上表演时比起日常生活时，哪些动作是要强调或夸张些，而哪些动作又要"轻描淡写"或是竟要舍弃的。——打住吧！这本来是离了题的话，不应该再多说了。

（《晋察冀日报》1941年4月3日）

鲁迅和孩子

武维扬

"将来是子孙的时代"（热风），所以鲁迅先生在他的第一篇小说《狂人日记》就号召"救救孩子"。他时□□心孩子，他又是那样地热爱孩子。他认为，旧账如何购销？我说，完全解放了我们的孩子（热风）。因□□□□那些"养子不教"的父亲们特别表示痛恨。"中国人娶妻子是福气，儿子多也是福气。所有小孩子，只是他父母福气的材料，并非将来的人的萌芽，所以随便辗转，没人管他。……即使偶尔送进学堂，然而社会和家庭的习惯，尊长和伴侣的脾气，却多与教育反背，仍然使他与新时代不合。大了以后，幸而生存，也不过'仍旧贯□之何'，照例是制造孩子的家伙，不是'人'的父亲，他生了孩子，便仍然不是'人'的萌芽。"（同上）

显然的，鲁迅先生对于孩子的关心和热爱，并不是希望孩子对于父亲□孔老先生所说"于父之道三年无改，可谓孝矣"的心思。同时，更没有像一般庸俗之辈"养儿防老"的念头。因为鲁迅先生的基本出发点是向着将来，所以他不完全只顾自己。在《故乡》一篇小说里□于"后辈"，很沉痛地写道："我又不愿意他们……都如我的辛苦辗转而生活，也不愿意他们都如闰土的辛苦麻木而生活，也不愿意都如别人的辛苦恣睢而生活；他们应该有新的生活，为我们所未经生活过的。"

现在，我们的民族后代、我们骨肉不可分离的孩子，不是正在遭受着空前的危难吗（虽然边区的孩子正在向自由幸福前进……）？积极抢救后代，并使我们的后代能有新生活，这是"现代父母□的神圣使命"。（《鲁迅谈妇女儿童和青年》一节——编者）

（《晋察冀日报》1941年4月9日，《晋察冀艺术》副刊第11期）

给孩子们的信

进声

爱唱歌的孩子们：

我问你，"怎样唱歌"这个问题你想起过没有？你不是听人说这也是抗日工作的一种吗？对的！我们唱歌是要叫听的人了解为什么要抗日和怎样去抗日，同时这也教育了我们自己。小同志们，这个问题可不简单，希望你去用心想一想好吗？

趁大家正在思想的时候，我把我的意见提供在下面：

第一，唱歌以前想一想。想一想这歌里说了些什么？歌子里的话和我自己有什么关系？我唱这个歌子以后，知道了歌子里的意思之后自己应该怎么样呢？再想一想，我爱唱这个歌子是爱它的什么呢？喜欢它的哪个地方呢？甚至于说你对这个歌有意见，那么你觉得这个歌子是应该怎么样的呢？还要想一想，假若你要把这个歌唱给别人听，或者是上台表演的话，你应该怎么唱才算好，才能把歌子里的话着着实实地告诉给听的人，感动听的人？

所以我十分诚恳地劝你唱以前一定要想一想。

第二，不要硬学大人。谁也承认大人比我们有经验，而且每个小孩将来一定都要长成大人，但无论如何当我们还没有成大人以前，在许多事情上，是和大人不一样的。你想要是小孩穿上他父亲的裤子的话，不是要把脑袋都装到裤裆里去了吗？在唱歌上一样我们也不要硬学大人那样"牛叫"的唱法，我们还小，这样装腔作势地硬学，不光是不好听，就是对身体也没大好处。我们应该是唱出儿童的本色，要把声音放自然，把字咬清楚，并且要经常地学习训练自己的声音。

另外也要知道，不一定大人的歌我们都能唱，□唱不了他们那样高、那样低、那样粗、那样长，儿童们唱儿童歌才最合适。

当然，儿童唱歌应该唱出儿童味来，千万不要唱得慢腾腾的非常老气，我们要唱得活泼轻快明亮有力，要唱出我们年轻自由的生活和远大幸福的前程，要唱出我们对敌人的愤恨和对民族的热爱。

最后祝你们唱得更好、更美、更可爱！

四月四日

（《晋察冀日报》1941年4月9日，《晋察冀艺术》副刊第11期）

略谈儿童戏剧

更石

戏剧具有很大的教育作用。儿童戏剧对于儿童，它的作用更大。不仅因其通过舞台演出对人物形象的感应，而使他们由人、事、物，一切宇宙万象的无知得到一定的启发，由判别、认识的幼稚而获得一定的对真伪、善恶、美丑的判别力，和正确观点；而且在其直接参加戏剧演出的实际工作中，更能逐渐地养成集团的组织的精神，和获得身心上康健优美的效果。因为戏剧是一种集体地创造的艺术，演员与健康的体格、优美的风度又是不可分离的。

社会主义的苏联，那样重视儿童演剧不为无因。

尚在紧张的战争中、极度匮乏的物质条件下，苏联政府于十月革命第一周年纪念的时候，毅然地开办了全世界上第一个为儿童观众设立的剧场。在现在，苏联儿童剧场的网不仅普遍于俄罗斯□部的几个大城市，且广遍地发展到各共和国的边远区域了。

我们晋察冀边区，有必要而且可能广泛地热烈地开展一个儿童戏剧运动。

不过首当其冲的一个问题，便是编制儿童剧团的困难。这个困难曾相当地影响了边区儿童剧团的开展。

写过或想写儿童剧本的同志们口中，常流露着"儿童生活不熟习"啦，"儿童趣味不够"啦，"儿童心理无法把握"啦等等的感慨。当然不从生活上去了解，那不仅是写儿童剧而已，就是别的作品也无法写好的，至于儿童趣味、心理等等，除了从他们的生活去体验之外，还可以从别的方面去求得帮助。这里我再抄一段书结束这段短文。

"他们（指苏联从事儿童教育的专家们）的研究和实践的工作都是有着科学根据的。最先，密切地注意剧场中儿童观众对于剧情所起的反应；收集并分析儿童离开剧场所寄来的书信和绘画；最后才研究到演剧在各个儿童分子上所发生的影响——智力的社会性的特质，男女孩子对于同一剧本所产生的不同的观感，以及剧场上所显示的儿童的行动之间的关联等等。这样把儿童观众来试探、学习和了解，研究所得到的科学化的记录指示着编剧家怎样选拣题材，和怎样写作，同时演出的风格形式也可以由这种科学化的指示而得到解决。年轻的儿童最欢迎的是什么，而它的形式是怎样的？年纪较大些的又是怎样，更大一些的又是怎样？不用说，在这种科学的方法下所创造的剧本，和这种剧本上演是不难将理想付之实现的。"

这些实践中的经验，都是可以供作我们参考的。

附记：

文中所举苏联儿童演剧情形，都根据葛一虹著《苏联儿童戏剧》一书，有的且是照书直抄的。

剧协原定于"四四"之前翻印此书，因印刷困难，决定延期，特先在这里介绍若干（非常少的一部分）以飨读者。

（《晋察冀日报》1941年4月9日，《晋察冀艺术》副刊第11期）

评大后方"音运的退潮"

肃

在亲日派、顽固反共分子越加反动的统治下，大后方民众的生活是一天天急速地贫困下去，发"国难财"的达官贵人们的血腥剥削，使得绝大多数的人民流于饥饿、疾病、死亡；在这种民不聊生的情况下，要想文化运动有更大的开展是有些困难吧！何况顽固反共派还特别加紧政治的压迫、对新文化运动专意地加以摧残呢！

跟着反共派整个出卖抗战的计划和行动，许多的歌咏团被解散了，进步的书店、报章、杂志被封了，忠实于国家民族的音乐工作者与有正义感的艺术家被迫得无法立足，在新文化运动中起着重要作用的青年学生横遭监禁、屠杀，人民连说话的权利都没有了，哪里还谈得上唱歌的自由！

同时也出现了如陈洪的反□言论调，要在"救亡歌曲"之外，再搞什么适合于"他们"的歌曲了；也有个别的作曲者又在做着"故乡啊""明月啊"的呻吟。于是使得大家叹息、惶惑："大后方的音运退潮了！""退潮了！"

真的到了"退潮"了吗？设若我们不在这些现象面前恐惧无力，设若我们不只从一个小圈子里看问题的话，我们就可以看到大后方的环境是更险恶了。但是音乐运动却还没到"退潮"的时候，虽然反动的家伙已经给新音乐运动一个相当的危害，虽然大后方的音乐运动受着压迫，然而今天在全国开展着的新音乐运动是不会而且不可能是"退潮"个十年八年再另来一次。在水深火热中的大后方的同胞已经被痛苦烧红了眼睛，全国的民众已经不能再容忍这祸国殃民的罪行，震天动地的吼声、愤怒和痛苦的呼号已经越来越紧了；玩火的家伙们仍不知觉悟的话，我们将听到决然的一响，大家要把坐在我们头上的恶魔打□粉碎。

我们不能把大后方和全国隔离来看，纵然当权者已经决心出卖中国的抗战，但中华民族尚有他千千万万不甘做奴隶的优秀儿女，尚有中国共产党和其他抗日党派来领导中国的抗战。我们坚决相信，抗战一定要胜利到底，新音乐运动一定要成功！

很明显的，摆在全国音乐界面前的任务决不是失望□□，更不是"洁身"自好。我们清楚地认识，只有坚持抗战、制止反共分裂、力争民主政治的实现才能使新音乐运动猛烈的推进，才能谈上民族新音乐的建设。为此我们应该站在爱护国家民族、爱护国家民族音乐文化的立场上，把亲日派、反共顽固分子对民族、对民族新文化的危害和罪恶加以毫不容情的揭露！在创作上应该和当前的政治形势联系得更紧，中华民族优秀的音乐艺人应当是大家的喉舌，要使我们的歌声引导着群众向迫害他们的敌人进行斗争！

为此我们也应该更加紧我们的工作，在威逼和利诱的恶劣环境下坚持我们的工作，发扬中华民族崇高的气节，发扬一九二七年以来中国新音乐运动光荣的传统，站在自己的岗位上，为了民族的生存，为了新音乐文化的建树奋斗到底！

记着！当他最反动的时候，也就是他更接近死亡的征兆！

（《晋察冀日报》1941年4月23日，《晋察冀艺术》副刊第12期）

歌词写作的一般问题

施序

新的歌词，自有它本身的特点，下列条款，有的是我的先生教给的，有的是我偶然这么想起，写在这儿，供大家参考，不能说全是对的，因为写歌词对我也仅是初步的尝试。

第一，整齐。中国古的诗词，可以说是相当整齐的，但是因为它的造诣过深，唱出来不能为一般人所了解，而且节奏单纯不能表现复杂的主题。因此，我们今天的歌词写作不是作古诗，也不是填旧词，形式上的整齐，主要是根据乐□节奏的需要来讲的。比如像玛耶可夫斯基那样三字一行、两字一句的形式，在乐曲上就很难处置，尤其是一般的进行曲和纪念歌更需要在形式上比较整齐一些。

我们看见一般整齐的歌词，在结构上往往是由许多对称的句来组合的，比如：

> 殷红的血，映照着火热的太阳，
> 突进的力，急跳着复仇的决心；
> 我们是黑水边的流亡者！
> 我们是铁狱里的归来人！
> ....
>
> （塞克：《流民三千万》）

> 强盗们在崩溃挣扎，
> 工人们在搏斗呼□。
> 用鲜血染红五一！
> 用暴力将铁链打断！
> ....
>
> （姚中：《"五一"纪念歌》）

对称的句不但在字数上是一样，而且在音节上还应该是一样。比如《"五一"纪念歌》第二句如果换成"中国工人要站起来"，这样在音节上就不同了，因为第一句"强盗们在/崩溃/挣扎"一共有三个音节，而"中国工人要/站起来"就少了一个音节，因此这两句在字数上虽一样而在音节上却不一样，实际上这句子就变成不对称的了。这在我们填写同段歌词的时候，更应特别注意。比如第一段第一句是"二月里来好春光"，而第二段第一句是"二月青抗先检阅"，这样就没法唱了。因此，我们看整齐与否不单是从字数上看，还要注意它的音节，相反的，有些句子在字数上不一样而在音节上是一样，比如"我们求生存"与"大伙儿向前进"，后句在字数上虽多了一个，但音节却仍只有两个。

也有的人为了形式上的整齐押韵，于是就把一些不必要的生硬的句儿装进去，于是就得有"组字游戏"或者说是"死凑"。比如说前句是"不是好男不当兵"是对的，但为了要完成一个对称的整句，于是就凑上"不是好铁不打钉"这就不对了。这在配上同段词的时候，特别需要注意，比如施谊的《西洋镜歌》，其中也多少犯了这毛病。

第二，押韵。中国古的诗词把字的韵脚限制得太严，这在我们今天是不必要的；但是，我们为了唱起来顺口，谱起来方便，为了使一段或全曲有一个圆满的"结束"，必要的音韵还是值得注意。比如我们上面举的《"五一"纪念歌》，如果在最后一句不是用"死完"而是用"死光"可不可以呢？在意义上是一样，但在音韵上讲是不可以的，因为"喊""□""完"三个字是从一个母音拼出来的，唱起来顺口，也容易记得。

中国字的四声，今天用起来比较麻烦而且不科学。在新文字中采用的母音和独立子音，在今天的歌词中倒可以注意，一般地说，母音

（啊、唉、衣、呵、乌、羽）发音洪亮，子音（此、四、子、儿、吃、是、知、日）发音难涩，在重要的音节上应避免用子音字，比如"胜利就在明日"和"生产在受难之中"语尾都是子音，因此唱起来很困难，而且听起来不够清楚有力。

第三，用词。诗里面的字，人家可以用眼睛看；歌词里面的字，主要的却在唱给人听，有的歌子唱完了，人家还不知道是唱的什么，这是很要不得的。比如《玉门出塞》的"左公柳拂玉门晓……"，这真是只有"天晓得"。今天抗战的歌词，应该特别避免听不懂才好。其次要注意唱出来的词儿，会不会□人家听成另外一种意思，甚至和原来的意思恰相反。比如"反攻"和"反共"，"无保障"和"吴宝章"，"除强暴"和"出墙报"，"丰收还是照样"和"丰收还是遭殃"等（当然我们不能把整句的一个词或整段中的一句分割开来看，但有些地方用得不恰当，常常容易弄出笑话来的）。特别是我们什么什么之类的用得太多了，也会使人感到厌烦的。

第四，形式。齐唱、轮唱、领唱、合唱、对口唱、独唱，这都是歌曲的形式，初学写作，可以先从齐唱着手。所谓轮唱、领唱、合唱，其实只是作曲的人，在乐曲形式上的变化罢了，因此，不用去讲它。这里想讲的是：（一）在歌词的体裁讲，还有所谓"进行曲"和"民歌"这么两种形式。一般救亡歌曲大都是"进行曲风"的，因为这种形式比较整齐、有力；民歌或者说"小调风"的形式，一般是比较委婉、优美，乡土的气味比较浓厚，容易被老乡们所爱好。比如塞克的《心头恨》、天蓝的《开荒》以及拙作《选举之歌》，都是着重在这方面的效果的。（二）词句与小节的反复，也引起在形式上的变化，有的从头到尾一直开展，中间并不重叠或回复，比如《义勇军进行曲》就是。有的也用这种形式，但是它把同一的形式重复几遍，包含的内容多一些，但在乐曲上永远不变，这种在小调和纪念歌曲中较多。还有的在形式上的转换成为"一二一"或"一一二一一"或"一一二二一一"或"一一二二一一二二",前三种可名之曰"三段体",第四者如文章中起、承、转、合,因此有人叫它作"学院派"的形式。

第五,填词。一般地说,填词比写词困难得多,因为乐曲固定的形式,对作词者的限制很大:一是字数的限制,二是感情的限制。有人把小调中最淫荡的《双叹妹》填成抗日歌曲,影响非常恶劣;但是像《叫老乡》成绩确很不坏。这里就是说,填词的人,应该先去把要填的曲子研究一下,不然,效果一定是不好的。还有,今天边区在音乐工作较薄弱的地方,往往是把一个曲子翻来覆去地填上新词,唱起来自然容易得多,但在效果与提高上却不能不说是一种疏忽和松懈。因为我的了解,一种曲调的形式,要适合于任何不同的内容的词,实际上是不可能的。

管见所及,仅如上述。

(《晋察冀日报》1941年4月23日,《晋察冀艺术》副刊第12期)

对于目前作曲上的一些意见

周巍峙

边区新的作曲者不断地产生，新歌集不断地印发，歌曲随着政治任务、中心工作、□布到广大群众、广大士兵口边，较高的合唱曲也在不少作家中创作出来。这是边区音乐工作中可喜的收获，也是边区音乐运动向前发展的有力保证。

但是，在这方面有没有问题发生呢？

首先，由于一些新的作曲者所听到看到与唱过的，主要是些突击出来或技巧较差的作品，对名曲及技巧较高的乐曲，接触得较少，因此，他们的乐想、旋律的创造，不能不显得贫弱一些。我们看到不少歌曲是"一般化"，旋律的进行非常单纯，少变化，5 6 1，1 2 3，可以在很多歌曲里发现，而并没有加以变化。也有很多乐句常无意地和自己另一歌曲或别人的歌曲中的乐句相同或相仿，在新的创作上并不能有明显的特点与成就。

第二，有些歌曲的主题，在节奏与旋律的特点上，也没有很好的处理，有时在刚唱第一句时，就感到不流畅。由于歌曲技巧的缺乏，主题的发展、感情的表现也不会有更好的统一与变化了。因此，有时不可免地全曲仅仅是些无关的乐句的连续。

还有一种现象，就是主题或某些乐句的一些□□，常无原则地在本曲里反复出现，有的是稍微剪头截尾地应用着，这不但使表现单纯，而且使主题与组织混乱了。

第三，新民谣的创作，这是在实际上怎样接受旧民谣的遗产来表现新的人民的情绪，这件工作很不容易。我们看到这方面虽有了很多的收获，但有些作品从整个曲调来看，大都是呆板的小节或乐句的连

续，节奏非常简单。同时×的音符的过多连续，在旋律上陷于五声音阶内，旋法是单纯地模仿旧曲调而少发展与变化，听起来淡而无味，有的简直还比现在流行的民间歌谣差得多。

第四，有些歌曲或创作民谣，为了"不流俗"，用了很多奇特的节奏繁杂的装饰，在调性上采用了不少变调方式，唱起来不但很少中国作风、中国气派，若是发展下去，民谣成为非有相当音乐修养的人才能唱的了。

第五，作曲者本身不想在实践中研究怎样使自己曲调丰富、表现内容的办法增进，而仅仅在怪没有好调，或者嫌歌词"没有规律"，"不整齐"，当然，歌词应该富于"音乐性"，组织上应该比较整齐，但一切都为了"整齐"，就会影响内容的发挥，陷于使内容来迁就那单纯的、呆板的形式。因此，不是大加增删，使内容受损，就是使词与调游离，失去歌曲的统一性。

以上是目前在作曲上的或有关作曲的一些问题。在词的写作上，不想谈他。现在把我对于克服这些缺点的意见，提供大家讨论。

第一，要有好的旋律产生，必须有丰富的乐想。这种乐想，不是天才，而是从实际的修养中得来的。因此，必须多去研究有名的乐曲，分析他们的主题及发展、旋律的进行、节奏的变化，从这里吸取他们的方法，来培养我们的创作能力。同时也要多听多唱，才能更理解。

第二，加强作曲理论的学习，提高对乐曲的组织能力。当然，作曲法不是一天可以贯通，也不是一定熟读作曲法后才能作曲。但作曲法是前人经验的结晶，是作曲者必修的课程。

第三，加强对作品的批评，发扬作曲者的自我批评，以慎重的、科学的精神研究批评，帮助别人进步，也提高了自己。

第四，多做作曲的练习，经常地练习主题及动机的发展与变化，要做到支配形式而不为形式支配。

第五，作曲与事物和人，不应互相责备，而应互相研究，经常交换创作上的意见。无法写曲的歌词仅仅能成为一首好诗，不能成为一支名曲。不注意或不帮□内容完整性的表现的曲调，也仅是技巧上的卖弄，不能发挥它应有的效能。

因为篇幅限制无法具体举例详述，这些原则上的意见或可供给初学作曲者参考，希望加以研究与批评。

（《晋察冀日报》1941年4月23日，《晋察冀艺术》副刊第20期）

现时我国文化教育的道路

群众

处在这空前困难的时期中，我们必须建立一种适合时宜的文化教育政策。

适宜于抗战建国的文化教育政策，为完成抗战建国伟业所必须采取的文化教育政策，是应当怎样呢？

"其他财政、经济、文化、教育、锄奸各方面的政策，为着抗日的需要，均必须从调解各阶级利益出发，实行统一战线政策。"（毛泽东《团结到底》）

这种实行统一战线的文化教育政策，其具体内容，分别说来，可有四点，即民族的、民主的、科学的、大众的。

"（一）民族的。即抗日、反帝、反抗民族压迫，主张民族独立与解放，提倡民族的自信心，正确地把握民族的实际与特点的文化。

"（二）民主的。即反封建、反专制、反独裁、反压迫人民自由的思想习惯与制度，主张民主自由、民主政治、民主生活与民主作风的文化。

"（三）科学的。即反对武断、迷信、愚昧、无知，拥护科学真理，把真理当作自己实践的指南，提倡真能把握真理的科学与科学的思想，养成科学的生活与科学的工作方法的文化。

"（四）大众的。即反对拥护少数特权者、压迫剥削大多数人、愚弄欺骗大多数人，使大多数人永远陷于黑暗与痛苦的贵族特权者的文化，而主张代表多数人民利益的、大众的、平民的文化，主张文化为大众所有，主张文化普及于大众而又提高大众。"（洛甫：《抗战以来中华民族的新文化运动与今后的任务》）

目前的文化教育，必须服从于目前抗战建国的政治目的。固然，文化教育是"百年大计""千秋伟业"，不能用浅薄的功利主义来衡量。然而，它的能够成为百年大计、千秋伟业，首先要能够为当前的政治任务而服务。无论是春秋战国，无论是汉唐宋明，那时各种文化思想中之能够彪炳千古，至今还成为中华民族优秀文化的传统的，没有不是和当时的政治任务有密切的以至直接的联结。孔孟荀韩以至戴东原、黄梨洲诸先贤的学说，都就是直接反映当时政治问题的思想体系，是不用去说的了；就是宋末的老庄、唐代的佛教、宋代的理学，也是当时某种统治情形的产物而对这统治服务的。可以说，不能对当时政治目的尽其助力的，根本不能称其为文化，更不要说到百年大计、千秋伟业。因此，在今天的文化教育，不管是就解决国防、运输、生产等具体的工械理化来说，或就探讨理论、研究历史等须以古籍为对象的文学史学来说，都必须要能为抗战建国服务。或则真能把握到真理，辨认出国内外形势变化的科学规律，使自己□然于肩上抗战建国责任的艰巨。或则真能把握到中华民族的实际与特点，使自己肃然于抗战建国乃黄帝子孙的神圣职责，而完成这个职责，其途径又在哪里。

文化教育对抗战建国最大的贡献，应当是发掘全国人民深厚而伟大的群众力量，发挥他们的积极性，提高他们的警觉性。在这里，对一切从事于学术研究、教育、文艺的文化工作者以及形成文化运动基本队伍的广大青年知识分子与青年学生，给以物质上的便利以至于救济，筹捐充分的经费，置办必要的设备，自然非常重要，然而最重要的还是确保文化教育上的民主自由。民主自由是发展文化教育的基本条件。

文化是国家之精英，也是从自由中开出来的鲜花。没有思想上的自由发挥，没有研究上的自由探讨，没有书籍杂志的自由阅读，文化教育的发荣滋长是不可思议的。思想，要从自由辩论与公开批评来求得正确与坚定；统制与抑遏，不但使好的思想无从发育，同时也要使不正确的思想无从克服。"积薪止火"，一时不见了火燎，而火势之将更加强烈是必然的结果，日德等法西斯统治的蛮横，谁也不信他们是真的解决了他们国内的思想问题了的。抗战中的中国，因进行着的战争是正义的战争，这便提供了中国文化蓬勃发展的良好土壤，目前需要春风化雨的文化教育政策来喷浇培植它，使它开出光荣灿烂之花、丰硕美丽之果。

（《晋察冀日报》1941年4月24日，《文化思想》副刊第6期）

目前边区文艺工作者努力的方向
——为五四运动二十二周年纪念而作

沙可夫

五四运动已有二十二年的历史,这个彻底的、不妥协的、反帝反封建的革命运动,正像毛泽东同志所说,在中国文化战线或思想战线上划分了两个不同的历史时期,或如洛甫同志所说,"五四"是新文化运动的转折点。是的,从"五四"起,中国文化与思想才以崭新的姿态出现,踏上了新民主主义的发展道路。中国文艺运动,作为文化与思想运动中重要战线之一,"五四"以来,本着大众的、民主的革命传统精神,以完成"民族的形式,新民主主义的内容"(绝对不是"旧瓶新酒"主义!)。这样一种以新文艺的建立为目标,经过种种理论与实践问题上的斗争,二十余年来,不可否认的,获得了光辉而结实的成果。这些成果正是今天我们要依据着作为继续努力来完成新民主主义的文艺建设事业的基础。

今天我们,边区文艺工作者,纪念五四运动二十二周年,主要的在于清楚地、正确地认识了五四运动对于中国政治、经济、文化发展上伟大的历史意义以后,得出我们目前努力的方向。这就是我要在这里向边区文艺工作的同志们提出来大家商榷的问题。

随着边区人民坚持敌后抗战不断的胜利,随着边区政治、经济、文化等建设的日益进步,边区文艺运动正蓬蓬勃勃地开展着;每个文艺工作者都能守着自己的岗位,为使文艺更能服务于抗战建国而努力,为完成新民主主义文艺的建立而努力,并获得了不少显著的成绩与进步。譬如说:文、音、美、剧各协会都已组织并一天天健全起来了。这些组织团结了全边区的文艺工作者,一致地为坚持敌后抗战、巩固边区与开展文艺运动而奋斗。为了进一步地团结与改善边区文化人的生活及工作条件,继延安之后,成立了文化俱乐部,《晋察冀艺术》《文艺报》《五十年代》等文化艺术刊物,都陆续和边区广大读者见面了。

当然,这些成绩离开边区实际要求的满足还很远。这特别表现在文艺创作实践上,其中尤以戏剧作品最近在量和质方面都落在边区现实后面最为明显。今年以来我们看到,边区戏剧运动中发生了所谓"演大戏"(中外古典的或现代的名剧的上演)的倾向。这一倾向产生的主要原因之一,无疑的是一直到今天没有解决的"剧本荒"的变本加厉。没有比较好的,受观众欢迎的新的作品,就只得找些现成的剧本来上演了。不□□,"演大戏"这一倾向有其积极的一面,□□把边区戏剧运动大大提高了一步。但如果这一倾向发展下去,不去把它的消极的一面——剧本创作的停滞状态、戏剧不深入群众等缺点来克服,那么今后边区戏剧运动的开展上会受到极大的阻碍。

其次,音乐创作也显得异常贫乏,这特别表现在质量上,普遍流传、人人爱唱这样的新歌曲更是鲜见。可是今天边区每个老百姓、每个战士、每个工作人员都伸长了脖子、伸出了两手,企望着、等待着我们的歌曲作者给他们写出所谓"好听的歌子",这种要求已成了全边区人民的呼声、谁也不能否认的事实。至于文学与美术方面,因受□印刷条件的限制,多少影响了创作的热情,虽继续不断地我们还能看到一些比较优秀的诗篇与小说,然而也困免太少了,不足以充分反映今天边区生动的、丰富的现实生活。

问题是很清楚的:面向群众,深入群众,以现实主义的方法,大胆地、批判地利用一切有用的形式来大量创作,这是目前边区文艺工作者首先要努力的方向之一。

最近一个时期在边区兴起了关于民族形式与秧歌舞问题的讨论的

热潮。一般地说，这是很好的现象，因为文艺理论与实践方面许多问题必须经过大家来研究、讨论、辩论，才能使意见逐渐一致，以至得到正确的结论与适当的解决。因此，我们并不怕问题的提出引起争论，恰恰相反，我们要提倡自由研究、自由讨论、自由辩论的风气。当然，我们应该估计到，在争论过程中可能发生些不良现象，如脱离原则立场，态度不严正，抱门户之见，做意气之争，以致引起混乱、影响团结等等，这都是必须注意来防止与克服的。但我们决不能为了避免这些现象而不去展开自由讨论，因噎废食，那是□愚蠢而可笑的办法。最近的论争虽没有发生严重的不良现象，但个别参加论争的作者对于原则立场的把握还不够紧，态度上也有欠妥当之处，这是值得我们注意而应迅速加以纠正的。

　　显然的，为了使论争顺利进行而获得最大限度的效果，首先要求每个论争的参加者必须站稳立足点，不离开原则立场，既不抱门户之见，也不做意气之争，参加论争，对人批评，完全是为了追求真理，而不是为了别的什么。如果每个参加论争的人都能做到如此，那么问题可说是已经解决了一半。其次，态度必须严正而和蔼，明枪暗箭、冷嘲热讽都是要不得的，因为这些武器只能对准民族败类与敌人来使用而不能拿来对付参加论争的文艺界的同志。态度不好，即使自己的意见是对的，结果是不能说服别人的，而且易于引起纠纷，以至论争难以得到结果。再其次，要发扬自我批评精神，虚心倾听别人的意见，多多对自己反省，错了要勇于承认并迅予改正。固执成见是追求真理的敌人。以上几点是每个参加论争的文艺工作者起码的条件，才能使论争的问题容易得到解决。

　　问题也是很清楚的：我们要在自由研究、自由讨论、自由辩论的作风的提倡下，站稳追求真理的立场，把握严正和爱的态度，发扬自我批评的精神，孜孜不倦地加强对理论与实践问题的学习，继续不断地提高自己。这不用说，也是目前边区文艺工作者所要努力的方向之一。

边区文艺工作的同志们，纪念"五四"，继承"五四"的革命精神，锐利我们的文艺武器，为坚持统一战线、坚持抗战到底，反对一切反共亲日派的妥协投降卖国的阴谋活动，争取中华民族彻底的解放。这是目前我们努力的总的方向。同志们，迈开大步，朝着这一方向前进吧。

（《晋察冀日报》1941年4月29日，《晋察冀艺术》副刊第13期）

迎接"五四""五五"
加强马列主义政治和艺术学习

——号召"五五"为全边区艺术工作者的学习节

东

一个艺术家同时是一个思想家,一个艺术家不能脱离生活,而要接近到生活的深处,用他的作品来表现生活、刻画生活和批判生活。

批评家柏林斯基说过:"艺术的没有思想就等于人没有灵魂——是死尸。"因此,"只□一个艺术家是不够的,一个名副其实的诗人,常常愿意通过表现的媒介物,将他的思想、他的观点和他的感觉传达给我们,而不仅他所创造的美","一个真正的艺术家应常常把自己的作品建立在当代思想上的"(车尼雪夫斯基)。

用艺术来表现生活,用艺术的独特形式来参加到抗日战线上,为建立新民主主义的新中国而战斗,所赋予艺术家的任务是异常重大的!

一个艺术家要完成他们这些艰巨的任务,首先在自己思想上应该有一个准备,如没有思想上的准备,就不容易将自己的思想(因为这是集体的思想)散播到群众里去,经过作品来燃烧革命的火焰,也不容易□□生活、改造生活,革命所给予艺术家的任务应该是□□的,艺术家同时是革命家。

作为一个革命家的艺术家,生长在这斗争的时代里,革命的形势是复杂的、千变万化的。每一个革命家要不能很好地从革命的理论和实践来把握住自己,从政治上、思想上来充实和锻炼自己,企求着为革命和艺术而服务,便将成为一句空话和梦□。

加里宁说过的:"我们布尔什维克,是谦虚的,不是心怀掠夺的,

但是我们如想着用我们的理想占领全世界，甚至……推动全宇宙……的能够□任愉快地□这己身的工作。——我们的知识界特别是艺术工作者应当用马列主义的理论，世界上最革命的阶级——无产阶级的理论来武装自己。"这句话完全确切地适合于说给我们听，晋察冀的艺术工作者从政治上和思想上来充实自己，就应该拿马克思、恩格斯、列宁主义的理论来武装自己。

所以，一个艺术工作者应该学习马列主义是无可争辩的。

在晋察冀，我想问题是不止此的。晋察冀每一个艺术工作者，每一个，今天已经在学习马列主义，已经用革命的理论武装了和武装着自己，这反映在晋察冀每一个作品上，不论诗歌、文艺、音乐、美术、剧作，一种淳朴的、强烈的内容和格调，从这里可以看得很清楚。因此，在这里□□□，应该而且一定是进一步的，那就□□□更深地学习和研究马列主义和更深地把马列主义通过作品、形象，把我们的思想和希望，"占领全世界，甚至……推动全宇宙"。为着艺术的发展和理论更深地占领群众的思想，一个前进的、正直的艺术工作者，应该无条件地向这一方向努力。

问题的另一方面：晋察冀边区绝大多数的艺术工作者，不可否认，从事□艺术工作的时间还不长，大部分的时间花费在事务工作上，忙于□□□（当然只要适当这也是必要的）；所以，一□最大的弱点是一般的对艺术理论的学习不够，艺术理论一样是革命的理论，很明显的，艺术固然是为政治服务的，它是为社会生活的经济的物质的条件所决定的！"社会意识的每种形态，不论哲学、艺术、法权、道德等等，它们在每一个时代都有一定的思想上的材料作为其先决条件，这一思想的材料是其前一代所□给的，而它则从这材料出发"（恩格斯）。从它自己内的规律的影响下开展着，而社会经济基础的作用，只有经□这些规律才能影响他们。

所以艺术有它一定的□立性和□□性，不研究艺术自身的开展，不研究艺术的思潮规律和运动，一个艺术工作者同样不容易把握住□的艺术，为新民主主义的政治服务。

很容易使我们想起"五四"。"五四"是文艺上、文化上的一大革命运动，在五四运动之后，平民文学、白话文学的提出，艺术的理论是被大量地□□进来，这一些新的理论的介绍，和文艺运动在中国具体的发挥，奠定了今天的新文艺运动，在新民主主义的旗帜下创造了千百□个优秀的艺术工作者，加强了艺术工作者为新艺术而奋斗的信心和决心，在伟大的鲁迅指导下，新文化、新文艺运动从坚固的基础上蓬勃地开展起来了，这些离开了艺术理论的学习是看不到的。

所以，一个艺术工作者，应该百倍□□地研究艺术理论，也是无可争辩的。

根据这些，边区的文协、音协、美协、剧协为了迎接四十年代第一个"五四""五五"，共同□□全边区艺术工作者加强马列主义政治和艺术的学习，并共同决定□号召"五五"（伟大导师马克思的诞生）为全边区艺术工作者的"学习节"。

对于我们有些什么具体任务呢？

一、从"五四""五五"起，全边区的艺术工作者，应该更深切来研究马列主义，学习艺术理论，建立每天两小时的政治学习制和每天一小时或适当时间的艺术学习制。

二、把马列主义看作艺术工作者终身学习的理论，一□正□的艺术工作者只有学习马列主义才□□展他的智慧，展开那不穷尽的创作的界限，提高那艺术的天才□库。

三、把艺术看作自己终身的事业，坚定站□在艺术岗位，深刻地了解□我们所□□武器力量是□□的，它能影响生活、影响社会，是走向新民主主义社会不可缺少的一个方面、一□重要的斗争环节，是从思想上准备民众从新民主主义社会渡到人类渴望着的社会（这在苏联已经实现的了）去的契□和□力。

全边区的艺术工作同志们啊！"学习"是今天的重要任务□！在"学习"里锻炼和加强自己，使我们真正成□一个正直的艺术战士，使我们的胜□和□□更进一步。

（《晋察冀日报》1941年4月29日，《晋察冀艺术》副刊第13期）

秧 歌 舞
——零碎想起的一些意见

康濯

随着"民族形式""旧形式""秧歌舞"等问题在我们边区展开的讨论，我在这里零碎谈一些关于秧歌舞的意见。

秧歌舞在今天的边区盛极一时，这是谁也不会否认的，那么，这是非常好的现象，这现象，也只有在今天，在进步的民主的模范抗日地区才会产生。它产生了，普遍了，它，今天每个舞员和观众对于它，与抗战前的年节、庙会，或插秧时的对于它，基于群众经济政治生活的不同，这对于它的态度，把握它的出发点，也是不同的——虽然这不是绝对的，虽然不论过去或现在，群众对于它尽管都还或多或少抱着些某种不太严肃的娱乐成分或游戏态度，但在群众过去的生活基础上，或在另一地的今天的群众间，决不会产生秧歌舞像今天这里这样，盛极一时的现象的。我们撇开秧歌舞在今天的"使用价值"与缺点（假如有的话）与它给予各方面的影响不谈，我们可以说，今天秧歌舞的盛极一时，不必一定是秧歌舞本身的伟大进步，是秧歌舞工作者、艺术工作者、宣教工作者的伟大功劳。因为，这是社会的进步，这是历史的前进。——我们是可以这样说的。

但是，社会进步了，历史前进了，秧歌舞如不紧跟向前，它必然也不会像今天这样盛极一时，更不会成长着为大众所说的"使用价值"，而且，它会早已"遭到现实的唾骂的"。这就是我要说，今天的秧歌舞是已经前进了数步的（虽然还不够）；今天的秧歌舞已不再是过去的什么东西，更不会还是纯粹的旧形式（这是肯定的）。看下面——

过去，或者更远，民间男女在劳动（插秧）之余的"爱的追求形式"的秧歌舞是什么样子？不知道，我没见过。但在抗战前，这一带流行的秧歌舞的样子，我却听说过一点。那是，就名称上讲，都应当去掉尾巴，而单名叫"秧歌"的东西。"秧歌"分台上、地下两种；台上者只是旧戏的一种地方形式，只唱不扭，叫"唱秧歌"或"秧歌戏"；台下者则一般地根本很少情节穿插，只扭而不唱，间或当扭者因疲倦而休息时，可能有一两个人出来唱一两段"秧歌"（台上"秧歌戏"里唱的），这名"扭秧歌"。今天的秧歌舞，是从过去"扭秧歌"的形式批评地利用而进步发展改造过来的东西，"秧歌舞"这个名字，我想是西战团或联大从地方带过来的。

我这里所提的今天的秧歌舞，它在一开始走上抗日情势下，首先，就与一种名叫"小唱"的旧形式发生了亲密关系，首先就吸收了"小唱"的形式加入那开始批评利用的"扭秧歌"的形式中。"小唱"是以唱小曲为主的旧形式，有集体的，也有不是集体的，它在演唱者用一定的步伐（不是扭秧歌的步伐，而是其他类似旧戏台步的东西，我这样想）跑成一个定型后，就全体演唱小曲子。今天夹在秧歌舞中音乐队的旧乐器与其他某些表演唱时的动作，就是配合"小唱"或从"小唱"而来的，因为秧歌舞开始走上抗日的情势下，必要且一定要改装新现实的内容。而要马上从批评地改造旧的"扭秧歌"那种形式，插入新现实的内容，比较困难，顶多，也不过改改舞员的服装、化装或别的什么肤浅的（而这，一时也缺点很大）。于是，比较现实地装上新内容，那时就不得不从群众熟悉较快、兴趣颇浓的抗战歌曲小调入手，这就造成了"小唱"形式的被宠爱和优势于改造的"扭秧歌"中。此外，过去"扭秧歌"的形式，因为是集体性的，比较简单，在流行上又很广泛，在表现群众新的生活上，有着相当适合的欢快、跳跃、鼓舞等好因素，加以大剧团的利用和提倡，所以它能一开始被荣耀地拉向抗日情势下，而被置于对于群众特别重要，发展进步很足令人惊奇的地位。

过去的严格地说，"扭秧歌"的形式，除开一般的集体扭，扭着很多"仙人出洞""穿梭""剪子股"等队形的东西外，还有也算属于"扭秧歌"范畴的其他形式，如"高跷""大头和尚斗柳翠"等；"小唱"，也有着曲目繁多的，如"地平跷""跑花篮"等形式。因此，值于抗战情势下的秧歌舞，在要求着与被要求着前进的立足上，就被民间艺术家和创造者增多着复杂的来自名目繁多的"扭秧歌"与"小唱"的花样，再前行，可能又接受了其他旧形式如快板、旧剧的某些东西，除此，它又被新的形式，如话剧、活报、歌舞等滋养料哺育，使它在内容上形式上更能或多或少地发现新现实的故事、画面，甚至，在接受了舞蹈的影响，舞法也更刚健些、美丽些（这，我在平山温塘村剧团表演上愉快地看到过）。另外，在服装上、化装上，以及队形变换、音乐等项目上，都总在进步着。

表现在这种情形下的秧歌舞，它里面所能够而且已经包含的各种花样，不是严格地条理地可以数清说完的，加以今天边区各地工作开展的不太平衡，群众进步的有先有后，有量上的差别，因此，盛极一时的秧歌舞，在各地也有程度上的差别。而好与坏，优点与缺点，"使用价值"的多寡，也自然极不一致，有好的、特别好的，无论形式上与内容上都很惊人的，如平山温塘的、如最近儿童节大会上看到过的；也有坏的，甚至可以说很坏的，虽然这只是个别现象，如今年旧历年节前后，四专区、一专区某些个别地区的——这些，甚至在内容上都有旧的东西残存。

但是，一般地说，今天的秧歌舞是好的，进步很大的。它无论对战斗、对群众、对艺术，都有着谁也不能抹杀的伟大功绩。它随着社会和历史前进，它没有忘记在思想上艺术上不断地把自己提高。但同时，它也有缺点，甚至个别的毒素致未能发挥更大的战斗力。而群众对于它，也不无区别地存在"看媳妇"的倾向、专为娱乐好玩的倾向。至于对创造"民族形式"的艺术的贡献上，更似乎较为长远、模糊。这由于它的"原来那思想与形象之浑然完整。却不能不带来破绽，这种破绽，就是由进步的内容与落后的形式相矛盾相斗争而来的"（周扬）。另外，还有如林采同志在《从"秧歌舞"谈旧形式》一文中所指出的那些原因。

涉及这，今天我们对于秧歌舞的态度，应当首先是乐观兴奋的，因此，我们应当反对对于今天秧歌舞的恶意态度，即是，如林采同志说的"绅士式的冷视的态度"，或者"认为'秧歌舞'的形式已经是完全僵化了的破烂不堪的死东西而给予全面的打击"，或者"一方面要把它踢下来；一方面又要把它拉上去"的□□。这里，我要牵涉到我们边区已经在讨论中发表过的一些意见，这是自冯宿海同志《关于"秧歌舞"种种》一文发表的。

我以为，冯宿海同志对于今天秧歌舞的估价是过低了些的，他或者还只是多看了些去年的或者个别地方的现象；或者，在文章的一些措词上有些不当不"雅"，对于改进的意见有些"声势浩大"，因而，在客观上多少造成了不好的印象，又如他认为"今天的秧歌舞还是一种纯粹的旧形式"，这是不对的！但现在我觉得暂且不论这些，又不论秧歌舞的道路和前途应该怎样，假如不是我糊涂，我不承认他在主观上会全面地打击秧歌舞的，他不会"异想天开地"想把秧歌舞一面踢下，一面又拉上去的。虽然我不说歌舞剧是不是秧歌舞的道路，虽然我反对把今天秧歌舞的一些缺点夸大为危机，但仔细研究下冯宿海同志关于改造秧歌舞的一些意见——不管总的方面说其前途是□歌舞剧，倒也是必要的。从这，我觉得那些意见，未必就是"取消秧歌舞"或从地下一跃上天的幻想，未必就是□秧歌舞要求它所不能有的那样高的。同时，我也觉得林采同志在这方面的注意不太够，不多多研究或多看几处秧歌舞演出,不直面地指出秧歌舞的缺点,或作为秧歌舞的真正关心者,却仿佛很严肃地对"冷视"者或"主观"上"不思加以""改造"者说:"秧歌舞之所以还有缺点,就是因为你不努力!"这是不太好的,若不然,是不是干脆,就不研究下别人也许有可取之一处,为"你现不好,你努力努力,改造下看看!"这样,是有可能走上"概□为秧歌舞已百□满足,或者走上旁观者的严肃的路上去,偏到另一种倾向去的!"

为了战斗,为了更充裕群众,虽然不是唯一,然而却是极重要的一种文化生活,为了从一方面□□创造"民族形式"的道路,同时,为了帮助边区利用其他旧形式和从旧形式中接受遗产(这些,是大不如秧歌舞的成绩的)以充裕新形式的目的下,谁也得承认今天的秧歌舞必须更要前进、改造与提高,而且,一般地说,今天边区的整个文化运动,可以说也应以提高为重要而同时使更深入普及的情势下,今天要秧歌舞提高,与平常一般地要求它的进步也有着某种不同的更深长的意义。而这,我们边区的每个秧歌舞工作者、艺术工作者、宣教工作者,应该真正努力!过去对秧歌舞根本不理,而一味为了自己的新形式的,今天的态度应当有所修改,就是过去热心的人,更不应再存在以为"秧歌舞这东西简单,呃!一天搞它几个"的态度。——这在过去是或浓或浅存在的,也存在于□其他利用旧形式□一部分态度中,至于对广大舞员,文化水平一般还相当低下的广大群众,虽不是绝对的,但显然是不应做如此要求的。

这就要凭我的意见,就一般的秧歌舞,指出它的缺点了:

第一,今天的秧歌舞还未免支离破碎些,一般的,都是在大众舞员前面,配置数对穿红戴绿的男女或小孩、一对滑稽小丑,后面才出现各色抗日人士、日寇、汉奸等,这就形成了一截一截的,甚至,多是领头的男女或滑稽小丑表演一套甚至含有封建毒素的东西,往往一开始比后面的舞员更起劲，更能吸引观众，虽然一度过后，后边的抗日军民和日寇、汉奸往往也来套精彩表演——各种形式的表演，这能够夺过观众，赢得效果，但前后在内容上、形式上往往没有关联，或关联极少，这未免支离破碎些。某些个别地方，更可能在破碎片里含着浓厚的糟粕、杂质或毒素。

第二，今天的秧歌正因为接受了和吸收了多种东西，自新旧形式的均相当复杂，加上各时期要表现的内容均很广泛，因此，这些东西在整顿秧歌舞全面发生着复杂的冲突，如唱与舞，如音乐与唱与舞，如故事的表演与群众舞的进行等。

第三，舞法上，整个的比较简单些，只是直线式的前进步式，进两步退一步，且不够健康。而就各个人物不同身份、阶层、性格与在舞中不同的地位，而各舞各有特性的步伐，也没做到，甚至比过去那完全旧的"扭秧歌"中的表现还差些，以致或有些老套、刻板、没味道、囗起劲，如不提高，某些地区是会影响到普及的——撇开其他不说。

第四，化装和服装上，一般的是不太现实的，个别如去年"三八"平山妇女的表演，去年五六月间聚集于平山洪子店欢迎南征的一、五团胜利归来的表演，确也抵得住冯宿海同志的描写的；今年春节，四专区唐县一带，囗仍有很不少"粉面朱唇、花枝招展，头戴一块花毛巾……"的现象，虽然素以"美妙漂亮"而获得好几次平山秧歌舞比赛第一的洪子店，今天不得不让位温塘了——它那一套"服装化装"受到现实唾弃了，但一般地，仍然存在不少服装化装上的缺点的。

这些缺点，只是一般的，有比这好得多的，也有个别坏得很的。——这样，我们不能认为就是秧歌舞的危机，但却应站在积极改造、发展、提高它的地域上，迫切严重地看到这，好好地为改造而努力去！为改进而努力去！

谈到秧歌舞的改造道路和发展前途问题：

第一，它在内容上应该更多方面地充实战斗生活，能够做到一个完整故事的整体，当然很好，但我认为这比较困难些，尽管可以连成故事整体，我主张仍要多方面发展。像技术的表演，如"仙人出洞""剪子股"等，并不必要完全剔除，但也应充实以内容，如我曾见过的，群众围成一个圈，都背了锄头、铁锹等农具，以垦荒与代耕团的方式，且舞代耕□，且表演技术，而圈中抗属一家人，表演春耕连贯故事，表演感谢代耕团的盛意等。

第二，秧歌舞的形式，在今天进步的情势下，十足证明不坏，因此，我主张在发展的路途上，一个群众的秧歌舞队形里，不妨多穿插些东西，可以舞，也可表演街头剧、快板、活板、队形变换（可能也有某些军事意义的队形）、操练、唱歌、讲演、特别技术的表演等。群众把今天的秧歌舞已经创造成多样性的好东西，但还不够，尤其是在加入新的养料、接受旧的优良遗产上。这，发挥群众的创造性，不使千篇一律，是必要的。而且以秧歌舞（其他舞也同样）这"简单的形式"，要插入复杂的抗日内容，想反映多面的群众生活，如不从样式多面化入手，那将难使人更满意的。

第三，上述多样的内容与形式，最好要求他连贯，互相关联前进，使秧歌舞中每一事情的进行，与每个舞员都有关系。今天，往往有人在表演，有人就干脆坐下休息不管了，虽然为了恢复疲倦，调换休息是可以的，但就是□找的表演，何尝不能插入群众的联□□？

第四，舞法上，首先应适合各个人的身份等，肯定的。至于整体的舞法、步伐，就是进两步退一步，何尝不能改造得活泼些！温塘的秧歌舞舞法是值得大家学习的，它与一般的不同，它健康、刚强、有力、节奏显明，各人均合乎身份。除开这，使舞法步伐更活泼些，或吸收些其他舞法帮助，向横面、向左右、向曲线发展，这未必是不可能的。

第五，化装服装等，应本着"现实主义"原则。这当然不是恶意要求大剧团化，而是说，克服缺点，特别是部分妇女的。任钧超同志在《关于〈关于"秧歌舞"种种〉》一文中提到关于服装化装的意见，当然对！但也要更进一步认识到，街头与舞台上的环境不同，白天黑夜也不同，因而，舞员的化装服装，不得不求更"平凡些现实些"。因此，滑稽小丑不应太□夸张——一套奇装，脸上一片红、一块黑，徒引人发笑；还有，一般跳在舞队前面的角色，如为小孩，穿着漂亮些，为表演跳舞或其他而配置，倒无不可。我死抱住的温塘第一的，把这种表演取消了，也不一定是优点，而且，既是小孩表演舞蹈，也可以大剧团小鬼的舞蹈的各方面作参考，但这也仍要□□□□□□体关联，不然，花样小孩与小丑、日寇等一道穿插舞着，会不太□和的。□于这种特别舞员要是妇女，那可就不得不反对"花手绢，穿红戴绿"了！

第六，音乐要与整体统一，这仍然是"风凉话"一句，民间旧乐器多，群众会唱的歌子多，尽可欢迎。但歌子乐器的演唱，最好排入适合的扭跳场面，或干脆单独表演，乐器掩盖了歌声，或者表演过后，舞队排成圈，大家停止扭，一面唱，一面移动脚步，手也□左右轻盈飘动，这种仍旧"小唱"的东西，并不是好的。

上面算是粗浅的意见。

于是，依我说，秧歌舞的前途，仍然是一种集体的群众的舞，刚健活泼，反映着战斗生活与群众要求的舞。它会包含极多的花样，照我的胡编词儿，一种"大观园"式的多样性的东西；但它可能走向完整统一的定型，走上集体性和个人性统一、浪漫性与现实性统一的更高阶段（这在今天也或多或少生长了的）。它不会死灭，它会在不断接受新滋养中突出，在进步的地域上壮大生长，也未必不可以给它戴上"新民主主义舞之一"的帽子。

那么，它没有，而且绝对不会有歌舞剧的前途？这只要谁不联想到"美妙""西洋"的歌舞剧，我觉得这问题，不是不可研究讨论的。

自从联大文工团把秧歌舞搬上舞台，给以故事、场面、对话（快板说的）、人物等以后，各地相继而起，也把秧歌舞形式先后搬上舞台，想来，至少联大文工团的《反扫荡秧歌舞剧》和《反妥协投降秧歌活报》一定对于边区不会是陌生的。它，毫无疑问，对于客观情势，对于战斗需要上，有了大的收获；而且，它还兴奋了边区的艺术工作者、宣教工作者，尤其兴奋了不少村剧团和群众艺术家，给边区的秧歌舞以别开生面，以道路，这种进步发展的，我们可以叫作歌舞剧的，不然，□□□，至少可以叫"秧歌舞剧"吧！这种形式，今天正在各地采用，在不断吸收养料，而更向前进，这是一种前途，我们应该特别努力求得光耀的前途！

但是不是还要来一个"街头化"呢？我说，这可以的，像联大文工团的秧歌舞剧，是可以"街头化"的，街头剧的样式很多，用秧歌舞剧走上街头去，这不困难——并且，这种歌舞剧的发展，不论舞台上或街头的，在不断地接受新的滋养与社会进步中前行，也未必不可以是漂亮的、好的"民族新形式"、新的秧歌舞剧的。……

我诚恳地提出来这些，我希望不会被人叫作糊涂，竟敢给秧歌舞安排下这么多路，简直十万八千里。固然，假使不对，我是希望严厉的批评和深刻的讨论的。

一九四一年四月二十一日深夜

（《晋察冀日报》1941 年 5 月 7 日）

怎样写街头诗

田间

> 我不是要制定一些规律,一些使任何人都成为诗、都能写诗的规律的。诗人是一种能够创立诗的规律的人。
>
> ——玛耶可夫斯基

那么我还应该说什么呢?

我能替街头诗造出何种模型,请诸位依此而写作吗?

我以大家的实践经验来发言吧。

一、目的

"让艺术和大众在一起!"这是街头诗集《粮食》上所标记的一个口号。那意义说街头诗要作为艺术的一员和大众站在一起战斗,并且使大众获得艺术,也在艺术的呼声中前进!

像一切的诗的目的应该是提高人类向上的意志、斗争的热情一样,街头诗也应该这样,只是它还要很迅速地、很迫切地而且很广泛地在各个斗争的场合里、革命的步伐里显示出这种目的——当冲锋号未吹起时,它就要准备冲锋,号召冲锋;当肉搏快开始前,它就要准备肉搏,号召肉搏;并直接地、肉体(的)地参加在斗争过程中。

这种目的,不是诗人个人的目的,而是大众的目的、斗争的目的、时代的目的。

大众的、斗争的、时代的目的被诗人赤诚地拥抱了,诗人的灵魂变成大众的灵魂,大众的灵魂变为诗人的灵魂,表现到诗里,才是诗的目的!

二、性格

它要有像民众一样的、战士一样的勇敢、热诚、强悍和突击的性格。因为它往往是先锋,因为它比叙事诗或其他的诗的位置是站在更前面的,因为它要随时随刻在血与火的道路上行进。……无这种性格,便不能完成它的特殊的任务。

但是,它反对像疯子似的勇敢,那种乱叫乱打的、那种空大炮式的勇敢;它反对没有热情和浮躁。

三、姿态

它是大众的心血、热情、意志,经过诗人在神圣的民族战争的疆场上所组织的刺刀。所以它要明晃晃地、要尖锐地、要□烈地起来,它的面貌应该像火一样,它的胸膛应该像钢铁一样。它还要短小精悍和轻装,这样它才能适合于各种战斗场合,参加各种战斗场合(譬如在武装动员、生产、冬运等各个战线上);它还要机智,这样它才能善于观察和歌颂战斗的来潮,瞭望敌人的行动,以□保证解决战斗。

四、工作

以为街头诗可以随便、拼凑几句,或者可以把标语口号拆裂分开来写,都是误解。诗人可以而且应该把标语口号所概括的具体的内容具体的反映出来甚至呼号出来。它必须组织得最紧密、最精悍,它必须把感情和意志热辣辣地喊出;一方面要做到这点,一方面所用的语言不能很多,这就更非我们用力琢磨和锻炼不可。我们应该多么细心地选择最恰当表现的语言咧!——许多诗人都曾经为了一句用语或一个字考虑很久。至于整篇组织,那就要像军事家们、战士们布置一个攻势一样,这个攻势要最能打击敌人,同时不会被敌人攻陷。

> 孩子们
> 解开我的手
> 把剑给我
>
> 怕什么呢
> 他一个人
> 我们七个人

我们能够随便□□□□句诗吗？不能。它是多么坚固、结实和有力，在做诗的组织工作以前，为着不临时"抓夫"，就要多多熟悉民众的语言——勇敢的、健康的、活生生的语言；要晓得向格言、俳句、歇后语、谚语、俚语等那些精密的、智慧的组织法学习；特别是街头诗。最后把它放到大众面前、斗争面前、时代面前去考验吧，去奔赴战斗吧！

五、其他

街头诗和街头歌谣是兄弟般的关系、同志般的关系，但不是一个人。我说街头诗好像夏伯阳，街头歌谣好像富曼诺夫，它们同为民众而战斗，民众都需要他们。

但是有些人把他们混同了。其实街头诗以其自由和有力的表现，街头歌谣以其韵律和节奏的相当规律化，有足够被歌唱的条件——它们互相争光，按照现实的情势看，按照未来的趋势看，它们会各自走向更完整的、更新的前途。

"战斗必须前进！街头诗必须前进！"让我们欢迎街头诗运动的新的高潮吧！

一九四一年春天

（《晋察冀日报》1941年5月14日，《晋察冀艺术》副刊第14期）

关于诗的言语

孙犁

现在是到了该把诗的言语的问题研究一下的时候了。

文学的言语，必要是大众口头的言语。但这不妨止作家在他的作品的言语上用功夫，加以洗练和推敲。作家要使大众的言语，在不变种为"另外一种言语"（瞿秋白）的原则下使言语艺术化。

韵文的言语该和散文的言语有一些□□□，它对言语的要求，比较起散文来，更苛刻一些。它不只要把口头的言语组织得有条理、细腻和复杂，还要选择那□属于诗的，宜于作诗的表现的言语。

只是机械地从翻译的作品里找句法和字眼的倾向，和不想用心研究只平板地纪录一些"口语"是同样愚笨而违反大众要求的。生吞活剥玛耶可夫斯基甚至普式庚的诗篇的"译品"，是大有人在的。岂不知无论哪个大诗人都有其人民的和时代的言语的神韵，不过经过我们翻译，便总要"走光"和失掉"原封"的味道罢了。大众化并不反对欧化，但要从好的译文吸收西洋进步的言语组织来帮助中国现代语言的改进。

一切无原则地求新颖找别致，不从大众口头上去听取语言，是大可非难的。边区的大众，以其四年的战斗和进步，已使他们的语言大为丰富和动听起来了。摆在诗人前面的工作是以他们的语言做基础，运用一般社会的普通话，创造优美的真正的"文学的口语"。健全中国现代普通话，丰美中国的语言文字，韵文在这方面的作用是比散文大得多的。在西欧各国语言文字革命的时候，如意大利、法国、德国、俄国，都有大诗人，贡献了力量。

现代边区诗的言语，一定要把握大众说话的腔调、思想和希望，

一定要把握言语腔调的韵律，思索上生活上的节拍，要使诗的言语有原则的美化。

至于那七上八下没有一般规律的排列法，那并排四五节才完成一个整句的句法，那"凭望那大山谷的……""踏着那如有似无的枝头梦样的绿色而来了。然而与此以俱来的……"，那"粗黑的声音""皇军的思绪""濒于将要自杀的苦恼""青色的灵魂""长夏的流星""雹雨□□"，和那为了押韵把头脚倒立起来使人看了头晕的"溃崩"或强其结合的"爆进"等等，都撒开手吧。

想起过去那"梦的联队""瓶花采"还有些恶心，和它们有一些渊源的东西，我们都不要。

现在边区诗的语言，当是在习惯上，本地方大众共同使用的、真正白话的、多音节的、有语尾的言语。有人说，中国诗的语言问题，一定要等到中国话写法完全拉丁化了以后才能解决，这是耽误事的说法。工作是现在就要钻的。

（《晋察冀日报》1941年5月14日《晋察冀艺术》副刊第14期）

把木刻艺术更深入到群众中去

方用

近代中国的木刻运动,是近代中国美术运动中的一朵奇花,它在十来年的斗争历史中,得到了中国人民大众的拥护和支持。

新兴的木刻被介绍到中国虽然还是一个比较短的时间,但是中国旧的木刻是一直在民众中间维系过一个很长时间。就是西洋的木刻,最初也是把中国这样的木刻加以改造和发展的。鲁迅先生曾经说过,中国过去把火药传到外国去,但是过了一个时期,外国人却用火药来打我们。然而木刻的回国,从十年的历史中我们是知道得很清楚的,它没有打我们,相反地它帮助了我们去打了中国旧的统治者和帝国主义及其走狗。今后亦如先前,它一样是和中国人民站在一起,完成历史所给与它更重大的任务。

十年来中国的木刻运动,在方向上基本是正确的。由于鲁迅先生的关心爱护和栽培,新的木刻是收获了成绩的。但是,今天新的历史任务、新的工作环境,使我们的木刻不仅是用之于封面、插图,更不仅是刻好后印几张给大家看看,显然地,在今天它的用途是被适用于更广的范围,在量上更应该大大地增加;当着一个战斗任务到来时,我们有着光荣传统的木刻应该挺身站到最前面去,它应该英勇地和敌寇那些"王道和平"斗争,应热情地把真理告诉全边区广大的民众。

事情是很明显的,像这样的木刻,在内容上它应该和当前的政治形势,做非常密切的配合,在形式上应该是成为大众的、群众"乐见"的。它应该以坚强的新的手法,同时参考过去中国木刻的优点来制作出来的新的东西。过去新的木刻我们虽然也注意到了大众化而且也是向着大众化的方向去做的,但是根据它所产生的环境、它所流行的地区和它主要的宣传对象，限制了它，不能充分地完成它的战斗任务。鲁迅先生曾经明确地向我们指出，过去的木刻主要是给知识分子看的，一般广大的劳苦群众在接受方面还比较困难一些，这我以为和过去木刻的内容和形式都有关系的。特别是当我们的抗战从城市转向乡村的情形以后，我想一定会有一些木刻工作者会感到这种实际的困难情形。

鲁迅先生是中国新兴木刻的保姆，他的意见自然不是轻视今天的木刻，而是说今天这东西还不是尽美尽善，还须我们研究和发展的。晋东南鲁艺木刻工作团两年来努力的成绩，虽然还不能令人完全满意，但是基本上确实证明了鲁迅先生的话并没有错。今天我们看见晋东南的木刻，基本上已经突破了"利用"的阶段而在创造新的东西了。

在边区的这种新倾向，也并不是没有。去年和今年的旧历新年，也出现了不少的新的木刻年画，但是它只是应时地出现一下（因为有的人还仅是单纯地站在利用旧形式的立场上来从事这工作的），所以直到今天，还不能唤起全边区的木刻工作者和多方面最大的注意，而且就在利用旧形式这方面也还不能"尽如人意"。但是，我们决不能因此就引咎不前，只要我们肯做，而且不断地在理论上做一些探讨的工作（比方说对于美术上民族形式问题的研究等），我想边区新的木刻运动一定可以广泛地开展起来，一定可以突破仅仅是几个人欣赏、观摩或者举行两次展览会的阶段，而真正地把木刻艺术交给大众，并成为大众生活中的一个部分。

（《晋察冀日报》1941年5月29日，《晋察冀艺术》副刊第15期）

画　头

钟惦菲

当屠格涅夫描写罗亭在阿夫杜馨池畔等候一位年轻的姑娘的时候，我们的文豪是用这样的句子来形容罗亭的：

"读了昨晚那封信之后，他预感到末日临近了，精神上暗暗在烦恼，虽则看他双手抱在胸前望着四周，带着□□□□的坚决的样子，想不到他有这种心事，毕加梭夫有一次说得真对，说他像一个中国的塑像，头总是太大了，因之失却全身的平衡。"

旁边的点是我附加上去的，因为引用这段文字的着重点就在这里。到过五台山的人，大致都可以明白这话是对的；如果没有到过五台山，则看看我们过去过新年时在门上贴的"门神"或灶上贴的"灶神爷"，道理也是一样——坐着的"灶神爷"，头长总占他身长的三分之一以上，就是说灶神爷的身子往往还没有两个头长。你想一个人真的这样，那不是变成一个很可笑的怪物了吗？但是事情却偏偏凑巧，这样的"大头疯"，在中国的民间美术中存了一个很长很长的时期，而且成为中国美术特点之一，所以远在俄国的文学家也知道了这件事，把它写进了自己的小说里。

近代有一个人类学者研究了许多落后的民族的绘画，似乎也发现了这个特点，所以他说"澳洲人没有把人像和动物形象区别开来的能力，除非头脸等特别巨大，他们才会认识"。

这种说法显然是不完全的，我想即是多么愚笨的中国人，也不会把别人画的巴儿狗当作是自己的肖像的吧？如果我们仔细观察中国的"神"的□□，就不难知道中国的所谓"神"，生前不是皇帝，也少不了是个将军。在"劳心者治人"的前提下，这些皇帝和将军的智慧被理想化，表现手法的定型化，所以才会有"龙眉凤眼，顶平额宽，两耳垂肩，两手过膝"的一套被规定了出来，成为中国人心目中特有的解剖学。因此在中国美术长期存在的"大头疯"和中国长期□□着的封建经济□是容易□□□□。马克思告诉我们："思想的历史，除了证明精神生产是跟着物质生产□□□外还证明什么呢？一个时代的统治的思想经常地只是统治阶级的思想。"

与"大头疯"遥相对照的恰是今天流行的小头主义。这是否叫作美术上的反封建，我不敢确定，不过事情确是很普遍地在今天一般的美术作品中流行着。我曾经看见有人在墙上画的八路军，头比脚要小到六七倍，当时我立刻想到——如果我们今天的八路军果真如此，那么刘伯承同志的新战术对于"追击敌人"这一点恐怕是很难处理的！

在西洋的一些招贴画中，有许多的确是把人的头画得要小一些的，但这并不是毫无凭据：一个人体如果从下面望上去，因为透视的缘故，他的头会比普通正视的时候变得小一些，这是完全可能的，但这只能在特意夸大的招贴画才被适当地采用：第一，因为这种人体透视的夸大法是有一定的限度的，并不如我们前面所讲封建社会中对于大头的迷信画法；第二，对于人体的夸大，并不是在任何绘画中都需要，一般的绘画仍应该是"实事求是"的写实画法。一次，我和一个学画的小同志谈论，他第一句问我的就是："为什么×××的画是代表无产阶级的？"当时我真是奇异得瞠目无以对答，只是说："不见得吧！你怎么知道的呢？"他似乎也真说不出什么道理。现在回想起来，更根据他所问者的作风，大概仅是因为他爱画小头的缘故吧？小头主义被了解为无产阶级的新的风格，这实在是一件非常不幸的事。□□在一九三一年，鲁迅先生在上海社会学研究会讲演时，曾经批评过叶灵凤的画说："有一个时期也画过普罗列塔利亚，不过所画的工人也还是斜视眼，伸着特别大的拳头，但我以为画普罗列塔利亚应该是写实的面貌,并不须画那拳头比脑袋还要大。"(《上海文艺之一瞥》)我想这话应该引起我们今天边区的美术工作者深刻注意。表现劳动人民的力量,并不在于特意要把头画得小一点,如果画一个国字形的小脑袋,而画一只半个具字形的大头,力量也仍然不会有的。因为"形式上的左□,并不会保证'左'派艺术家的革命性"(楷戈达耶夫)。相反的,他会使我们新的美术家走向形式上的简单化、图式化,会妨碍工作品的真实感。因此,我以为今天边区的美术工作者除了应该向一些新的现实主义的美术作品学习外,对于西洋的写实主义和古典主义的作品,也是不能看轻。因为写实主义和古典主义的作品,它也能告诉我们应该怎样去表现自己所要表现的对象。

五月一日

(《晋察冀日报》1941年5月29日,《晋察冀艺术》副刊第15期)

关于连环画《李铁牛》

孙逊

在《抗敌三日刊》(以下简称《三日刊》)上我曾接续发表过一个连环画《李铁牛》。配合着每个时期部队的中心工作，李铁牛总是以一个模范战士的姿态出现于每个故事的场合里，因此，虽然画的技巧很差，但它却在军区部队中起了相当大的作用。

《李铁牛》的出现，引起战士们很大的兴趣，因此闹了不少的笑话。战士们以为在我们部队里真有这样一个李铁牛，因之都非常亲热地关心着他喜爱着他；每当《三日刊》传到了战士们的手里，都是争抢着先读《李铁牛》。

过了半年，战士们都说李铁牛该被提升去担负更重要的工作才好。事实上，在部队不断发展与壮大中，这样一个优秀模范的同志早就应该提升了；所以接着李铁牛当了班长，加入了共产党；于是战士们关于李铁牛的谈话中都夹杂着一种欢喜，当作一个喜讯传播着："李铁牛当了班长啦!""他是共产党员啦!"

"李铁牛"成为模范光荣的代名词，在部队里工作、学习，生活上堪称模范。相貌微像李铁牛的同志，无论干部、战士、杂务人员，大家都赠与他这个荣誉的称号，于是有很多李铁牛指导及李铁牛战士、李铁牛勤务员出现了。记得在《三日刊》上，一篇表扬某一模范指导员的通讯上，就曾亲切地写着："我们的李铁牛指导员!"这说明大家都以李铁牛的模范来做自己的榜样。

将近一年了，战士中间又在纷议着提升李铁牛。再提升吗？那么他就成了干部，在工作关系上，甚至生活上，就将与战士脱开一些距离，而减弱他在战士中的作用。处理这问题是值得慎重而相当费思考的。怎样结束他呢？让他在战场上英勇牺牲了吧！大家又不愿得。让他犯了错误押起吧！那更不像话。记得当时为这件事，几位同志要开讨论会，讨论他的前途问题，最后想出一个最合适的办法，就是送他到延安去学习机械化，准备反攻的力量，使他在将来新的环境中有重新显露新的面目的机会，这样给战士们一个优美的理想而结束他了。

在去年的反扫荡后，一位到部队去检查工作的同志，他到了一个连上。那个连好久没看到《李铁牛》了，一群战士热情地围拢来，问他李铁牛是不是在反扫荡中牺牲了，当他聊到李铁牛到延安去学习机械化以后，大家都庆祝胜利似的欢呼起来。

前天我们开荒回来的路上，一个战士正经地问着我："李铁牛什么时间回来呢？——一年多了咧！""哦！他还没毕业哪。"别的同志代答了。大家都为了这答和问笑起来，他却没有笑，低着头仍在走，突然大声地讲起来："李铁牛在开荒的时候，飞机来了，他把一个照镜子的汉奸捉住啦……"他神往地讲着李铁牛的故事。

这样拙劣的画，想不到留给战士们这样深刻的印象啊！

自然李铁牛的缺点是很多的，现在想来仍是不可弥补。如每次活泼的故事性非常不够，表现得不深刻、不生动，流于一般的定型化；画的缺陷那更无须说了，最重要的缺点是对于战士的日常生活，没有深入的体验，因而不能精微地把握一个优秀战士的典型。

一九四一年三月二十五日

（《晋察冀日报》1941年5月29日，《晋察冀艺术》副刊第15期）

鲁迅论中国美术遗产问题

徐灵

鲁迅先生介绍外国优良作品大都注意在积极的内容与"有可采取""融化"的表现方法,而不是凝固的形式,所以既不让我们复中国的"古",也不让我们袭外国的"洋",让我们吸取革命的科学的部分,而且还有"只可看看学不得的"作品。有些"作家"原盘托来,乱人目光,先生是反对的。

所以先生一再指出中国化,要研究接受中国的遗产。先生指出绘画中"无所谓""国粹"画,其实六朝以来就大受印度美术的影响,"而汉代即接受波斯等国的影响","宋末以后除了山水画实在没有什么绘画","而元明以来的山水画"也"不必复兴,而且即使复兴起来也不会发展的",更反对"复古",本来在六朝时就已有了写生的技巧。有些人以为"画画"描死样的东西,认为这就该摹写(复古)因袭,硬把封建社会的残渣,放了上去,说是"老百姓喜闻乐见"的东西,这是应该注意的。因为这正是迷信、愚昧无知、反科学的东西,愚弄与欺骗、压迫大众的东西、反民主的作风,决不是正确的民主的实际和特点。因此先生特别提起我们注意的是"留心民间所赏玩的"和"参考汉代石刻画像,□□书籍中插图,并留心民间所谓年画"等作品里和"中国木刻为大众所看惯的新法中"找出"有可采取的地方",以发扬中国固有的科学方法——方法和欧美、苏联的优良成果、科学知识与进步的手法,把它们"融和"起来而发展,成为中国新美术的血肉,真正成为中国的。

这种批判的吸取,充分□□□就是先生的"拿来主义"拿来创造新美术,也就是新民主主义的文化实质和精神。

(《晋察冀日报》1941年5月29日,《晋察冀艺术》副刊第15期)

壮 健 性
——纪念高尔基

力 编

他反对个人主义的、悲观的、市侩的文学。

在《论庸俗主义》那篇文章里，他说：

"这才看□他们了。

"惶惑的可怜的、逃避着革命，只要能够躲藏的处所就躲藏进去。

"在神秘主义的黑暗的角落里，在唯美派华丽的圆亭里。在用偷来的材料仓促筑成的虚饰的小寨里。含泪的、绝望的，他们彷徨在玄学的迷空里，走来走去终于回到堆满了几世纪的尘垢的宗教的窄路上；不论钻到那里，他们总携带着他们的含糊，他们的受了一点打击，就骇坏了的灵魂的歇斯底里的呻吟，他们的无出息、他们的厚脸皮；不论接触着什么东西他们都滔滔不歇地浇上一通美丽的废话，那声音可怜地而且虚妄地空响着。"（一九○五年）

提到那时的布林，他说：

"我不了解他，我不懂得他为什么不把他的才能，美丽的□像厚实的白银似的，磨砺成一把利刀，刺入它应该刺去的地方。"（一八七○年。现在这个"作家"反动了）

对安特列夫，他说：

"把自己的创伤给人家看，故意挖破了给人家看，故意挖出脓血来，把脓血去□□，许多人都这样子的，特别是那位有毒的天才，我们的陀思妥耶夫斯基，是用着最呕人的方法干了的，可是这种行为是丑恶的，而且，当然也是流毒于人的。

"说到现代写写东西的人物，最近更加使我讨厌了。他们不穿裤

子在大庭广座□乱跑，翻跟斗给人看，悲伤地把自己的痛苦立刻露出来给人世看。而且他们之所以感到自己立场的痛苦，是因为不觉得自己应该有安静的场所。

"因此，无论何人，如对人世硬抱着消极态度，便是我的敌人。我深信，必须以我之一生，对人生对万人取积极的态度，在这点上，不妨说我是一个狂信者。"（一九一一年）

一开头，高尔基写的那些浪漫主义的短篇，主要的内容便是勇敢的人们的故事，所谓《勇士的疯狂》的歌曲。

比如在小说《马加·曲特拉》里，写的是洛科梭巴杀掉了要求他的崇拜的，那个美丽的可是非常骄傲的少女。他所以要这样干，是为的保持和拯救他的独立和自由。

比如在《老伊支吉》那一篇里，写了唐科这个人，是个烈火一般性情的人，把自己的心从身子里拉出来，高高举起，指示给他的同伴们从黑暗的丛林里走进阳光的旷野的出路。

比如在《可汗和他的儿子》这篇里，他写了年老的可汗和他的儿子，都爱上了一个俘获的哥萨克女子。后来又决定把她抛在海里，解除他父子两个嫉妒的痛苦。但是那个老可汗，马梭林尔·亚斯伐，自己终于也从高崖跳进大海里，因为他对生活已经无所留恋了。

比如在《鹰之歌》里，骄傲的鹰，宁肯死在战斗里而不愿在地上爬着。"啊，骄傲的鹰，和敌人战斗，你流血而死了……"

比如在《马尔萨》里，比如在《海燕》里……

这些人物都是意志坚强的，有分明的个性、强烈的自尊心，对生活抱着渴望。

高尔基走进文学界，俄国文学还沉没在阴暗里，绝望的心理还在知识界盛行着，作家组织成了"悲叹的家宅"。虽然像在契诃夫的作品里，柯罗连科、乌斯班斯基的作品里，不难找到对压迫者的憎恶和鄙视，但是也缺乏进攻的精神，感伤多了一些。

　　高尔基用这些人物，流浪的赤脚汉来对抗那些俄罗斯皇帝亚历山大第三和尼古拉第二的忠顺臣子们、灰暗的市侩们。他描写着强有力的勇敢的性格，强烈的整□的热情，发动反抗。

　　高尔基青年期生活的特点，使他在这一个时期从赤脚汉或是古代吉卜赛人的传说里去采用"真正的人"的形象。但是最可贵的是他不久就能够观察到真正的人是工人阶级。那时俄国的工人已经斗争了。

　　高尔基热爱勇敢的性格、充满希望的人，他在每部作品里介绍了这样的人物给读者们。他回忆了旧俄罗斯，记录并创造了新的历史。

（《晋察冀日报》1941年6月18日，《晋察冀艺术》副刊第16期）

纪念高尔基

雪茜

> 高尔基同志赋有着特异的艺术手腕,过去已经是而将来仍然是对于全世界无产阶级革命运动产生巨大的作用的!
>
> ——列宁

无产阶级革命文豪——高尔基□帝国主义的走卒——布哈林、托洛茨基匪徒所毒害,至今已经五年了!

这位"无产阶级的最伟大的代表者",一生经历了艰险、贫困、流浪和病苦,任凭逮捕、幽禁、放逐,总不能使他屈服,他那永无休止的战斗生活,是为着全世界人类的解放,为着实现共产主义与建设新的社会主义的胜利。他的一生,就是一部灿烂的英雄史诗。

高尔基在一八六八年生于伏尔加河上流的尼日尼·诺夫哥罗德(现在叫高尔基城),"父亲是一位丘八爷的儿子,母亲是一个小市民,祖父是一个军官,因为待遇属员太残酷被尼古拉第一革了职"(见《自传》)。父母早亡,家境很贫寒,由外祖母——"一个非常慈爱而肯牺牲自己的老婆婆"——负责教养。七岁入学,八岁起就开始过着一种艰辛的流浪生活:曾当过鞋店、制图店及轮船厨子的"学徒",由于厨师"斯□莱衣"的"殴打和亲爱",使他"相信书的伟大的意义而爱上了书"。

以后,他还当过"铁路的看夜夫、做过饼干司务、面包司务",并在"尼几内"乡下的戏班子里做过"跑龙套"的角色。

一八八五年,他在喀山一个歌剧团充当团员,从这时起,他就接受了先进的革命理论,参加了实际的革命行动。

一九一七年,十月革命的暴风雨袭来了,他和"十月作家们"

在一起做重大的文化工作，未几即因身体不好到意大利去休养。一九二八年回国，以无比的兴奋和不息的精神投身于伟大的苏维埃社会主义建设事业。一九三二年参加世界反法西斯反战的组织，同时参加编撰《内战史》和《工厂史》。

一九三二年九月举行他的"光辉的文学活动"四十周年盛大庆祝大会，最高苏维埃并授予高度光荣而崇高的"列宁勋章"。此后几年曾主编《世界的一日》并参加一切反战反法西斯保卫和平、保卫文化的革命运动与工作，同时用去相当巨量的精神在青年工农作家的培养与教育上。

一九三六年六月十八日——这是一个永远使人难以忘记的日子——被法西斯走卒人类公敌布哈林、托洛茨基匪徒，以卑鄙无耻的手段，谋杀了他那宝贵的生命，从苏联，不，从全世界人民的手中夺去了这位全世界无产阶级的伟大的艺术家。

高尔基是伟大的，"他是艺术家、社会、政治评论家、革命家、教师、社会主义建设的参加者"。他和伟大的列宁同时，在高尔基的肩上也担负了苏联革命的艺术的整个时代。

"高尔基赋有光辉的艺术才能，他是第一流的天才……在他的壮丽的用语通俗性方面，在他的特殊的俄罗斯生活的描写方面，他是彻底地民族的，同时他是深切地国际的，而且是属于整个世界的"（N·曼岱尔池威格）。

我们要学习高尔基什么呢？

我们要学习他的热爱民众的精神——高尔基出身于旧世界的下层，一切□□于旧世界仓库里的污秽与脓疮，他都异常清楚。对于饱受苦难的被侮辱与被损害的人们，他不单是异常关心他们的命运，而且是直接为着他们命运的改造而坚韧地斗争的。

我们要学习高尔基的顽强的革命精神！——正因为他痛恨丑恶的

旧社会，所以他有着异常坚决而彻底的革命性，他曾经说："我生来就是反抗的。"而且他斗争精神又是极端彻底的，他的战斗口号是："如果敌人不投降，就消灭它！"

学习他热爱青年的精神——他曾经不止一次地充满着喜悦的泪光，用感动得颤抖的音调，面向着苏联广大青年们这样说："孩子们，谢谢，我知道从你们当中，将长成许多比我重要的人。"他深切地相信"未来的世界是属于青年的"。

学习他的推崇知识与酷爱读书的精神——在他以为"没有一本书不是教人以什么的"。因此他常说："只有知识，才有救人的能力，只有他可以使我们在精神上成为强壮的忠诚的有意识的人，这样的人方才能够忠诚地爱着人类，尊崇他的工作……"

学习他忠实于艺术的态度及革命的现实主义的精神——他认为"文学是一种神圣的事业"，是一种社会事业，他主张"艺术的效果就是夸张好的，成为更好；夸张坏的——有害于人类的，使之激起不满……艺术在本质上就是战斗——不是拥护便是反抗"。

因之，当他叫人应该写什么的时候，他正像罗曼·罗兰一样，认为真正的艺术品，只有当一个作家迫切地需要它，迫切地需要向读者说些什么，在他看来，这对社会人生非常重要，他不能不表现在艺术之中——只有这样，才能创造出真正不朽的伟大艺术。

（《晋察冀日报》1941年6月18日，《晋察冀艺术》副刊第16期）

铁的文艺和铁的子弟兵

——祝晋察冀军区部队文艺工作更胜利地前进

夏天

"五四"以来的新文艺是以科学的世界观、现实主义的创作方法、鲁迅的精神领导着的文艺,它在一开始就趋向大众、为大众;虽然到今天还不能和大众直接地、完全地结合起来,但是事实告诉我们,它是多么快地在前进着,它是多么被大众在渴望着;只要中国的大众不放弃要求自由、要求解放、要求新民主主义的国度,他们也不会放弃要求新文艺的。——这就是铁的文艺呵!

我们的铁的子弟兵数年来为保卫晋察冀军区不曾有一分钟的休息,不曾有一粒的妥协,为它的思想,他们的战术、他们的武器、他们的思想和他们的英勇的、天才的、马克思主义的领导者们组织成了战斗成了一个光荣的堡垒。在这个堡垒上,我们不单看见英勇、战斗、血迹,我们还看见了和他们的精神一致的像他们一样品质的文化与艺术生长起来了,而且要走向繁荣的季节。从文艺说:我在一个战线上曾经看到一个连队在战斗以前的战士们,他们写着日记和通讯,那些日记和通讯里面不是简单的生字的记述,而是生动的事物的叙述和描写了。他们叙述出自己的忠实——自己为什么而战斗……而歌曲、戏剧、美术在他们中间的流行就无须说了。

作为我们的铁的子弟兵的文艺工作的领导者《抗敌三日刊》,不断地以它的机智的强悍的、轻骑队式的面貌,出现在所有的行列之间,为他们热爱着,在他们的生命上增进了更高的英勇,扩大了他们生活的泉源,"抗敌剧社"及各军分区的剧社几年来在他们身上、在战斗上、在文化与艺术上所□的力量也不可数。是的,晋察冀军区的部队决不是没有文艺工作。聂荣臻将军说,我们的部队是和文化分不开的!(大意——作者)这是事实,这是真理!

——我们庆祝着事实的胜利,真理的成长!

今天军区政治部的关于部队文艺工作的新的指示,这便是我们的光荣的斗争的部队文艺工作更前进更高昂的标帜。在这个标帜前面,我们文艺工作者——特别是在部队中工作的文艺工作者,我们应该深深地认识它的伟大意义,并从工作中以我们的力量使铁的文艺——新民主主义的文艺猛烈地成长;我们要学习中国新文艺的导师鲁迅那样不屈不挠的精神,播下人类必需的种子!

如果我们的文艺还不能得到铁的子弟兵的爱和拥护,如果我们的文艺工作还不能更广地更深地展开在我们的铁的子弟兵的营垒里,这不仅是铁的子弟兵的损失,我们文艺工作者更是损失。还有什么时候战士们比今天更需要文艺呢,还有什么时候比今天我们文艺工作者要做文艺工作和他们的战斗的行为、意志、感情结合着呢?

越是斗争最激烈,越需要文艺,越是斗争最激烈,文艺的责任越重大、越崇高。

为了我们战斗永久的胜利,为了我们的战士成为更高尚的战士,在人格上锻炼得和铁一样,为了战士们的肉体战斗和精神战斗(指在知识上)一致这伟大的理想到来,普遍的到来,我们需要在部队文艺工作中更加激发他们的热情,更加使他们懂得战斗的崇高、生活的伟大、文艺的力量。……铁的文艺和铁的子弟兵更高的结合(这种结合不只是他们能接受文艺,并且他们自己也创造文艺),将跟着诚恳的实践、指导,和晋察冀军区政治部关于开展部队文艺工作的决定而来!

(《晋察冀日报》1941年6月18日,《晋察冀艺术》副刊第16期)

介绍《带枪的人》

丁里

当伟大的十月社会主义革命的二十周年，在苏联瓦戈唐珂夫剧场演出了尼古拉·包戈庭的剧本《带枪的人》，吸引了广大的观众，获得了出色的成绩，被誉为剧场和戏剧艺术的新的胜利，这不是偶然的。这不只是站在艺术的见地，在从历史的策略教育的观点上，它也是有着不可磨灭的功绩的，因为它确实地反映了那时代，而给那时代以丰富的形象，恰似使我们参与了那壮□的斗争，呼吸着十月的气息。《带枪的人》的演出，对我们是非常需要的。

《带枪的人》是伟大的十月社会主义革命的缩影，它以速写的技巧，描绘了那轰轰烈烈的革命的时代，是戏剧的新形式，是充满了光和热的画面，是歌颂十月的历史的诗篇。

这作品的全部随处显示着革命导师列宁的伟力，列宁的精神贯注到每个细小的环节，列宁以无比的才能、毫不倦怠的工作精神掌握着革命的全局，列宁的科学的缜密的领导成为任何一件工作胜利的保证……列宁的形象被成功地描写出来，使我们如实地接触了这世界的巨人，他的一举一动，一句平常的话，都是值得我们学习的珍贵的收获！其次，作为本剧的主题所描写的带枪的人们，像剧中的伊凡·雪特林，便是作为千百万士兵中典型的人物而出现的。透过这可爱的人物我们见到了那革命的基本力量的全面——时代如何地培养了时代的英雄。再就是作者以锋利的笔锋所刻画的属于没落阶级的一面：地主、资本家，以及可耻的"社会革命"党——孟什维克们是怎样在临时政府的反革命组织下，进行着违反人民、戕害革命的叛乱的活动，这一切作者以喜剧的手法处理了，获得了更大的效果。历史的巨轮给他们以消灭，讽刺的表现便使他们的丑态"永垂不朽"了。全剧便贯穿了以上的三个构成部分。

作者是以更多的力量来创造了伊凡·雪特林这一士兵的典型的。很多的场面和事件的发展便以雪特林为中心的，这人物的描写的成功在于他的伟大的平凡，他是在一定的历史时期和一定的社会条件下的有血有肉的现实的产物，从带有浓重的农民意识的沙皇兵士，常挂在他纯朴的心头的是：老婆、土地、金钱、牛……但帝国主义的战争使他厌倦了，这对他所要解决的问题是得不到回答的，在布尔什维克党的影响下（这是必要而不可缺少的），这无知的农民懂得了怎样才可获得他生活的解决，而逐渐觉醒，最后成为一个为社会主义革命而斗争的战士。从他的发展上来看，没有一丝与现时游离。这是真实的成功的描写！在这里布尔什维克党的争取农民的联合以完成历史任务是出色地透露出来，起决定意义的革命力量的增长，便在这里植下牢固的基础。

剧本的中心是革命的首脑部斯莫尔涅，像雪特林与列宁的会见，列宁与孟什维克的斗争，列宁与燃料委员的场面等，都是有着极大的教育意义的！

其他所创造的成功的人物的形象，如工人阶级之作为组织者和领导者的契毕索夫、尼根诺尔、水兵队长狄莫夫、赤卫队长拉烈翁、社会革命党——孟什维克们、演说家等等，也都有着鲜明的轮廓。

整篇的剧本便是在平凡中进展着，这伟大的平凡，便是现实主义创作的真髓。罗曼蒂克的气味，情节上的渲染，在这儿是找不到的，纯朴地浑厚地反映了历史事件的真实。这里没有凸出的个人，个人的成功是相伴着成功的场面，这里洋溢着群的活动，群里的个人又显出了各自的个性，舍此之外，是无从表现那复杂动乱的时代的。

《带枪的人》——太洛夫说："它是为舞台而写作的。"在这里，剧作的成功是与演出的成功不可分割的，不只如此，没有演出上的成功，这剧本将失去它的价值的。这成功，无疑的是要以严格的艺术手法的要求，和完善的技术条件的适应才可得到的。

又因为这庞大的多面的革命史实的复杂性的限制，所以作者多采取了平行罗列的"蒙太奇"的手法，虽然是一个事件的发展，但也只得从不同环境的各角度入手以达到全面的表现，所以会令人感到场面过繁，难以统一（但这创作方法是值得学习的）。

这为苏联的观众参与的历史斗争所熟知的历史事件，这为苏联的观众文化艺术水平所易于接受的表现技法，这为苏联的近代剧场高度发展的戏剧艺术所易于表现的剧□，在敌后的首次演出（也是全国的首次演出）不能不说是大胆的尝试！

我们向伟大的十月社会主义革命学习斗争，我们向《带枪的人》吸取我们戏剧艺术的营养，我们在低劣的条件下换取了可能的胜利的成果。

五十年代的苏联的"带枪的人"是更加壮大了，它已开始为世界和平、为人类解放而予法西斯以猛烈的打击（像我们的带枪的人为抵抗日寇而战一样），让我们战斗吧！

（《晋察冀日报》1941年7月16日）

我看过的《带枪的人》
——联大文艺学院文工团在艺术节公演之一

肇野

苏联名剧《带枪的人》在边区七月节中演出，虽然减去几场，也引起了广大群众的注意和获得了它应有的成绩。这部苏联剧场用新的手法写出的十月革命历史戏剧，在全剧中贯注了列宁的伟大精神和表现了无产阶级英勇斗争的猛潮，工人和农民在列宁党领导下的密切的结合，时代的英雄的故事——带枪的人；以及描写出没落阶级的毁灭，在毁灭中的可耻的丑态行为。这一戏剧的演出，我们不只接受了列宁精神和十月革命的斗争经验，同时文艺界也接受了新的戏剧创作技巧——那单纯的简练的衔接着的紧凑的场面，而却包括了丰富的内容。这一□包括十三场的大剧演出是不容易的，尤其不熟悉苏共党（布）斗争历史的人，和剧场条件限制的地方；但边区这次演出基本上是成功的。

这次演出的成绩，除了由于剧本本身能获得观众好评，而演出者各方面的努力，尤其导演和演员的努力，细心研究，使革命导师列宁的精神在每个场面上辉耀着，旧的世界在他面前崩溃！

在全剧故事发展方面，当我看过剧本的时候，那是一幅幅衔接着的单纯的电影似的画面闪过，简单得如第八场的斯莫尔涅司令部，开幕时很简单几个人，闭幕时列宁与燃料委员谈完话就走了。而导演在全场中却能穿插了许多人忙来忙去，请示列宁各项问题。列宁在行前很快地一一迅速解决了。这里除了表现了工作的紧张严肃，同时表现列宁的伟大精神与工作的毅力。在六七场中，导演也是给这样地穿插着了，青年人的战斗生活、紧张活泼的空气，和浓厚的战争气氛。如奔跑着跳跃着的年青的通讯员、联络员和报告员、女译电员等。尤其第十场（演出的第八场）在斯大林同志上场时的欢呼，当投入革命队伍中的工农战士们前进时候的活泼欢乐的气象，红旗在战鼓中向着战争的胜利的道路上飘扬着。以及最后一场，当列宁入场的场面。这些在演出上的强调和补充，都是很宝贵的，都是把十月革命的故事和斗争生活给以更丰富、更谐和。这些宝贵的补充，当是这次演出的同志们的努力研究的结果。

演员的成功，是以牧虹的列宁、韩塞的斯大林与克伦斯基队长、胡苏的演说家、崔嵬的雪特林等为优。

什么是列宁的精神？在剧本中已经写出很多，只是演员如何把这一伟大人物形象于舞台上，这是一件难事。他不仅是表现在脸孔上的线条相似于列宁，而是要内在的灼热的感情，在工作生活里的过人的精力与魄力、迅速和紧张、热爱人生、关心每一个人，从细微的小节了解每一个人、关心工作："请现在立刻到斯维特洛夫那儿去，"他不准每一个人在工作上懒怠。他敏感、快活、勇敢、坚毅，对革命敌人的不屈不挠，不调和的、为真理而战斗的伟大的明确的思想，巨人的典型，这就是列宁。他在观众前的形象和精神由牧虹的努力已经显现出来了。这在边区是第一次，在全中国是第一次。自然，这并不是说牧虹已经真实地完全地把列宁表现出来了，而在内在的感情和外形的创作上，还不十分真实地形象于舞台上，譬如我们在画像和塑像上常看到的列宁的姿势，这里还很少表现出来。不过此次演出，牧虹的列宁已经是很成功的一个角色了，这说明在短短的期间的排演中牧虹是尽了他很大的努力。

韩塞在本戏中演出两个角色，胡苏演反派演说家，都能把握住剧中人的个性，把每个典型在观众面前深刻地刻画出来。

伊凡·雪特林，这一个典型的士兵，带枪的人。由于崔嵬演技的老练，虽然台词比较生疏，但他已经把那一个农民典型给活生生地描绘出来了。他了解了和把握着这一个在列宁和布尔什维克党领导下进步着的士兵，他使这个落后的农民终于进步和为革命的忠勇奋斗精神，同时从这士兵身上反映出列宁和布尔什维克党的伟大。这是演员能与剧中人融合了的成果。

在全剧中其他许多演员都是这样成功，完成了艺术和历史赋予他的使命。

在舞台装置与灯光效果上，一般来讲是做出了战争的色彩，一种浓厚的紧张的活泼的新的生活。

这次演出基本上是成功了。不过它也有一些缺点。

首先是对全剧未能完全演出。第三场的取消，那时工人契毕索夫与雪特林的会面，这历史的绍介与工人契毕索夫怎样争取雪特林是很重要的一个场面。至于第九场的取消——列宁两度打电话，一个给《真理报》编辑部，一个是和斯大林说话，都是多么重要的场面呢。再有十一、十二两场的取消，内容似可稍无，但说起来也是很重要而不应取消的，□场为对俘虏的谈话，那里反映出克伦斯基部队中的即将崩溃情形，和伊凡·雪特林的勇敢，亲自到克伦斯基部队中去做争取和瓦解敌军工作，发扬列宁的伟大精神。这些在演出方面不是一点也不可能的，而只能说是演出方面的一个重大的损失。因为在整个检讨舞台工作上，我们觉得应当把组织弄得更健全些，使人人能真正负起责任来，不要浪费观众一点时光。把每个观众一分钟时光汇集起来，就是惊人的数字。而艺术的完整，也因为换景耽延时间，在各方面要受到很大的损失。但同时我们也要求布景不要因为人手少就过于简陋，如走廊上的不整齐与不□□，而是影响到整个剧情的□展的。在这方面，也要求主导机关能给戏剧工作以物质上的许多方便，和应有的帮助。否则只是要求演出成绩好也很困难的。

这次演出的效果，一般还不错，最□好的当是第一场闭幕前突然一声炮火的刹那间，虽然队员脚步那么快，而其灯光音响与动作能很适当地配合了。不过如看过剧本，我们当嫌不够。剧本这样写着的：

"一个炸弹在战壕里炸开,有了一重火光,于是黑暗、黑烟、静寂。壕沟里满是碎屑,雪特林从尘土中爬出来。"□之,我们对此次演出的效果上也当有更高的要求,这要求虽然苛刻一点,但对联大文工团和联大文艺学院则是应该的。

在演员方面,我只提出来工人契毕索夫的角色演得不够。一方面由于删去几场受到影响,但演员本身也未能把握住剧中人的个性,以及对剧中人的了解不十分够。我个人的意见,他应当□□于雪特林,因为他是领导雪特林,使雪特林进步而献身于革命的。帮助和□□联合雪特林的这样一个重要角色,观看戏的人,一般觉得扮演者没能做到这一点,也许我们的要求过高了。

至于化装方面,门雪维克们是不是应把他们化成大肚资本家的形象?或者表面与工人一样的。冒充工人代表的一群说漂亮话的家伙呢?这是值得和大家来研究的。

最后,谈到改编一个人物,就是把雪特林姐姐客太耶改为雪特林的妹子了,这是因为演员体态的□□,不过剧中人身份也就或多或少有点不相称的地方。

以上,是在军区艺术节大会上看过《带枪的人》的一点观后感,也许是过于苛求了,但对于这个剧团,我觉得提得还不太高,同时也应该给此次参加演出的和来参观的其他剧团做一点点的参考。

笔者得有机会看到边区出演这新的伟大的剧作,也应感谢这次出演的舞台剧人。因之很兴奋地写出这点意见,还请高明地指示我。

七月九日

(《晋察冀日报》1941年7月24日)

论当前边区的新文字运动

关于新文字在边区推行问题，本报第六三八期，曾有所论列，兹特申论如次。

在辩证唯物论的观点上改革中国的旧文字，把文化的工具——文字——从上层的少数人的掌握中解放出来，交给广大劳动人民；废除难懂、难学、难写、难念、难认的方块汉字，代之以易懂、易学、易写、易念、易认的拉丁化新文字，这是新民主主义文化革命的一个重要组成部分，这也是中国共产党一贯的主张。没有这种文字的革命，就谈不到真正的文化大众化与民族文化的伟大创造。

拉丁化新文字，这是一种通俗化、群众化、科学化、国际化的新文字。它的基本内容是："主张彻底的文字革命，废除方块汉字而代之以拼音文字；它主张采用国际最进步、最流行的拉丁字母，并反对用它来做汉字注音的改良办法；它勇敢地废去四声，肃清了拼音上许多障碍；它主张发展各地方言，使言文能一致，以达到通俗化、劳动群众化；它反对强迫的统一国语运动，主张各种不同的方言，有不同的拼音法；它主张合于科学的文法，来发展中国语言；它主张国际化，以适合现在科学技术要求，使中国文字现代化；它主张发展中国的固有文明，改进各地土语的错误。"（吴玉章同志）这是一种伟大的创造，这"是老百姓翻身的工作"。中国共产党许多著名的领导人，如已故的瞿秋白同志，就是这一伟大事业的最初的开创者；吴玉章同志、林伯渠同志等不但一开始就参加了拉丁化新文字的创造事业，并且十余年如一日地始终以无限的热心和毅力关怀与推动这一工作。当前陕甘宁边区轰轰烈烈的新文字运动，就正是在他们亲身领导之下，收得划时代的成就的。十余年来，中共不少优秀的党员及不少先进的革命知识分子，曾经为了这种"老百姓翻身的工作"，付出了相当重大的牺牲代价！共产党人为中国新文字的革命，一如他们为中国新政治、新经济事业，始终高举着光明的大旗，奋斗不懈。

十年来铁的事实已经彻底粉碎那些汉字拜物教徒的最后的阵地；或者是反对实行新文字——则三万万六千万中国人民永远陷于文盲、愚昧的黑暗地狱；或者是实行新文字——则中国文字新生，中华民族新文化展开一面光华灿烂的远景。广大的中国人民和一切先进人士是要毅然走这后一条路的，因为他们要"翻身"了。

我们在晋察冀边区，正在建成了崭新的新民主主义新社会；毫无疑义，我们也要在晋察冀边区走这条中国文字新生的道路。谁要是在这个问题上动摇犹豫，谁就是建设新民主主义文化与建设新民主主义政治经济的不彻底的或口是心非的"伪君子"。任何对新文字的怀疑、观望与冷嘲热笑的态度，都是一种有害的、顽固的、鼠目寸光的态度。而且在晋察冀边区推行新文字的问题，是一个现实的斗争，并非属于遥远的将来。新文字在边区并不是一个生疏的问题，当年平津学生运动中，一部分文化工作者，即已在我们祖国壮丽的河山上，以热情的声音，进行过扩大宣传动员工作，并曾成为当时全华北新文字运动的领导力量。抗战后，随着新民主主义政治经济的发展，新民主主义的文化运动，特别是最近一年来的新文字运动，在边区并已收得不少成绩，数月前边区新文字学会亦正式成立。边区共产党对于这一运动，始终是当作自己的一个政治任务，一开始即给予应有的关怀和帮助。作为文化工具的文字，它也如其他的社会上层建筑一样，是随着社会政治经济的变动而发展的。在新的政治经济基础之上，必然要有新的文化工具——文字。边区政治经济已经是新民主主义的性质，新文字在边区必然要推广实行，以至于经历一定时期完全代替方块汉字，这是必然的。

但是，语言文字的革命并不是一蹴而就的，比之政治经济的改革，它必须经历更长的时期。以为一谈新文字马上可以废除方块字，这全然是一种误会，或者甚至是一个"笑话"。妄想超越历史必由之路，马上展开一个广大的新文字的群众运动，其热情固可敬可爱，奈客观条件还不允许！我们马克思、列宁主义者，确定自己在每一时期的战斗任务或工作计划时，他的主要根据，是客观的具体情况，而不是自己主观的愿望。

"一切决定于时间地点和条件"。不能把陕甘宁边区的条件和晋察冀边区的条件完全看成一样；因此，也不能把陕甘宁边区现时推行新文字的具体办法，要求在晋察冀边区原封原样机械地执行。这半年来边区新文字运动中曾经不断地在某些人们中发现某种忽视具体条件的"急性病"：关起门来大做其以新文字代替汉字扫除文盲的计划者有之；不从政治的宣传动员入手，做一个决议便强迫人家无论如何要学会新文字者有之；没有任何一定的干部与教材的准备，生吞活剥地以讹教讹者有之；把一般的文化教育工作停顿起来，专门进行新文字，结果新旧俱废，两无所得者亦有之。这种现象的必然结果，"是一定给新文字运动以损害"，是"毫不夸张"的。因此，纠正这种"急性病"，正确执行我们当前在新文字运动中的具体任务，对于"拉丁化新文字在晋察冀边区胜利地开展起来"，是完全必要的。

边区的新文字运动，当前的具体任务是什么？目前还不是马上走上"大规模的群众实施的道路"，而是在逐步推行中，积极准备进一步普遍推行新文字的各种必要条件和基础。因之，首先，在部队机关团体按自愿的原则来成立新文字研究会，是必要的；在学习时间较长的学校中以适当方式进行新文字教育也是可以的。在群众中的推行，也应以自由研究为主，反对强迫学习的方法。其次，要研究怎样运用新文字的北方话方案于晋察冀边区广大地区复杂的不同的方言土语。这并不是回转过来重新解决已经解决了的新文字的一些基本问题，相反的，这正是"在实践中发现问题，研究和解决问题"；这也决非是"空洞的""无对象的"工作，相反的，这正是实事求是"脚踏实地的实践"。再次，根据上述研究与实践的结果，编制大量教材、读物，培养大量的掌握新文字基本理论与原则的人才。这种人才在边区说来是非常不够的。固然将来在广大群众中会大量地涌现出来，但是在群众中普遍实施之初，没有一定的数量与质量的这样的干部，是不会有更大的优良的结果的。最后，在这个时期，还必须进行广大深入的宣传动员，提高各方面人士及广大群众对新文字的认识和信心。

至于今年冬学中对于新文字的推行，主要应按照上述的自由研究的原则，但不能因推行新文字而妨碍预定的方块字学习计划之完成。方块字的学习，就目前来说，还必须作为冬学的主要课题。

目前边区新文字运动，正处在初期推行的阶段，这一阶段是会在一定时期后结束的。全面普遍实施的时期在将来是会到来的，这完全决定于我们的努力。毫无疑问，走过它发展的必经步骤和阶段，晋察冀边区在中国文字的新生这方面，也将如在新民主主义的政治经济文化各方面一样，在全中国人民面前，一定会获得伟大的创造和成功。我们的新文字工作者，必须深刻地认识这种客观的规律，加倍努力，力求加速这一发展过程！

（《晋察冀日报》1941年7月25日）

关于"列宁"的表演

——演员手记之一

牧虹

"艺术界从没有知道有什么工作像从新创造人类的天才弗拉基米尔·伊里奇·列宁的工作那么困难，那么愉快……"阿历克谢·卡普勒这样说。

在苏联，列宁的形象出现在舞台与银幕上了。创造伟大人物的形象，永远地生活在人民的心里。

第一个扮演列宁的人，是苏联的人民艺术家，优秀的演员史楚金。

在中国演出列宁更是困难，尤其是在这敌人四面包围的敌后——晋察冀边区。

当分配到我演这伟大的角色时，我怀疑我是不是能够完成这使命——因为站在我面前的不是一个平常的角色，而是全世界无产阶级的革命导师弗拉基米尔·伊里奇·列宁。这使我对这次演出更能加倍努力，去研究，去搜集材料——画片、雕塑、照片、电影画报，关于列宁的描写、回忆……因为对这伟大形象的表现是需要有万分的真实。

三年前，在四川看到了一张电影片《列宁在十月》，那时列宁这形象已吸引了我，以后我曾经学习过他的动作、他的表情，以及他走路的姿势。这只是我对于这些——这伟大人物的奇特的动作发生兴趣，但从没有想到这些便是我今天扮演列宁最宝贵的材料。

但，这又是多么贫乏的一些呵！

把剧本读完了，感觉到只是在剧本里找寻列宁的性格是不够的，

□还需要从其他的著作里去寻求，这样我读了高尔基的《和列宁相处的日子》，以及散见于报章、杂志上的关于列宁的传说、传记与故事。

在列宁的著作里，是发掘列宁性格最丰富的宝藏，但在这方面做的是太不够了。

关于史楚金表演的经验与批评，我也找到了一些，这对于我有很大的帮助。

赵洵同志告诉了我一些在苏联演出《带枪的人》的批评，她翻译给我听（因为我不懂俄文），这些材料很具体，甚至于列宁的哪一句话是怎样说，哪一动作是怎样做都谈到。

这样，列宁的形象一天一天地在我心里成长了。

高尔基描写列宁以及说到他的性格时，特别提出"单纯"来。

> 高尔基问从基莫浮来的工人：
> ——列宁最显著的特性是什么？
> ——单纯，单纯得好像真理自身一样。
> 这工人说着，好像是久已想定了似的。

包戈廷看完《带枪的人》以后，他说史楚金的列宁演得很好，在第七场里是那样的"单纯"，简直再找不出更好的表现。这说明列宁的性格有着"单纯"的特质。

列宁的高度的工作精神、惊人的精力、对于同志们的关心与爱护，以及对于敌人的不屈不挠、憎恨与讽刺……这些都是这伟大人物的伟大性格。

列宁的思索力很强，而且很迅速，可以说没有一时他不在思索。这点也是他性格上的主要特征。

如果想表演得与列宁很相像，这确是一件伟大而艰巨的工作。当时我这样想：

应该把列宁的动作的根本精神抓住,然后再有计划地有机地去表现出来。

列宁的动作是与他的性格一致的,有力、迅速、活泼、单纯、明朗、热情……这也就是他动作的一贯的精神。

他的语言的表现也是同样的。这里我还特别注意到在台词的语调上尽量地加入一些俄罗斯语言的特质——沉重、有力,而富有音乐性。

在画片上找出的动作、姿势,一定要知道它的意义,然后再应用,否则那只会是一种没有内容的空架子。

应该充分懂得列宁在剧中所说的每句话,了解他的思想和动机,而且还应该了解列宁在未说这话之前想的是什么,这就是先获得他的情感,然后才能表现得充分,表现得具体。

这些我都做了。

在排演时,每次我都有着新的发现,对于列宁形象完成的新的发现,这使我在工作中感到愉快。

关于形象化的工作(主要是关于动作的),可以说大半是得到《列宁在十月》的启示。列宁怎样在走路,怎样在动作,头怎样摆动,手怎样动,这都是根据着史楚金的表演的。如果只是靠着几张画片,与文学家们所描写的形象来表演的话,那我怎么也不会想到这位伟大的革命导师会把头这样地歪着,会把手这样地插到背心袖口里,走路又是这样的活泼、迅速。

在排演时,我时刻地在考虑着所有的动作是不是适当,是不是合理,是不是多余,是不是轻率……而我又不得不先找出一些动作,然后再把它们合理化,在最后"演说"一场,我先找到一些列宁演讲的姿势,然后再把它们配合到演词里边去。这有一个危险,运用得不好,就会成为一些姿势的凑合。

化装在这次也像其他工作一样，成为很重要的工作，对于列宁的形象，它起着决定的作用，这也说明了有些同志对于化装忽视的不正确。

列宁的形象在中国舞台上出现，这是第一次。我将因此而学习到很多东西，同时也觉得我们——演员们要努力于演技的学习与创造。

（《晋察冀日报》1941年7月31日，《晋察冀艺术》副刊第21期）

写 小 说

杨朔

文艺作品必须有丰富的创造性。因袭和模仿只能写出劣等的东西。因此，写小说不像制造商品，只要有一架机器便能依样出产许多作品。有些人把文学看成神秘的东西，强调灵感和天才，以为样本无法捉摸，这也是存心骗人。无论在怎样复杂的创作过程中，我们永远可以把握一些大的规律，作为创作方法。谈到这些规律，一本小书未必能包括完尽，我在这篇短文中所能接触的只是一些非常原则的问题。

譬如烹调，首先得有材料。有人直称小说为故事，所以故事实在是作小说的材料。一个高明的厨师常常知道除去蔬菜鸡鱼等多余的东西，用精粹的部分调制菜肴；一个优良的作者必须能选择故事的精华来写成小说。这不是浪费，处理题材时应当注意简练。一个短篇小说的题材不该拖枝拉叶，故意引长；反之，一部长篇的题材有时却可以处理成紧练的短篇。芜杂总是粗制滥造的结果。

每个菜都有它的主品，也有陪衬的物品。在乡村小饭馆最普通的炒肉片里，肉是主品，陪衬的白菜等是用来烘染菜肴的味道和色彩。在小说中，主品永远是人物。人是社会的动物，离开人，你能从社会抽引些什么故事呢？寓言里常把狗猫等当作主要角色，但也是把它们拟人化了。

陪衬人物的是环境。在一定环境中会产生一定的人，一定场合中会使人生出一定的感情和意绪。

每种菜都有自己特殊的味道，每个人都有自己不同的个性。抓紧每个人的个性来描写，把他们变成活的生命，才是能手。因着个性不同,一个人处理事件的态度便会不同,因之,故事的发展也要走上不同的道路。缺乏个性的人物等于一块陈旧的竹笋,嚼起来没有丝毫味道。为了使作品中的人物更加突出,你该描写到围绕在他身边的生活环境。为什么农民多半保守而自私呢?因为他们总是牵挂着自己的一点点土地财产,所以不及自由得一无所有的工人革命性大。正因为农民多半保守而自私,他们的家庭才会堆积着各种不同的废物。环境可以造成不同的人物,反转过来,不同的人物又必然要改变他周遭的事物。

有了主品,有了配合的物品,于今该动手烹调了。第一应该具备感情的油。没有油,菜不会好吃;没有感情,一篇小说一定要枯燥无味。所谓感情,便是作者应该把自己的七情六欲强烈地灌输进作品当中。爱你可爱的人物,恨你可恨的人物;写到快乐的地方你该□味道兴奋,写到悲哀时你该感到伤心。作者抱着热情来写东西,作品才能生动,才能摇撼一个读者的心。同是描写痴男怨女的恋爱故事,为什么《红楼梦》能感动得我们叹息流泪,青楼梦便使人厌烦呢?当中的原因固然很多,感情的丰富和缺乏实在是重要的因素之一。

文章的色彩可以比之菜肴的味道,也可以比之菜肴的颜色。幽默、讽刺、阴沉、轻松等等是文章的色彩,故事里气氛的浓淡也是文章的色彩。这就是像菜味有酸甜咸辣之分,也有红烧和清炖之别。

总起来说,感情和色彩都是作料。能使作料恰恰适合你的材料物品,须有长久的烹调经验才成。

此外,你更该运用高超的技巧,把握住适宜的火候。这两点才是真实的功夫,才能显出手艺的高低。厨师的手艺是抽象的,作者的手艺却具体地表现在文字上。如果一个作者不能好好地操练文字,运用技巧,他的作品一定会显得平庸、生涩、浅薄。文字□□□其精神,明确、贴切地写出一个人、写出一件事;技巧能使你的描述有开合的结构、有起伏的波澜，不落到庸俗的地步。

现在，我们的烹调已经圆满地完成，你尝尝口味如何？怎么，一点都没有味道！糟糕，我们忘记放进什么东西呢？噢，盐！没有盐，如何能做菜？没有思想，一篇小说岂不变成空洞的滥砌了。思想实在是作品的盐，依据一定的思想，一个作者才能从一定的角度来观察事物、分析事物。有两句这样意思的名言说：

"一个伟大的文学家也该是一个伟大的哲学家！"

"一篇作品没有思想，就像一个人没有灵魂！"

我们虽然很渺小，灵魂却万万不该没有。请想，没有灵魂，岂不等于死人！

这次，我想我们的烹调可真正完成了，很美、很可口，充满丰富的艺术意味。一个浅薄的食客也许认为十分满意，识货的人却不容易欺骗。他还要挑剔一下，他要看看你给他的东西是不是有营养。缺乏营养的食品吞下肚去，将要大量变成渣滓，从粪门排泄出去，不能滋补一个人的健康。同样地，读一篇缺乏社会意义的小说只能浪费精神，不能加强一个人的智慧。小说并不是"嘲风雪，弄花草"的无聊东西，而是一种革命的武器。它必须能够反映时代、推动时代，这虽然是老生常谈，却永远是至理名言。真理和正义应该常存在一个作者的笔尖底下，使读者从你的作品中知道什么是合理的，什么是不合理的；什么是丑恶，什么是美好……这样，他才能得到教育，受到刺激，进一步用行动去维护真理和正义。

一品好菜不容易做，一篇好小说更难写成。试看，从有小说到今天，无论中外，成功的好作品才有多少呢？但我们不该灰心。只要我们能加强自己的修养，深刻地去认识人生，足够的火候自然会提高我们的创作水准，增进我们的工作效能。

够了。我所谈的囚是一篇小说最基本的要素。或许有人嫌它太抽象、太肤浅。请原谅我,像我这样拙劣的厨师,真没有方法把这篇小文调制得更美妙了。

(《晋察冀日报》1941年7月31日,《晋察冀艺术》副刊第21期)

我们要求洗练的剧作

□□

在目前的边区的剧作里，能够称得上完整而精粹的作品，的确是太少了。我们常常看到一个很好的独幕题材，被作者硬拉硬凑地写了多幕。

一切好的作品，在题材的处理上，有一个共通的原则，那就是要求着尽量的"洗练"。特别是在创作上，对于运用这原则的要求，是极其严格的；从易卜生的独幕以至沁狐或□□哥利的独幕，从长至九幕的《奇异的插曲》以至同一作者的短短的《油》，不管它们的容量有着怎样大的悬殊，而它们都是经过了作者的"洗练"过程，都是在质和量上最□□最□□的结晶品，这一点是没有差别的。

有人说：写独幕比写多幕要难。这话很有理由，因为独幕较之多幕，尤其需要一番"洗练"的功夫。不过，有些剧作者，通常为了不愿跨过这一段艰辛的里程，于是乎依着故事的原样而写成多幕了。

当然，企图把一个真正的多幕题材，勉强地缩成独幕，把某些最精彩最富于动作的场面，放在幕后，借着剧中人的对话叙述出来，这是不合理的；因为这样无疑地会使剧情在达到高潮的时候，没有足够的力量，因而削弱了主题的明确性，使作品流于先天不足。

可是当作者想好了一个题材，他明明可以把它"洗练"成独幕的时候，而他竟不加选择地，把不必要的场面也放到台上来，凑成了多幕。这样，也无疑地会使作品流于畸形的；因为要把故事如实地依样地放到台上，于是作者不得不以应付必要场面所用的同等精力，来应付那些不必要的场面了。这样写下去，所产生的结果是什么呢？首先由于那些不必要的场面占据了不应有的地位，使得必要场面的展开与揭发，于无形中受到了妨碍，反而在戏剧性比较丰富的情势上，轻轻地滑过去了；其次在剧情的进展上，常常使我们感觉着松弛、沉闷、对话繁冗而琐碎，不能够抓住人们的注意力；而有时，作者竟从次要人物的身上，生发出一些与主题无关的纠葛来，由主□□□□开，甚至于□离了。总之，这些场□不外两种：一种是应该放在剧前或幕间的缺少斗争性和动作的情节，而顶坏的一种就是与主题离开地穿插了（由于篇幅的限制，我不能举出一些具体的例子）。

这里，要声明一下：我并不反对在构思的过程中，根据一个简单的题材，逐渐地发展它，使它与另外一些和它有着共通特质的东西，不断地起着化合的作用；因为这样做，是完全必要的。不过这样的工作，大半是在故事还没有完整，主题还没有明确，两者还在交互影响着，促进着和□正着的时候进行的；而决不是在主题已经确定了以后，着手安排结构的时候，仍保留或插进一些不必要的场面。莎士比亚最善于把几个传说的故事，巧妙地结合起来；但我们能够从他的剧作里，找出与主题无关的部分吗？能够从它的每一部分之间，找出拼凑的痕迹吗？能够找出一个松弛沉闷的场面吗？这是不可能的。因为它是一个有机的整体：构成故事的任何一部分，也就是构成主题的最必要的一部分，总之，它的故事本身，是具备着"单一性"的，主题与故事之间，也是具备着单一性的，它们的关系，恰像灵魂和肉体一样。这样的处理题材，才是值得效法的。

因此，当你的题材在脑子里成熟了以后，你最好先看一看你能够把它"洗练"到怎样的程度；假如可能集中在一个时间一个地点的话，你不妨就把它写成独幕。你别老想着只有多幕才能成为伟大的作品；实际上，在独幕里同样也可以表现伟大而积极的社会主题的，比如《月亮上升》《到马德里去》等作，在革命斗争中所起的作用以及所得的评价，不就是最好的证明吗！

自然，我也并不是希望剧作者们都侧重于独幕的写作，而是希望那些最好的创作题材，能够保持它所应有的完整和纯粹，比如：想从破绽百出的多幕，获得高□的政治效果和艺术效果，是不可能的。

（《晋察冀日报》1941年8月14日）

街头诗运动三周年纪念

田间

一

我们常常碰到一些工作人员、小学生，以及少数的村干部们，在他们的日记本上发现"优待抗属""拿起枪来吧""工作是我们的快乐"等等短小的诗，他们自己在题目下标上"街头诗"。

他们的东西虽然大部分是用口号编起来的，缺乏浓厚的感情、缺乏对主题中心的把握，或者别人怎么写了他们也就跟着那样写，还没有用很大的力量来写，还没有想到街头诗是艺术，就不能草率地□□□□□□来写似的，以致弄成和歌谣分不清楚□□弄成八不像，但是也多少表现出他们对街头诗的爱好，街头诗能□□□□，□□他们，他们□多少明白这也是武器。

街头诗是他们□的社会意识的□露，是他们的文学已经和社会运动、政治运动结合的部分产物。

□□□□问过一个学生："你为什么要写街头诗呢？""□□□□□□□要我写。开会的时候要用。……"

二

而有的人却这样为难："这叫作什么诗呢？"有的则简直认为这是浪费。我觉得这不是浪费，这是他自己对工作的牢骚和成见。不说别的，我们就把写街头诗当作练习写字、练习写文章，也不算坏事吧？我们很多的"诗人"写的诗也有许多缺点，有的也免不了干叫，向他们要求一首好的街头诗就不容易，向一般群众立即要求好的街头诗，如何能办到呢？

三

问题在于应该鼓励大家多写（多写可以慢慢熟练，多写可以自己找到许多经验）街头诗，同时应该尽量帮助大家克服困难、缺点和不良的倾向！

街头诗是特别富于斗争性的诗。多少次了，别人把它譬喻像匕首，只要人类一天有斗争存在，人类就一天需要街头诗——在斗争最激烈的时候，就更需要街头诗。

我们很高兴，几年来，街头诗运动在我们这里不但没有停顿，并且由于我们的努力，今天在大后方、在晋东南、在其他一些地方，已经热烈地在展开这一运动而获得群众的赞助、事实的胜利。

四

斗争进入新的时期了。

街头诗运动亦必须进入新的时期！

一九四一年八月七日

（《晋察冀日报》1941年8月14日）

谈田庄剧与《跟着聂司令员前进》

凌风

一、"田庄剧"是新的名词

这次演出,我叫它作"田庄剧",这是一个大家不熟习的新鲜的名词。这个名词,□□今天才提出的。一九四〇年夏西北战地服务团创办乡村艺术干部突击训练班时,我曾做过这一演出形式初次的尝试,获得很大的效果。这一演出形式的价值以及"田庄剧"这一名词,亦由是时确定(当时是把崔嵬同志作《参加八路军》改编在田庄演出)。"田庄剧"的提出正和"街头剧"是一样的,而"田庄剧"一名词更适合于农村,则较之"户外剧"更具体,这是根据晋察冀演剧条件与方法所提出新的名词和创造的新的演出方法,也是有了晋察冀的田园、山坡、平原的具体环境而创造的。田园、山坡、平原、河滩、树林……则是"田庄剧"的根据和条件。

"田庄剧"是晋察冀的戏剧形式,是晋察冀演剧的发展结果,对晋察冀乡村演剧运动的普遍和发展上能给与极大作用和帮助。

这个新的形式的提出,尤其对于乡村剧团演出上有着很大的便利,在物质、经济以及人力的困难条件下,我们需要这形式。□□要□大山、小岭、土坡上、土坡前、村口、地头、打麦场、河滩沙地、树林前演剧,并且我们要利用农村所有可以利用的东西,如山石、桥梁、走道、河流、围墙、茅舍、大树,甚至牛羊圈、碾子、井等,在这些东西上面产生我们的戏的地□和创作。我们也不再受夜间演剧的限制,我们要在晨曦和傍晚演剧,我们要□天上的□□□夜晚的月亮和树前的影子。假使是漆黑的没有星光的夜,没有灯我们也可以演剧，我们可以燃起烽火，擎着火把（《跟着聂司令员前进》不是这样吗?）。当然我们也可以用灯光，只要我们可以用。我曾尝试过《姚王桥》的演出，演员提着红灯在山的前面走动着，在敌人皮鞭下挥动着铁锹修道路。演员们提着红灯在剧中商议怎样炸毁石桥的事，那红的光映射在他们的脸上以及那远处爆炸石桥的烟及火花……都是在舞台上少见并且也难于表现出的场面。当然，如果要是在深夜演出白天的故事，那是不可能的。这不是我们今天的条件所能做到的。

上面谈到的几个剧，指明"田庄剧"不仅可以演出《跟着聂司令员前进》这样巨大的表演，废去舞台选择适当地点演出像《姚王桥》那样的剧也是可以，大的歌剧（合唱剧）同样可以演出，《参加八路军》的尝试告诉我：独唱没有大的合唱好，伴奏和音乐应该采用较响亮的乐器，但是歌剧是可以在田庄演出的。但要选择有利歌剧表演的地形作为演出场所。

让我们为这一新的形式的向前发展而努力吧，我们是革命的艺术工作者，我们要让艺术成长啊。

二、《跟着聂司令员前进》是怎样完成的

编者同志指示要我写出《跟着聂司令员前进》的排演过程，我只简单写一下排演这剧中的一些重要问题。

（一）当我们（汪洋、萧□、田丰、刘□和我）把内容确定和组织好之后，第二步工作便是场面的预想，有了预想的场面我们便进行怎样实现这演出的工作，对于演员数目的估计，关于火的利用和处理，要多少军队多少号兵多少匹马，怎样排演，怎样组织领导观众，经济估计，时间分配……所有问题都要经过详细的思想和计划。一切计划好便向参与这一工作的各剧社（当时参加的有八个剧社）的领导者做演出计划的报告，经过大家的讨论，决定建立了这一演出的委员会组织，参加委员会的委员中又决定出十七位负责导演工作，并决定了经

济、时间及接洽、购买、制造等工作和负责人，全部工作便开始了。十七位导演首先做了视察地形，决定了演出地点，并更具体地讨论了排演地位和燃火位置及燃火人的隐避处所等；出演委员会继续进行工作会议，统计分配了演员、决定了各场导演和排演的总指挥部——总指挥部由委员会三人组成，负责全剧的总的导演和各场排演的统一工作；五百多位演员同志在演出地点集合了，首先由总指挥部报告了全剧情节和说明这一演出特点并提出委员会向演员同志的要求；排演工作在导演的领导和全体演员同志努力之下，在山顶上、在树林里、在沙滩远方、在山沟里便活动了起来，经过了两个上午便告完成了。

（二）这次演出的特点除去前面所提到的之外，在表演上，是集体化的。当时有个别演员同志忽视了这点，还没有彻底理解集体表演在这次演出中便是一种特点，对于"集体表演"的"美"和"力"的认识是不够的，个别演员会感到自己在集体里总没有个人扮演"周朴园"或"陈白露"容易表现自己的天才。但是在集体里有一个人存在着这种观念，便破坏了集体。因为没有集体，便没有个人。

（三）《跟着聂司令员前进》的演出没有获得更大的成功，它的原因是很多的（如时间问题等）。这里要指出最重要的一点，便是计划性和组织性的问题，这样大的演出（尤其是参加进的观众）如果不经过很好的计划和组织，那是可以想象的，必然要混乱，而妨碍了剧的进行，甚或遭到失败。所以这样演出的收获如何，全要决定在事先的计划性和组织性上。这与演出的成败是有着决定作用的。

一九四一年七月二十四日于□□

附注：本文为凌风同志□□□□□演出的全文之二分之一。全文□□□□□□大会会刊上发表。

（《晋察冀日报》1941年8月14日，《晋察冀艺术》副刊第22期）

目前文艺创作上的几个问题

见

大家都知道文艺这个工作者的枪和刺刀就是创作。枪和刺刀好不好,就要看创作好不好,在创作上如果有一点不良的倾向,就差不多等于刺刀上生了锈了。

所以,我们对于创作应该特别慎重!

目前边区的文艺工作者为了粉碎无耻的狂妄的"第三期治安强化运动"以及准备一九四二年"一·二八"军民誓约运动,大家都需要多多创作,这在艺术界各方面都有了号召和动员。我们应该热烈地响应,我们应该贡献出成千累万的作品,我们要让敌人汉奸在我们的作品前面倒下去。

可是我们的创作能力一般说来还很幼稚,而要完成这样伟大的任务又不能随便、草率了事。同志们!慎重(提起慎重并不是要大家胆小,这也顾虑、那也顾虑,结果就不干了,不是这样)地去做!这是我的希望。

我还觉得有几个问题需要提起,供大家参考:

第一,在一个运动快来的时候,大家的热情很高涨,不成问题,大家都要创作。大家都要创作,当然好得很;不过,根据过去的经验教训,在这种情形之下,有的同志太冲动,对于问题很少冷静地考虑,因而创作不深刻,所表现的东西是表面的,像一个人没有骨头一样。这样的创作固然也有作用,但是不大。譬如说,一个战士在战场上、在战斗中对于敌情、对于地形、对于上级的指示没有很好了解的时候,你想,他会打得好仗吗?

这一次创作运动,创作的中心内容是反对敌伪"第三期治安强化运动"以及开展军民誓约运动,如果对于这些问题没有什么了解和研究,恐怕创作时只能在纸上喊几个口号吧(但是创作决不是口号,创作时要把口号所包含的内容用艺术形式表现出来)。

要抓住一些实际的东西。譬如说,你写出一个烈士过去为民族为人民英勇斗争的历史,感动了大众,提高了大众对于敌伪的仇恨,增加了大众对于八路军、抗日根据地的爱心,这比你老写"誓约!誓约!……"好一百倍,也许好一万倍呵。

第二,只有你抓着一些实际的东西来创作,不是在名词上、口号上兜圈子,你在创作时以及你所创作的作品才能有感情。

我们就要求目前的文艺作品必须有感情,而且应该有更高的热情,这种热情要像火一样,对敌人是烧他们死,对大众是给他们无限的温暖。

第三,于是那些流露在作品上的悲哀的感情,我们要反对。我们是勇敢和战斗的中国国民,无论在什么时候,无论在什么地方,我们也不能离开勇敢和战斗。

有的同志,写一个为民族而战死的英雄,他好像是在哭,其实他不明白越是悲剧的越要勇敢,越要战斗;这就是说,即使我们要写一个为民族而战死的英雄也罢,写一个被敌人屠杀的人民也罢,我们都不应该用悲哀的感情。悲哀的感情对死者是一种侮辱,对生者是一种自杀的麻醉品。

但是悲壮的感情可以不可以呢?可以的。我们认为悲壮和悲哀是有区别的,因为悲壮里面倒是包含着勇敢和战斗。譬如今天边区有许多追悼会,在追悼会上大家举着手,高呼着,发誓要为死者复仇,那就是悲壮的感情。文艺创作上倒不反对悲壮的感情。

只要我们不要把这些弄模糊了。

斗争前进了,也更加残酷了;我们是多么需要勇敢和战斗的作

品呀!

第四,渐渐地有些同志觉得创作些小的东西不过瘾、不光耀,非弄些大的不行。是的,一切大的题材需要大写的,没有任何理由反对他;但,不是大的题材,不必大写的,也要大来一下,那就不好了。还是老话,我总觉得我们的创作能力还很幼稚,小的写不好,大的也不容易写得好,我们正需要从创作一些小的作品锻炼起。而且在目前为了展开文艺工作者的宣传战,一般说,那短小精悍、通俗化(不是庸俗化)、能有广泛流行性的作品,就是我们最尖锐的武器,在斗争最激烈的战线上,我们不要忘记多多创造这类武器。

希望多创造这类小型武器,并不反对创造大型武器(大的创作),我们也非常需要大型武器出现,只是我们应该估计自己的力量,估计各方面情况,灵活地做去,像一个战士在战场上灵活地战斗!

一九四一年十一月

(《晋察冀日报》1941年11月30日,《晋察冀艺术》副刊第23期)

街头剧随谈

牧虹

一

□□□□□□□□□□□□□□忘掉这□□□□□□□□□ □□□□□□□□□□□□到不自□□□□□□□□□□的距离太近了。

二

随着街头剧的特点,这时观众也变成了演员,虽然观众没有意识到这点,但,演员应该这样地认识观众;因为这时观众已经作为演员而参加了这个剧的演出。

三

在化装上更要逼真,更要细致,在演技上,更要写实。过分的夸张会破坏艺术的真实;因为要让观众相信这是在街头上发生的一件事,像相信平时在生活中所遇到的事情一样。

四

街头剧作者要以生活的真实的尺度,来衡量他自己的作品,对于故事的发展、人物的语言,应该规之于平常的事件与人物;过分的离奇与舞台化在这里不需要。

五

演出街头剧,召集观众是一种艺术。因为这不是用演剧的名义召集群众，而是以在生活中足以吸引人们的各种声响、动作、事件……来吸引群众。

要懂得群众的心理、群众的爱好，这样才能把握群众、教育群众。

六

应该多用方言演出，因为我们的作品所反映的现实是边区的现实，所描写的人物大多数是边区的人民、铁的子弟兵……用方言演出会使观众感到更亲切，否则会减少剧的真实感。

因此，我们应该组织更多的地方剧团、村剧团，团结我们边区艺术的子弟兵，来广泛地展开用方言演出。

七

街头剧是戏剧艺术里战斗的形式，在这战斗的环境里我们需要它。我们要大量地写作街头剧，大量地演出街头剧，使边区的戏剧运动更加广泛地开展，使我们的戏剧艺术更加深入群众。

（《晋察冀日报》1941年11月30日，《晋察冀艺术》副刊第23期）

论战时的英雄的文学

——在冀中《前线报》文艺小组座谈会上的发言

孙犁

历史上从来没有像共产党领导的地区及军队这样重视文学的。今年四五月间总部及党中央提出文艺工作方针,更及时地充分地提起大家注意。今天八路军中提出这一号召之早,较之苏联内战和过去中国内战时是更进步了的,这就可能提前地提起大家的注意,保证我们在短期内可能反映部队的生活,可能在今后几年中在部队里产生好的作品和好的作家。

文学对战争服务是由来很久的。高尔基曾说过文学本质上就是战争的东西(当然也是劳动的东西)。希腊最早的史诗和名悲剧,都是歌唱战争和英雄事业的。

人民是喜欢英雄故事的,他们对英雄对战士表示特有的崇敬,在民间经常发生一些歌唱英雄的东西,这些东西有些还一直保存下来。

虽然由于封建统治采取的愚民政策,使人民传说着的英雄,表现成为侠义、忠勇,但是可见人们对英雄始终是敬仰着的。

文学对战争的服务,在今天更清楚地表现出来,今天我们对战争和英雄的了解,有了新的含义,这是在联共党史以及许多书籍上一再指出而且我们都已经熟悉的。这种了解非常重要,今天仍有些□□□很好的了解,以致仍有些旧观点的残余□□□□□□□□很难□作品出色。

如果我们只说勇敢□□□□……这类字□□□□有意义的,因为这些字句的□□史诗中已经很多□□□□仍然重复这些,便不能□□出新的东西来。

在我们写一个英雄事迹及英雄人物时，有两种情形：一种是个人的，一种是群众的，这两种方法在原则上都可以用，可是为了写好，就应该注意这两者写作技术的不同。比如《铁流》的写法，是集体的，群□□□的，但是在集体中可以分清主要人□□面貌，□□□□久鹤，这是通过集体来写个人，在□□□□□□个人来写集体，例如写莱奋生，曾用了几章文字，但通过他一个就能看出他的部队来，这是两种不同的办法。

在今天，我们三纵队有许多战士是从农村中来的，所以写一个农民发展到子弟兵，就成为我们冀中区创造题材中的骨干，每一个子弟兵的成长，都是个复杂的过程，千百万的子弟兵的成长过程，更可以联系到社会生活各方面。如果我们这样做，让大家都写"我是怎样参加八路军的"，我们一定能看到很多东西。

有人怀疑，农民是否可以成英雄？我认为是可以的。在苏联，过去同路人的作家当中，有一种人喜欢写农民，但是认为农民是一种永久的人性，因之便不能写农民的发展。当时个别的无产阶级的作家，也了解得不够，太强调了农民的缺点，等到法捷耶夫的《毁灭》及其他作品出来后就好了，法捷耶夫能把农民的积极方面表现出来。我们今天也是同样，应该写农民怎样一步步地成为子弟兵的战士。

在今天，我们的文学中，表现胜利是很主要的，表现我们的新的东西、新的战斗，在部队文学中是最主要的。如果我们能写出胜利的基础，胜利的艰难过程，才能给我们坚实的感动，给我们争取胜利的力量。今天有些报告，写得太单纯，把胜利写得太容易。

今天我们是否需要悲壮的东西呢？需要！我们不需要悲哀的、轻飘飘的，而需要悲壮的、健康的、启发我们斗争意识的作品。今天有些作品不够深刻，不能感动人。虽然文学不能□眼前一片血，但真正好的文学作品会给人很深的永久的印象，文学事业之可以骄傲、被人尊重，就是因为文学记载下来的血是不会被人忘掉的。

今天是否需要浪漫主义的渲染？在我们有了基础有了技术之后，同时又有适合浪漫主义的题材时，是可以用浪漫主义的。

当然我们的浪漫主义是积极的浪漫主义，是加强战斗意志的渲染和强调的。浪漫主义适合于战斗的时代、英雄的时代，在这种时代，甚至生活里也有浪漫主义存在。例如今天我们往往看到战士们过度的勇敢、过度的智慧，这些东西我们应当当作宝贵的材料表现到我们作品中去。

基本上，我们今天都是从生活上走上写作的，特别在连队里更是这样，这就给了我们以极大保证，保证我们部队中的文学作品有许多特点。当然有些人是先有文学修养，后有生活，但大部分人是先有生活后有修养的，这是个便利条件。

创造浪漫主义的典型的问题，不论工作的、战斗的典型事件与人物的创造，实际上都是现实主义的问题，应该把现实主义的写作方法与理论问题向连队中介绍。

我们要表现一些战士、一些战斗，但是干部的典型、干部的题材，是起决定作用的。老干部的典型，新干部又有一种典型。这些典型的创造，也是在文学中占一定分量的。

    本文未经孙犁同志审阅，系《前线报》文艺小组记录。

（《晋察冀日报》1941年12月16日，《晋察冀艺术》副刊第24期）

评《大家说》

见

从《大家说》中我读到郑连锁同志的一篇小故事，叫《老太太的"游击战"》。这篇小故事，小到二百五十字不到，但也能把晋察冀边区——模范抗日根据地的一个角落的新的妇女的精神简单明白地"道"了出来。

"平山县南庄村，有一个六七十岁的老太太，在这一次敌人残酷扫荡下她也学会了'兜圈子'。当敌人进到南庄村的时候，她很快地带着干粮到了青纱帐里阴（应该用隐——见）蔽（避）起来。敌人到了村东，她便到了村西，敌人到了村南，她又到了村北，敌人到了她的跟前，她便伏着不动了。可是只要敌人一离村，她就拿着镰刀出来收割她自己的稻子。敌人进攻这里好几次，每次她都这样地和敌人'打游击'，而'打游击'的结果，是她胜利了。因为在这几十天当中，她把自己的稻子全部都收割完毕，并且打了出来坚壁了。"

这差不多就是全文，谁都可以从这里看出或想象到这个老太太是多么活跃呵，在战争中一个妇女能举起自己的镰刀，这就是在战斗，这就是英勇。

像这样的小故事，值得用传单印出，广泛地散发，也值得广播出去，像苏联广播《段涅的故事》。

首先是故事带着无限的光荣。

而在故事的写作上，作者也许没有写过很多的文章，但作者就朴素地诉说了一件事、一个人，这一件事、这一个人叫谁都忘不了，不像有些初学写作者一提到写文章心里马上就想到"怎样形容呢""怎样写得美呢"……于是"风吹着……""××河流着"等等都出现了，结果对于该要表现（反映）的东西倒被那些无感情的"伪装"弄混乱了！

《大家说》里一共是七篇小故事，大致都还朴素。不过《烈士碑和荣誉奖章》的这篇小故事，为什么用这样标题呢？五个壮士的革命英雄行为不是像风一样到处在吹颂着，不是谁都知道五个壮士吗？

五个壮士——这就是最大的和神圣不可侵犯的标记，命名《五个壮士》不比《烈士碑和荣誉奖章》更鲜明吗？（虽然原来的标题是含着两种意义：一方面有死者，一方面有生者。但我想：狼牙山上的跳崖事件是五个壮士共同的事件，事件一发生，大家就传说五壮士了。事实上，《五个壮士》是属于民众传说的标题。）

我觉得故事或者传说，或者报告……标题仿佛是他们行动的旗帜一样，而我们就要善于利用民众已经举起的旗帜——标题要新颖又要正确。

还有一个问题：

"出动了三千多兵，搜索狼牙山，三千多兵，是那样密密地，比打鱼的网还密，包围着狼牙山，狼牙山的每一条山沟都有了鬼子。"（《烈士碑和荣誉奖章》一节）

这里作者表现了日本的兵力中心的企图是来陪衬五壮士的英勇；但作者似乎没有想到，这里的表现也正陪衬了日本的力量。其实，三千多兵在狼牙山面前还是不值道的。

在艺术上或者在战略上我们都不应该轻敌，但我们也不应该夸敌。当今天敌人正在运用狡猾的政治攻势的时候，我们无论如何"不能让敌人用我们的宣传品来打我们！"（一个同志语）

（我要申明，我很理解作者，前面所举的例子，是作者的一小点疏忽，而我不过附带扯了些感想。）

总之，北岳区文救会编印的《大家说》是一件很好的工作，这工作将是我们必须努力的工作。我们的故事都是血的记录、斗争的记录，我们的故事要永远留给中国，要留给子孙的。

"这里收集的都是此次反扫荡里面的一些事实，我们希望这些小故事，能够在群众中流传开来，起些教育作用，同时也可作为冬学里群众们闲散时聊天扯谈的一点文化生活材料。

"因此我们希望县文救会、各学校接到这个材料以后，多多翻印一些，分发到村里去。更希望文救会员、民校教员、小学教员和所有邻村文化工作者利用冬学、小学、娱乐晚会，和其他一切闲谈等机会，把这些故事讲给小学生们听，随时随地流传这些故事，把讲故事看成每个文化工作者一个重要的经常的工作，并且希望大家多收集故事，多创作，发动更多的材料。"（《编后》的两节）

——这是对的，是重要的工作，是伟大的工作，每个文化工作者应该赞成和实现这提议，为了战斗，为了文化，为了大家。（《大家说》——北岳区文救会编印）

一九四一年十二月

（《晋察冀日报》1941年12月16日，《晋察冀艺术》副刊第24期）

角色的认识

崔嵬

当演员开始创作，进行对剧本了解的时候，□常常只是偏重于自己的角色的研究，而不去详细地进行对于整个剧本的了解，这实在是一种错误。要知道一个剧中的某一人物，不过是全剧的构成部分之一，他与其他部分是有着不可分割的联系的，是和其他人物的思想行动，共同来完成剧本的主题的。因此对于全剧不去了解和认识，而企图获得自己的角色的完整的形象，那是不可能的。

一个演员他应当研究整个剧本，了解主题、了解与各个角色的关系，然后他再进行研究自己的角色的外形、性格，和角色的内在的精神生活，这样他才能充分地认识了他所担任的角色。

一个演员他应当了解，每个角色的思想意识、性格、习惯、风度等，乃是他的阶级生活所决定出来的。他应当根据一定的社会认识辩证地来进行对那角色的了解，这样才能使他的创造生动而正确！

□艺队在抗敌剧社演出的曹禺的《雷雨》一剧内，扮演周朴园那角色，观众对他的演作，有着不满的意见。他们认为他那种无变化的音调，乃是演员缺少了技术的必然的现象。

这种批评，我认为是不很恰当的。赵森林的失败，并不是因为他的演技拙劣。单从周朴园那个人物来讲，他是有创造地表演了这角色的，他的失败，主要的原因，就是不曾真正地根据一定的社会认识，认识那角色，而更重要的是，同样的，他也不曾正确地了解这剧本的主题和他的社会意义。

根据整个剧本，根据主题，根据一定的社会认识，来看这角色，我们可以确定周朴园是一个"资本主义"和"封建势力"结合的一个典型。他在包修江桥时，曾经故意放水淹死二千多小工，使自己获得了那巨大数目的抚恤金。他用他的"经济"势力，劫掠繁漪做他的妻，而当那可怜的女人受不了他所安排的环境给予她的痛苦时，当她知道了他的罪恶时，他就把"神经病"这可怕的名称压到了繁漪的头上，借口对她的关怀，而囚禁着她。仅仅从他这两种行为，我们就可以认识了他的。

赵森林创造这角色的错误，首先他不应当给予了这角色深刻的同情，当然那不是说他不了解周朴园的罪恶，而是悲剧的戏剧的情节，使他产生了怜悯的感情，因此，冲淡了对周朴园可憎的真实的印象；其次在外形的刻画上，他不应当带上近视眼镜，迈着懒散的步子；在台词上，他也不应当用那种衰弱的呆板的音调。

演员用他的技术，加强主题的社会意义，在这个戏里只有使观众深刻地认识这个伪善者的罪恶，才能增强对资本主义与封建势力结合的中国的现实社会的憎恨的深度。

了解主题，了解全剧的意义，认识他所扮演的角色，这是演员的艰巨的工作，在这种工作上，小心地、深刻地去分析理解，才是避免错误的基本。

我自己也曾有过一次这样的错误。

在《回到祖国怀抱》一剧中，我把那个敌人统制下的歌舞团的团长，表演成一个粗鲁、野蛮、长袍马褂、手里玩弄着铁蛋子的一种流氓。起初我自己是满意自己的创造的，但演出时，当我和那些舞女在一道，走进作者所赋予的环境后，我感到了我（第二自我）的周围和自己是不协调的。之后，我重再研究了那剧本，并经过很好的思考，我才明白自己对那角色形象的创造完全是错误的！一个下层社会中的流氓是决难——也不能够掌握那些小资产阶级知识分子出身的少女！敌人决不会委派这样的人做这样的工作，这团长应当是一个西装革履的知识分子,善于把握少女心理的高等汉奸!

形成这错误的原因,就是我只是研究了自己的角色,并没有对全剧进行深入的了解的关系。

所以演员对剧本的正确的了解,和深入的研究,和他演出的成功与价值是有着莫大的关系的。

能够正确地了解主题,正确地认识那时代背景、社会意义,正确地认识自己所扮的角色,演员必须具有高度的文化程度、深刻的文学修养,以及正确地认识现实社会的能力。

因此这一切,也是我们演员的主要课题。

——演员手记之一

(《晋察冀日报》1941年12月24日,《晋察冀艺术》副刊第25期)

高尔基论怎样写文学作品
——给某青年作家的信

看了你的短篇《琐事》,我不能答复你"我可以学文学吗?"这问题,不过你的文学修养还很不够,这在这短篇里明白地看得出来。

这短篇是失败的。因为作品中诸人物的处理是粗糙而干燥无味的。他们没有脸孔,没有眼睛,也没有表情,完全是眼睛不能看见的。这缺点,是由你对于事实的偏爱而来的。你在信里说"对事实的文学"感到兴趣,可是这"事实的文学"却完全是自然主义的最粗率、最不幸的"偏向"。实际的自然主义的表现的手法——即便在冈果尔兄弟(注)一般优秀的自然主义作家的场合,也只能正确琐细地叙述许多事件和情景,而将活的人,表现得非常贫弱而"无力"。

冈果尔兄弟,除自传的作品《莎姆冈诺兄弟》之外,其他所有的作品,都只精细而暧昧地叙述着种种人间的"苦恼的历史",或是失去了社会的典型意义的偶然事实。你也和他们同样,将主人公的事件当作部分的偶然的事件看待,而以报告式的冷淡来对付它,就因为这冷淡,以致你短篇里的全部人物都没有活。

可是,如果你将父与子的难以和解的纠葛从几百种同类事件中抽出来——不,十件事也好,只要熟察精虑了那十件事而统一作一体,那么,你所创造的事实,也许能有着严肃而非常深刻的艺术的社会的教育意义。又,如果你更深刻地注意短篇的形式和用语,同时认定必须将现实的一切事实做成适应他的经验和性格的各种特有的文学的事实,那么你所创造的这事实也会获得和上面同样的意义。

使现实上的一切,反复了现象概括它,典型它的能力,是艺术家必须具备的，你可没有将这种能力发展起来。这点，只要看你现在这短篇所取的主题也可明白。

这短篇已和第一个短篇同样，主人公是苦恼的僧正的儿子，只是这篇里，儿子杀了自己的父亲，但本质的主题同样是父与子的对立及其戏剧性的葛□。这点，一点也没有改变。

不过，僧正——这僧正不是当作偶然的个人来写，而是当作一种典型——有两个儿子。一个儿子是顺从父亲的，另一个则绝对反抗。这样两个儿子也是典型的。

你说："我用这两件事来表现活的人们。"是的，这样的事件，你无论碰到三回、五回、十回都完全是可能的，但是，为什么非一一将它写出来不可呢？你难道打算陆续写僧正和儿子间的纠葛这同一主题吗？我可断言这是无聊的，而且人们会不要你的小说。不仅如此，而且还会污蔑、伤害了这有兴味的主题。

你依据"自然主义者们"的手法而叙写人们，但是，描写环境、家具和物件的时候，却丢弃了这手法。例如，在你的短篇里，门口的铃"悲哀地哭泣"，它的回声"空洞地响"，自然主义者是不这样写的吧。大抵回声并不是独立存在的，只在音响碰着什么、碰了回来的时候才发生，而且，这回声是非常正确地再现那音响的。可是，如果铃"悲哀地哭泣"——那么它的回声怎样的"空洞"呢？门口的小铃响的时候——是不会哭泣的，那时它虽然以□□的震声发出烦扰、枯燥的音响，但那不是悲哀的。

又，你写着"潮润的次中音像帆一般的震动"——这同样不是"自然"的，还有，"沾染了血的肉块的碎裂声"，你真的听到过那样的声音吗？你是拿"肉块"来暗示活人的心脏的，可是，你想想看——人的心脏碎裂时发出怎样的声音，这究竟能听得到吗？所以，你的叙述的部分和主人公们无生气的描写，在全篇里都是不调和、不相融合的，这无生气的描写伤害并且杀□了你的主人公。我得到的印象，似□这□是两个作家所写的——一个是没有充分运用自己的方法的自□主义者，□一个是没有充分运用浪漫手法的浪漫主义者。

这里，我必须反复一次——艺术文学并不是从属于现实的部分的事实的，而是比现实的部分的事实更高级的。文学的真实并不是脱离事实的，而是和它紧密地连接着——这点和你的看法相同。不过，文学的真实——是从同类的许多事实中提出来的精粹。这是典型化了的，而且，只有正确地将现实中反复的全现象反映在一个现象上的时候，才能产生真实的艺术作品。

（注）冈果尔兄弟——都是十九世纪后半期的法国作家，他们主张"文学的真实"，将文学看作社会研究的一种形式——"生活的纪录"。

（《晋察冀日报》1941年12月24日）

我对于乡村和部队艺术运动的感想

感想

近年来边区乡村与部队中的艺术运动有很大的开展，获得不少的成绩，这是事实，但这离边区实际的要求还很远，总是不能满足我们的希望，这也是不能否认的事实。因此今后每个边区艺术工作者应在这方面给以更大更多的努力，勿使"艺术大众化""面向群众"等等成为空洞的口号，尤其要注重克服在乡村与部队艺术工作上一切可能发生的脱离实际、脱离群众的主观主义的不良倾向，而脚踏实地把边区乡村与部队中艺术运动大大地推向前进。（可夫）

我们谈乡村文艺运动，并不难，但真的做起来，就不易了。用农民的语言，表现出他们的思想感情，使他们能看、能听、爱看、爱听，这是轻易的事吗？不要大言不惭地说大众是低能的了。真实的作品，他们是能够接受的。拿出主观的虚构的东西来，说大众不懂得，其实是自己早已和大众远离了。军队中的文艺运动是乡村文艺运动的特殊形态，因为士兵都是穿了制服的农民。（何幹之）

积极开展乡村艺术运动是保持与提高部队艺术水准的基本办法，而部队艺术质量的提高，又直接间接地促成乡村艺术工作的进步。怎样把握这两者间的辩证关系，统一地有组织地开展整个边区的艺运，实在是目前急需加以研究与实践的大问题。（周巍峙）

艺术与大众

艺术在中国的遭遇是很不幸的。旧时被人看作诲盗诲淫或者供人玩赏的东西，近时又有些人把它看成单纯的娱乐玩意儿，于今观点虽然转变，但是认识的深度依旧不够。

艺术作品所反映的不是无聊的事物，而常常是一些人生问题、社会问题。它批评人生、批评社会，推动人生、推动社会，使人生和社会走上更高的阶段。所以，艺术是革命的武器之一。它不属于少数统治阶级，而属于广大的人群。也只有把握在广大人群的手里，艺术才会带有革命的斗争性。

开展部队和乡村的艺术运动正是要把艺术打入广大的人群中，教育大众，鼓动大众，让他们知道人为什么活，应该怎样活，领导他们走上革命的道路。这运动的正确不容丝毫怀疑。

但是，在目前，群众接受艺术的能力是有一定的局限。因此，从事这一运动的同志应该在方法上加以周密的研究、考虑。这里，我愿意顺便指出一点：如果没有党政军各方面的严密合作和帮助，单靠一些艺术工作者来做，无论如何□力，收到的成果将像荒年的庄稼，只有使耕种者蹙眉的余地。（杨朔）

两个小小的私见

一、提高大家的鉴赏与批评能力（首先是对艺术运动、艺术和政治的真实关系的认识）。

二、发扬大家的创造能力（在艺术活动上和在艺术创作上的创造能力）。（田间）

怎样开展部队和群众中的艺术工作

所谓真正的艺术工作者，是深入民间，将艺术交给大众。我们从事艺术的工作者，深深地检讨一番，是会觉得做得不够。正因为如此，我们应该加强这两方面（部队和群众团体）的艺术工作。在这里，我提供下面两点意见：（一）部队方面，平时每分区剧社应该派艺术干部下团里帮助团的宣传队工作，进行美术展览，出文字和美术墙报、教歌、教画，深入战斗员里面发现一些有艺术才能的，收集材料，了解士兵对艺术欣赏程度如何？不仅仅要知道他们是否了解艺术作品，而且还要战斗员自己本身成为一个艺术作品的制造者。这是很重要的。（二）其次群众团体方面，主要的是文教艺术干部领导的加强，通过当地的艺术团体（剧社和宣传队）的帮助，来开展乡村的艺术工作。首先健全村救亡室来做这工作。充实救亡室内容，以美术的装饰（各种墙报和有趣的文字读物）使救亡室成为群众的乐园。在自卫队、青抗先、妇救会、儿童团，组织各种短期的训练班，如绘画、木刻、歌咏、演剧等。同样要求群众成为艺术品的创作者，才真是将艺术交还大众。这仅是我个人感想而已。（沃渣）

乡村和部队的艺术工作，首先应该具备着一种信心和决心，那就是不仅把它看成一个普及的工作而又是大众文化提高的工作，在它本身说不仅是量的发展也是质的发展，乡村和部队艺术工作的成果应在新民主主义文化成果中占一个颇重要的位置。（罗东）

我的希望

我希望加强这一个工作：在文艺的幼苗里，进行铲除"主观主义"的莠草（文艺批评工作）；但，我也希望：要防备那些带着"主观主义"的眼镜而不自觉的朋友，用他的批评的大镐把幼苗连根拔掉，留下了莠草。

幼苗伴着莠草，也许尚能生长；幼苗没有根，必然要枯萎。

在这里，我们需要主观的努力与勇敢的灌溉，但，也需要正确、客观与公平的批评家。（鲁藜）

一九四一年十二月九日

（《晋察冀日报》1942年1月4日，《晋察冀艺术》副刊第26期）

给初学作曲者

王莘

跟着边区看音乐运动的开展，作曲的同志是一天一天地多起来了，从学校里、军队里、群众剧团里，都产生了不少新的歌曲作者，这些作者不一定专门从事于音乐工作，但对于作曲都有着很高的热情和兴趣。这里我们来谈一谈关于学习作曲上的一些问题，向初学作曲的同志在学习方法上提出一些零碎的意见。

首先第一个问题，就是一个初学作曲的同志怎样来开始学习作曲，是先学作曲法呢，还是先练习写曲？这个问题的回答好像是应该这样的：先学习作曲法，再去练习写曲，因为这样对于一个初学作曲的同志会有很大的帮助，他不致在〔学〕习写曲中感到很多的困难，或是弄出一些毛病，在乐曲的处理上也可以懂得很多的方法。但根据今天的实际情形却不是这样，我们大多数学习作曲的同志都是先从练习写曲开始的，可是也产生了一些很好的歌曲，这是不是说明这个问题回答得不对呢？问题不在这里。这些同志所以先从练习写曲开始，所以能够写出一些好的歌曲来，其原因在于：一、他们得不到这样的条件和环境先去好好学习作曲法；二、虽然他们没有学过作曲法，但他一定唱过、听过很多的歌曲，或是干过相当时期的音乐工作，有着很丰富的经验，他凭持这些经验当然也可能写出些好的曲子来，但应该说明，他如果光是凭持这样的经验而不去学习作曲法，那么他希望在作曲上能够得到进一步的发展和成就是很困难的。因此，我觉得一个初学作曲的同志，不但要努力地不疲倦地去多多练习写曲，并且要努力地去学习、研究作曲法，因为只有这样才能使你获得作曲理论上的指导，才能使你的作曲技能能够不断地提高，而不致停留在一个阶段上不再前进。

第二个问题就是一个初学作曲的同志怎样去汲取自己的写作经验。往往有许多作曲的同志，把一个曲子写好了、发表了就告完事。把最宝贵的创作经验置之不顾，这对于自己是一种最大的损失，自己花了很大的精力写成一个曲子，就一定可以得到不少经验，这些经验就应当好好地积累起来，作为你最好的创作资本。怎样去汲取这些经验呢？主要的就是去发现这个曲子的优缺点，比如这个曲子是不是能够最好地表现词的思想感情？能不能为你所设想的对象所接受和欢迎？其原因又在哪里？在旋律的进行上、节奏上、曲子的形式上，有些什么好的地方，有些什么坏的地方？在风格上是不是够健康？等等。至于发现这些优缺点的方法，可以虚心地听取别人的意见，可以在听过演唱后自己细心地研究，如果邻近有作曲经验的同志在，可以请他批评，或者甚至修改。总之，要想尽一切的方法来汲取哪怕一点一滴的经验，并使之融入下次的写作中。

第三，一个初学作曲的同志要多多地找一切机会去欣赏好的歌曲，这里包括一切歌曲——作者好的或成名、流行的歌曲，中国的民歌、外国的名曲等等都是很好的材料，因为这对你会有很大的帮助，会丰富你的乐想，会使你得到比理论上更加生动活泼的东西，不但去欣赏它，还需要进一步地研究它、了解它——为什么它能够成为一个为群众喜爱的好作品，它的好处究竟在哪里？比如旋律和歌词是怎样微妙地结合的？节奏和调性是怎样运用的？如果要研究它更细小的地方，那么旋律进行的跳进级进、主题的发展、节奏的变化、曲体的格式等等都会令我细心地去推敲。只有在这样多多的欣赏和研究中，才能使我们音乐领域的知识更加扩大，才能使自己不致在理论的原则里转圈，在１２３、３２１的圈子里打滚。然而，我们初学作曲的同志不一定每个人都有这样的能力去进行欣赏和研究，但我们必须努力

☐这种能力的获得。

最后，作曲诚然是不容易的，要成为一个好的作曲者并非易事，但只要我们保持着充分的热情、经常刻苦的努力，经常不断地写作，经常不断地在音乐的各方面，特别是基础知识学习上的提高，经常不断地参加各种音乐活动，那么作曲成果的获得是不成问题的。

（《晋察冀日报》1942年1月4日，《晋察冀艺术》副刊第26期）

关于创作"烈士传记"和"英雄传记"

文协

为我们已故的优秀战斗者和正在斗争着的优秀战斗者,树立一些大型的或小型的文字纪念碑,使他们的光荣、勇敢、照耀民族灵魂的行为传留给大众,传留给后代的子孙,给后代的中国,以及给全世界、全人类,不单在目前——在华北军民誓约运动前后时期,在我们晋察冀边区文联所号召的创作运动时期是最重要的工作,就是在以后,在再以后,也仍然是很重要的工作。

文艺上:歌颂革命和勇敢的行为是永久的主题。

文艺上:歌颂革命和勇敢的行为的文艺作品是任何时代任何好的人民最关心的事,是他们生活里的指导者,他们常常被这些作品鼓励着、警醒着——自己去选择世界上最好的哪怕是最艰苦的道路前进,不是为了个人的命运而是为了大众共同的命运前进,像《列宁传记》所指引的,像《斯大林传记》所指引的,像《夏伯阳》所指引的。

文艺上:小说、散文、报告、诗、歌各种形式都能够歌颂革命和勇敢的行为,而传记是其中之一。传记更具有不同的特性,因为它要全面地记录出一个人。

—— 一个人的出生及其环境……

—— 一个人的面貌性格……

—— 一个人的为什么而斗争,他为什么能够斗争,他的战斗业绩(一般是重大的,具有特殊意义的业绩)……

它虽然和小说有些姻缘,然而却很大不同于小说。小说可以虚构事件、人物,小说可以写一个人的某一方面。小说写一个人,这个人最好是典型(从数十个甚至数百个类似的人取其能代表特征的人,这个人不一定世界上真有其人，然而他的精神是存在着在某一部分人中的，例如阿Q精神）。

这也就是传记所以有传记的缘由，而小说并不能代替传记。

今天我们需要传记，因为除了一般的文艺形式的歌颂英雄们而外，我们还需要写出英雄们的实在历史、具体历史——在这里历史主要的是战斗精神的历史。

这个历史本身告诉我们：我们不能像我们家庭所制造的家谱记出了一个人的生年死月，只要生年死月不曾被忘记，就很满足了，别的似乎不很重要；也不能像有些新闻记事，只是英勇奋斗等等简单的□念的叙述，或者是故事的堆积，或者只是片段英勇的描写而忘记其他，而要给这个历史以生动和壮大的画面，而要这个历史永远活在人间。

晋察冀边区的党、政、军、民各界，有过很多的英雄牺牲了，他们的血片还在我们眼前闪着灿烂的光辉；更有着无数的英雄挺着钢一般的胸膛站在这个土地上不歇地战斗。……我们平常爱夏伯阳，爱郭如鹤，爱别的国土上的革命的民族英雄，我们现在也在爱自己的民族英雄了——让我们把崇高的爱放到"烈士传记"和"英雄传记"的创作里吧！在斗争中的中国，中国的文艺工作者能为无数的民族英雄创作传记，这是至上的工作，这是使我们民族辉煌与不可被征服的工作！

一九四一年十二月

（《晋察冀日报》1942年1月16日，《晋察冀艺术》副刊第27期）

为创造模范村剧团而斗争

剧协

我们向全边区的村剧团提出一个号召,这一号召是:"创造模范村剧团"。

"创造模范村剧团"在一九四一年新年时,我们曾向大家这样提出过,很多地方,像完县、唐县、易县、曲阳、阜平、平山、灵寿、行唐等也曾为这一工作而努力过,但为什么一九四二年新年又要来"创造模范村剧团",怎样"创造",什么样的村剧团才算得上"模范",这一定是大家希望知道的事。

一、"创造模范村剧团"新的意义

拿全国来说,并没有很多地方有村剧团。村剧团的产生,以及乡村艺术运动的蓬勃生长,是要在一定政治经济条件下面才会实现的。这个一定的条件就是新民主主义的政治和经济,所以咱们晋察冀边区以及一切进步的民主抗日根据地就有了这一文化艺术上的建设。

那么村剧团的作用在哪里呢?毛泽东同志在《新民主主义论》里说得好,"一定的文化是一定社会的政治和经济在观念形态上的反映,又给予伟大影响于一定社会的政治经济",这就是说村剧团的任务很大,村剧团的工作做得好不好,对于我们建设新的社会有很大关系。

所以我们说,我们要把村剧团工作搞好,使得我们村剧团真的能担负起这种任务,那么我们就要求村剧团更多的进步、提高、和巩固,我们要求村剧团必须有切切实实的工作,没有这些,一切是会空的。

从一九四一年到一九四二年,从我们提出了"创造模范村剧团"

到现在，把一九四一年新年戏剧运动热潮以后来总结一下，北岳区和冀中区各都有一千五百个村剧团以上，这是个惊人的数目字的发展。同志们别笑我们说得刻薄——"数目字的发展"，但是事实是这样的，谁又能否认呢？检查一下全边区三千个村剧团里，像样的有几个？工作好的有几个？组织健全巩固的有几个？在艺术上真正不断有进步的有几个？要是算一算，恐怕不到一百个吧！

那么一九四一年"创造模范村剧团"的收获在哪里呢？——那就是它初步地提高了和活跃了村剧团，初步地建设了乡村艺术运动。

我们说，村剧团的建设工作是一个长久的事。咱们边区打一九四〇年才有了村剧团，两年来咱们的成绩还不算坏，但这就是说啦，长久的建设要是在基础上做得不好，那就像房子的地基打得不牢固一样，要塌台的，所以，□在一九四一年要大家"创造模范村剧团"，一九四二年又要号召大家"创造模范村剧团"，道理就是这样。

那么，这两次"创造模范村剧团"究竟有些什么不同呢？一九四二年重新提出来有没有新的意义呢？

有！

第一，很显明，从一九四一年到一九四二年，我们边区进步了，进步在更加巩固、更加有战斗经验、更加健壮，而且对艺术和文化有进一步的认识和爱护，村剧团的运动又多了一年工作的历史。这是说，要是我们一九四一年曾以"固定组织、经常工作、不断进步"为口号而提出的话，一九四二年我们应该以"健全组织、经常工作、不断进步"的口号来代替它了，也是说，要是一九四一年相对的还是发展村剧团的话，一九四二年基本上应该是村剧团的巩固。同志们，这是最浅近不过的道理。

第二，我们说还要"创造"，我们是说，一九四一年"创造"得不够好、不够多，但我们又看到，一九四一年收获的果实里，半生半熟的却不少。那么，一九四二年就是这些生的果子成长的时机，这一年里，我们要在果子上施很多肥、加点力量，所以我们还要"创造"！

另一说，"村剧团"该长成一个什么样的东西，就和今天的大剧团一模一样吗？不会的，它一定是另一样，但现成的模型给你描摹着做也是没有的，于是我们的村剧团还要"创造"，这是"建设的创造"。

又一说，"艺术"本身是一种创造，艺术没有创造就像人没有灵魂，但创造是一个永久的东西，所以我们村剧团还要"创造"。

当然，我们要附加一句，"创造"不是要大家"标新立异"。

至于我们提出的模范又是什么呢？

我们是说，村剧团运动里，量的发展已经大大地够了，但质的提高却差得很，我们要求大家提高、大家巩固，但是谁抢先呢？一九四一年里我们看到一些模范的村剧团，但我们的标准定得低，一九四二年我们把标准定得高一些，看谁跑得快。同志们，这里有革命竞赛的意义。

同时我们也是说，村剧团究竟怎样建设呢？那么大家看看榜样吧，大家应该向"模范"的去看齐。当然，"模范"的也不用急，等大家进步了，"模范"的也应该进步，于是大家都提高了一步。

"创造模范村剧团"所以在一九四二年又成了一句行动的口号，就是这样的。

二、从哪里着手呢？

从这看吧，看看我们的村剧团，他们在做些什么？

有人说："他们配合中心工作！"

有人说："他们在宣传。"

有人说："他们在搞幕布、搞汽灯、搞布景，我们要□赶上抗敌剧社、西战团、火线剧社。"

有人说："他们的组织庞大，不切实际。"

有人说："他们平时不排戏，不唱歌，演出时临时突击。"

有人说："他们在艺术上没有进步。"

甚至有人说："他们在进行坏的活动。"

这些都对，全边区的村剧团都可以归并到某一类里去！

就从这里着手吧，把好的一方面发扬起来，坏的就淘汰下去。

村剧团能配合中心工作，向群众进行宣传是好的，村剧团的同志们对于艺术的热情是好的。

但村剧团的组织庞大是不好的，坏分子混进去也是不好的。

村剧团花钱铺张，在这方面模仿大剧团是不好的。

不要求进步是不好的，把村剧团看成宣传宣传、配合一下中心工作，不在艺术的进步本身打算是不好的。

三、所以，有了！

只有这样的村剧团，才能成为模范：

（一）组织健全，机构简练，不让一个坏分子混进村剧团里来。

（二）能配合中心工作，积极向群众宣传，而且建立平时工作，经常和定期地进行排戏、唱歌、画画等。

（三）材料上自力更生，能大胆创作，不怕困难，克服困难。

（四）经济上不铺张，不浪费。

（五）对艺术有最高度热忱，不断要求在艺术本身上提高和进步。

也就是说，一个模范的村剧团首先须具备这样三个条件：健全组织，经常工作，不断进步！

四、这是桩艰巨和长期的工作

应该承认的，它并不是容易完成的事。

也许你能做到一条，也许你能做到几条，也许你都能表面做到，而都不踏实，也许你新年里做到了而一九四二年这全年里却做不到。

新艺术的建设，是一桩长期和艰巨的工作，村剧团的工作就是这样，我们是要为今天打算，而又同时为了明天打算的，我们要求"创造模范村剧团"的精神是贯彻在整个一九四二年里的。

但是，不管工作怎样艰巨，在晋察冀人民面前总要低头的，而况我们还具有这些有利条件：

（一）边区文联在边区文化运动上的领导，剧协、音协、文协、美协、各大剧团、文艺团体、艺术工作者对于村剧团的指导和理论材料的供给。

（二）北岳区、冀中区、冀北区各文救会，文□会在村剧团实际工作中的组织和领导。

（三）两年来我们村剧团的工作成绩，和全边区党政军民对于村剧团的重视及对于文化艺术爱护。

（四）两年来在各种长期、短期训练班里，培养出了超过三千个村剧团的干部。

鼓起我们的勇气，克服困难，战胜困难！

动员我们的力量吧！克服困难，战胜困难！

动员我们的力量吧！全边区乡村艺术运动的组织工作者们、村剧团的优秀干部们、村剧团团员们，为"创造模范村剧团"而斗争！

一九四二年一月一日

（《晋察冀日报》1942年1月7日）

《前哨》演出的意义

葛斯

《前哨》演出的意义，在于它是以反战团体、反战同盟支部来演出这一反战的前进剧本。

《前哨》演出的意义，在于它抓住每个日本士兵生活之一环节，加以刻画，加以色染，但是并没有玄机，也没有夸张，而是朴素地揭穿了日本军队的内在矛盾的实质。

《前哨》演出的意义，在于它能改变今后舞台上用资本家的大腹式、迈八字脚的、你的、我的、八个耶鲁的没有根据的动作作风。

《前哨》演出的意义，在于有着活报的内容，报告了目前的一个问题、一个事件。例如太平洋战争了，我们将如何用这战争来教育日本士兵和日本士兵对这战争将有什么反响。《前哨》在这方面有着相当大的作用。

《前哨》演出的意义，在于它成为政治工作上的前哨。譬如目前是中日士兵交欢已具体化，而这剧本就是告诉我们今天的敌军政治情况，提出了加紧"前哨交欢"一个大课题。

《前哨》演出的意义，在于它处处是有根据地报道，处处用唯物论辩证法来观察问题。

《前哨》演出的重要意义，在于以台上的演出，缩绘着台下的"前哨"事件。例如今天日本士兵的掮着机关枪，来和我们携手打倒共同的敌人——日本军阀的事，到处都有。《前哨》是台上的演出，也是台下"前哨"事件的回声。

下面是《前哨》公演时的说明书，也告诉我们一些《前哨》演出的意义。让读者自己去寻味吧：

《前哨》是日本的一本名著,由日本一个共产党员黑岛传治写成,苏联的出版社翻印,现在反战同盟晋察冀支部,一面根据原书的意义,一面参考现在日本内部情形,改编为一个剧本。这一剧本的内容,着重于现实描写,力求适合实际,当每一个动作和每一件事情的演出,都有许多根据与反映,都完全符合日本内部的实情,从这一剧中,我们可以完全看到了日本军队当中的黑暗与残暴,和下层士兵是在如何的苦闷、烦恼,充满着反战厌战的情绪了。

长期的战争,在日本军队广大的士兵当中,已充满着疲惫、怠倦、苦闷、烦恼,由消极的不满,而逐渐走向了积极反抗,由散漫的无组织的活动,而逐步地和自觉地结成了小团体,由盲目的而走上了有目的的斗争,他们不仅真正地认识了这个战争的本质和他们切身的利害是相背而驰的,且在斗争中找到了他们的出路和方向。

剧中我们看到滨田上等兵、大西一等兵、后藤二等兵等被他们的长官残酷地打骂和蛮横地压迫,初年兵就得给老年兵刷皮鞋、洗衣服……在士兵当中充满着满腹的气愤和怨恨,但他们是当面不敢发作的。

这种情形拿现在来说,在日本军队当中,已成为普遍现象,譬如最近下社敌志贺中队,齐藤和西川两名士兵投诚二分区,主要的原因,就是由于他们不愿继续忍受这种压迫。

因为长期的战争和大量军费的消耗,使日本国内的经济危机更加严重,不仅引起了广大日本人民的痛苦和灾难,且对前线上日本士兵的物资供给也发生了最大困难,过去日本统治阶级为了取得火线上士兵地欢心,他们用慰问袋、烟卷、糖果,作为士兵"麻醉剂",可是现在由于经济危机和困难,使得这些"麻醉剂"也逐渐减少了,甚至很久看不到。

在剧中我们看到,日本国内从很远的地方送给前线的慰问袋,里头装着一些什么呢？并不像从前那些罐头、水果了，而是一包破纸碎片，所以发到日本士兵手中时，不仅不能引起鼓动和兴奋的作用，相反地更增长了他们的不满和情绪的低落，在大队副官介绍慰问员和他们谈话时，他们不仅表现了讥讽和嘲笑，而且在慰问员刚一出门就大骂了一顿，使得大队副官和慰问员也不得不束手无策，狼狈而去。

这种情形，在目下日本军队当中，不仅成为了事实，而且相当普遍，这点已被反战同盟支部很多的日本朋友几百次地亲眼看到和证实了。

五年来的战争当中，中国共产党和八路军、新四军对于日本士兵，始终是本着国际友爱的精神，向他们做苦口婆心的宣传鼓动，提高他们的政治认识，启示他们出路和觉悟，这点已经给予日本部队中在思想上起到很大的变化，至少我们说日本侵略者的队伍，已经不像他们长官那样傲慢的自□的，认为他们是思想意志完全统一的一支巩固的军队了。

在剧中充分地可以看到，当他们发现八路军袭击他们的据点时，就仓惶地进入抵抗线，但由于八路军举行了火线上猛烈的喊话，结果使得他们忘掉了放枪，八路军便衣队跑进了他们的房子里散发了大量的宣传品，可是他们长官追问这一回事时，大家都默默无言，并瞒哄他们长官说没有此事，因之相互吵了一顿，愈激化了他们的不满和漫骂。最后滨田和八路军一个便衣队取得了联络，他给八路军便衣队一筒罐头，八路军便衣队又给了他们的一瓶酒，这时已经初步地做到了火线上来往联欢，使得他们愈加相信了八路军，且在背地里热烈地谈论和追求，直到他们出去拾柴时，发现了许多的蒙古狗把他们包围了，这时八路军也出来与他们打狗，终于解除了他们的危险。这时他们已经最后完全认识了八路军，并不像过去他们长官对他们的欺骗，说八路军是最"不讲人道"的，见着日本兵如何"割头""挖眼"

"截手""扒心",而是一支最讲友爱、正义的军队,这时愈加促进了他们对八路军的同情和相信。

　　太平洋大战爆发后,八路军的大批宣传品和画报不断地出现在他们的面前,这时愈提高了他们反战厌战、苦闷和不安的心理,对战争更加失掉了信心,感到"和平""回国"更无期望,最后当着他们的班长发觉了滨田上等兵、大西一等兵、后藤二等兵等组织反战活动,与八路军取得了联络等事实之后,报告了他们上官大队长,当着大队长在队前把滨田叫了出来,乱打了一顿推倒在地上,并且决定要枪杀他,可是其他士兵听到了此事,都骚动起来,这时大西、后藤就马上举枪把中队长等这一群军阀击毙了,他们率领了全体士兵举行了反战大暴动,并高呼口号。

　　这时在雄壮的《国际歌》的声音中,渐渐地落幕了。

(《晋察冀日报》1942年1月14日)

略论《前哨》的演出

陵梦

一九四二年元旦的军区反法西斯大会晚会上,有日人反战同盟晋察冀支部的晚舞及话剧《前哨》之演出,给晋察冀演剧史上添上了一页新的纪录,也可以说在演出史上有了一种新的收获。这里只谈到《前哨》的演出。

为什么说《前哨》的演出有新的收获呢?这是因为这一演出有相当之成功。它在舞台上给边区演员授了"日本士兵的表演术"的课;它给抗战剧本的编制上以一个蜕化了公式化的示范;它给取材小说来改编剧本的人们以一个最实际的例子;自然在这里它还给我们增加了不少的新的经验教训……

《前哨》本来是日本共产党员黑岛传治写的一个短篇小说,是描写"九一八"后日本士兵在洮昂铁道线上的生活的苦闷以及如何痛恨他们的长官的压迫,如何开始认识了中国军(指的是义勇军)的并非匪类而是可做朋友的军队,因此首先是赠罐头给中国军,而中国军也给他们一瓶美酒。当一个夜晚,他们三个士兵到附近去找一些柴火来燃烧取暖时,碰到一群凶恶的蒙古狗,包围了他们,几乎要吞噬他们,在这千钧一发之际,中国军把凶狗打退,而拯救了他们。他们从此以后和中国军亲密起来了,互相馈送,已成家常便饭了。可是他们的干部到来之后,联队长知道了有这些举动时,在队前把滨田叫出来,打了一顿之后,还想把他枪毙。这时大西、后藤二兵,虽举起了枪,可是射杀的不是士兵,而是那反动阶级的联队长。

《前哨》话剧择取了这一小说的故事、结构和人物,而加以充实、现实化,强调了和增加了一些小穿插,使这作品具有浓厚的戏剧性,而完全适合于舞台之上演条件。地点是在华北敌后的某据点,时间是一九四一年十二月中旬,人物虽没有增减,但性格是时代化和尖锐化了。剧本使这些角色深刻地认识了战争的非正义性和对战争燃起了仇恨,同时又使他们认识了八路军的国际友爱精神,而塑成一群有血有肉紧贴着一九四二年前夜的被驱使着在战地生活的人们。

剧本的改编上,只能取材于原作的三个中心场面,围绕着三个中心场面而展开了一串串的动人情节。没有更大的穿插来使剧的高潮更隆起,这是一个小缺点,但在每个动作都代表着一个问题这一点上,剧本是巧妙地成功了。譬如一开场,日本士兵就在哼着反战歌曲,这暗示了日本士兵已经不是中日战争开始时的那种高傲自大的武士道精神,而是在过着精神与现实生活分离的两重生活了。譬如用擦皮鞋这一典型的经常的生活来传达日本士兵的被压迫、官兵间的阶级对立,挨耳光、赔笑脸,想不干、又不敢,是描摹得相当刻骨的。日本士兵们的生活一落千丈了,苦闷燃烧着他们的生活,他们只能找寻解闷方法——杀猪——来麻痹自己,但是当他们见到猪被枪杀的惨状时又想起了日本革命党人被屠杀的惨状了。在这里恰好成一个对照,日本军队有着十分明朗化的野蛮制度,可是在政治上不是有着更光天的野蛮作风吗?

剧本的编写上,摄取了小说的蕴蓄、有力的优点,使主题不是突然地露出,而是演进地渐变。过去(或者可说在目前也还有)的抗战剧本,多是很突然地使剧中人物马上转变,作者迫着他马上转变,譬如看到一张传单,马上就革命起来,这是超社会、超时间的伪装,给人以"不实感"的印象。而在《前哨》,则从苦闷、烦恼演进而至于愤恨、有目的的行为。而这中间,还加上一个客观的推动力——八路军的宣传品对他们的教育,所以主题的显出,一点也不感到生硬。

第一幕的收场,亦是很适合编剧原则的,把他们的苦闷生活寄一点希望在慰问袋上，这是剧情的进展，但当他们发觉从国内寄来的信也被扣留的时候，他们愤怒了，这是埋伏着一个第二幕总行动的因素。□看在这里，作者给我们介绍一些什么：咱们的家里，穷到连一个铜子也没有啦！爸爸妈妈说不定已经死了啦！这些家伙们（指慰问员）吃饱了饭，没事干到这里来摆威风啦！与其这样，不如把故乡的实情告诉我们一些，倒好受一点！……新仇旧恨，使他们认清了统治阶级的可恨，他们怒目送走慰问员，他们摔丢慰问袋，这正合法国大仲马所说的——第一幕要长，要介绍得清楚一点，第二幕以后，要处处留神这一原则，而为第二幕爆发反战组织、杀死长官的收梢，蕴蓄了不少的力量。

紧凑、不平铺直叙、生动、现实，《前哨》是一个标本的改编剧本。

从演出上来说，这是一个以士兵为主体的群众剧，演员要平均发展，动作要有生活体验，才能生动。而这一点，日本军阀早就给我们训练了一批熟练士兵动作的演员（当然今日他们已经是日本军阀丧钟的敲打者）。剧中人是他们的前身，在他们已从被压迫阶级走上为自身解放而斗争的大道的今天，痛定思痛，不特有士兵的动作素养的外表动作，而且有了最感切肤的真实感的内心动作，这是他们演出最成功的基本条件。

擦着皮鞋、闻着臭味、想不干又不敢，或者挨了揍出来，还得噙着泪珠再干，那动作是自然的。半蹲半跪着读八路军的传单时的姿势，我们有名的导演，不见得就能创造得那么有力，然而他们演得像真，同时使人感到他们对八路军传单的珍重与使人感到八路军传单的收效是必然的。抢慰问袋，找到一根香烟就往帽底下装，活描出他们在军队中的惶恐生活，也刻画了他们的教育上的流氓性的浓厚。再如，端着枪说着"是八路军呀"那动作也是很有力的。

在个人的演技上，林的班长当自己部下和八路军握手时的踯躅彷徨，以及中岸的大西上等兵在听到革命党员被杀的惨状时的转喜为愁，都是能把握剧中人的情感的。

在场面的构成上也很整齐，擦皮鞋、读宣传品、抢慰问袋、喝酒、到八路军去，都能够握住每个场面的特点而发挥得恰到好处。特别是收场时的《国际歌》的合唱，更为动人，却不特是声音的动人，而且各人站的地位也很合乎要求。这在歌舞剧中常用的收场场面，用在这里就成为一幅生动的浮雕。这时一面"到八路军去"的红旗，在他们的歌声开始时降下，新鲜的色泽的刺激与歌声的嘹亮、雄壮都激动了每个观众的心弦。

要是当开幕时，那士兵疲惫地过着苦的生活时能配上一把小提琴，奏出日本街头的靡靡之音，在闭幕时，全体观众都能跟着合唱日文的《国际歌》，那么这效果将更伟大。"到八路军去"这一面红旗，能用灯光照出，那将能更加增速每个观众的血液的循环。

末了，我们得在这里附带谈到这一次演出给我们的经验教训：首先必须注意到印刷大批的说明书，当场送发，最好是用当天的报纸副刊，给出专刊。其次是扼要地翻译对话之一部分，但这要不妨碍剧中的对话。最好在彩排时就练习一下。这是我们今后用外国语演剧时所必须注意的。

还有，这次反战同盟支部演出这个剧本，全部排演时间，不过一个星期，而且这中间还要改编剧本，做一次的彩排，这证明了他们的突击性相当顽强，对工作的严肃性，要求得很高。他们不是艺术学校的学生，但他们对于舞台的组织力很强，他们自己改编剧本、自己导演、自己演出，甚至于这次演出就废除提词制度，这是值得我们学习的地方。

寄语反战同盟诸同志：你们的演出的成功，使我们感到特别的兴奋！你们的工作精神，更使我们佩服！这将使你们很好地完成你们伟大的事业。

一九四二年一月四日

（《晋察冀日报》1942年1月14日）

建立新的审美观念

方用

有人认为什么东西是美的呢？红红绿绿的、花枝招展的……在朱总司令五十五寿辰的纪念大会上，我看见过有人用红色有光纸糊满了会场周围的栏杆，又糊满了主席台两边的短墙，结果如何呢？我可以说这和会场的空气极不调和，因为有光纸的红色并不是朱红、深红，而是淡淡的桃红色，从这种颜色里面，我们很难想象到被祝寿的是一位五十五岁的老布尔什维克、中国工农红军的创造者和今天中国人民武装的老爸爸。

有的救亡室和俱乐部里面，总欢喜在墙上贴满一些不关紧要的标语和一些乱七八糟的东西，有时还在四面墙角牵上绳子，绳上糊满着红红绿绿的小旗，使人一看倒煞像一家小馆子或茶铺，感到十足的繁庸。

就拿衣服的样式来说吧，我们有的武装部队在夏天的衣服还特意把它做得瘦瘦的、窄窄的，穿起来和腰杆、胳膊一般大。实在，我敢说这决不是劳动人民应有的风格！劳动人民应有的风格是朴实、刚强和有力。记得在一九三八年冬天，第十八集团军野战政治部宣传部给与全军中宣传队的指示信中曾提出在跳舞中要反对裙子，反对花花绿绿，反对柔媚无骨，而提倡刚强有力、活泼快乐、赞美劳动、赞美抗战、赞美革命的新的艺术。这个指示中所指出的缺点，虽然我们已经早已克服了过来，但它在我们今天也还有着非常重大的意义，因为这里面说明了我们对于新艺术的观点，说明了我们对艺术工作的严肃性，指出了我们新的生活和艺术，应具有新的作风，有的过去认为是很好甚至普遍流行的东西，不一定就会为新的历史条件所容纳。事实却往往相反，过去那些代表封建、颓废而被流行爱好的东西，今天却必须彻底废除，中国人过去歌颂"捧心西子"，而今天我们却赞美焦全英那样的劳动英雄。

在敌后艰苦奋斗了将近五个年头的晋察冀边区的军队、人民和不少的文化艺术工作者，在汹涌澎湃的新的现实中间，龌龊和一些不健康的素质已经在慢慢地沉淀下去了。特别是在去年当《晋察冀日报》关于提倡朴素实际的作风，和中共中央关于反对主观主义的决定发表以后，这对于我们新的人民建立新的审美观念上是起了极大作用。这一点，特别是值得我们全边区的艺术工作者来深深体味！反主观主义和形式主义的提出和这一运动的开展，不但是我们在政治生活上一件大大的事情，同时也是作为艺术工作的同志们在艺术实践上的一件大事情，因为主观主义和形式主义在艺术上的存在，就是艺术工作者在认识现实（世界观）和反映现实（创作方面）上的不健康或错误的反映。

新的劳动人民，应该努力创造自己所应有的审美观念，必须有意识地使新的审美观念合乎朴实、刚强的准则，而尽力避免浮华、虚荣、妩媚的旧套，必须使新的生活和艺术合乎这个准则，必须铲除那些没有内容的"花菲菲"的一套，比如表现在艺术上：那题作《日寇的残暴》的漂亮的裸体的色粉笔画，那穿着宫装的连跳带扭的《浣纱曲》，那没有经过改造的《奶奶妹子》的相声，那十分没有必要的穿插在歌曲中的吆喝……我想这些艺术家除了在努力说明自己的庸俗和低能以外，别的就只能给新的艺术以恶劣的影响，我们反对这些。

如果说"美学"（AESTHETICS）这个名词就一直没有和观念论分过家的话，那么在中国人的审美观念里至少是一直在和浮华、虚荣、妩媚之类的概念绕着圈子的，不能否认一定的审美观念是建筑在一定的社会经济基础之上，但是如果结论是这样：今天边区已经建立了新的政治和经济，因此，今天边区人民的审美观念也会必然的、无条件的、百分之一百的都成了新的，这就错了，因为"经济条件在意识形态上的作用和意识形态在社会关系上的反作用，如果给以马克思主义的分析，那就必须不断注意这个事实：意识通常是停滞在社会关系之后的"（虞丁）。

由是，从理论上进一步地来建立起中国人民大众的新的审美观念在今天是万分必要、刻不容缓的工作。

（《晋察冀日报》1942年1月16日，《晋察冀艺术》副刊第27期）

文艺批评之旗（杂感）

田间

在边区的文艺工作里也有这两种现象：

其一是，看到别人的作品时，自己认为不满意（不管自己提不提得出适当的理由），便背面高谈阔论，痛斥其非；这还不说，待一见面，却又好像无话可说，只是"不坏""还不坏"了之。

其二是，看到别人的作品，自己认为不满意，干脆一声不响，保持沉默，大家一见面，被问得紧迫时，也只是"不坏""还不坏"了之。

这两种现象的表现都是有意无意中把文艺批评当作"战争"，或者是没有了解文艺批评，不晓得文艺批评。

"文艺批评"到底是什么一回事呢？

粗浅地说，就是对一种作品的公开的意见，往往是指见诸文字的意见，有的也叫"书评"（当然文艺批评不能只是指在书上）。正当的文艺批评是在批评文字中有诚恳的意见，正确的文艺批评是在批评文字中有正确的意见。私谈乱语决不是文艺批评。用批评吹捧别人和用批评打击别人也决不是文艺批评。

任何一种作品既公开出来，这种作品就不仅仅是作者自己的，而是社会的，任何人就有批评的权利。也只有在众多的批评中才能考验作品，才能锻炼作者。文艺批评是使文艺前进的最坚决的武器。

世界上最伟大的作家高尔基也曾经在柯罗连科不断地批评中成长起来的。这是一个例子。

过去谣传一个作家关在屋子里不与世人见面（当然就谈不到大家批评），会有好的作品产生——那是谎话。

我们是需要文艺批评的，特别是我们年青的文艺工作者们。我们要大家指导我们,帮助我们向正确的创作的工作的道路前进!

不成问题。在我一开头所说的那两种现象完全是偏向,会引起大家的隔膜,会使文艺运动后退。但是作者也不肯接受别人的批评,"他还够资格批评我,他懂个屁!"最好是高尔基、鲁迅来批评他,再不就是像俄国伟大的文艺批评家柏林斯基来批评他,他才甘心,否则总认为别人的意见不正确,就是不接受,那事情也难办了……

现在我们所要求文艺批评以及文艺批评运动,只能先是希望大家多诚恳地提出意见,勇敢无私地提出意见;而作者们只能很好接受意见(当然不是任何意见都接受);倘若碰到不正确的意见,也至少要把那些意见当作参考(不正确的意见也有来由的,这就不得不把它当作参考)。

我们曾想象得到开始或者会意见纷纷的,这有意见,那有意见。但不怕,如果文艺批评运动走上了正规的时候,正确的与不正确的意见就会在这运动中得到清算的。批评者也不要怕,不要怕别人清算了自己,当别人清算自己时,那正是受教育的时候,那正是别人帮助自己的时候。

《水浒传》上那些个"英雄"们,本来不相熟,差不多都是打了一架才相熟的,慢慢地才成了兄弟。

我不知道拿这故事来比喻是不是妥当。但我觉得如果大家真是互相批评,即使开始有什么不对劲的地方,慢慢地大家会谈得好的,会成了真正的战友。这里大家会了解我并不是劝大家先互相打击一下。

大家都想看到文艺批评之旗竖到我们这个文艺堡垒的面前。

然而谁来竖立?我们自己。

因为这是我们自己的一个旗帜。

一九四一年十二月

(《晋察冀日报》1942年1月16日,《晋察冀艺术》副刊第27期)

谈谈对敌宣传画的制作

方□

两月前，我曾经写了一篇关于《展开对敌美术宣传战》的小文章，主要的意思是在提起边区的宣传机关和边区美术工作同志们对于敌伪美术宣传工作的注意。文章发表不久，便是西太平洋战争的爆发，关于这，中共中央在《对太平洋战争宣言》中，又更明确地指出了我们今天应"向日本军队日本人民，向朝鲜、台湾、安南各民族，向中国沦陷区的人民进行反对日本法西斯的更加广大的宣传鼓动，为建立日本内部的反法西斯阵线而斗争"。无疑问的，这将是一个伟大而艰巨的任务，完成这个任务，自有待于各方面的努力，但它所赋予今日的艺术工作尤其是美术工作者，必然的，它将以小型的、精致的宣传画，作为主要的形式。

对于敌伪宣传图画的制作，从经验上讲，我是不多的，但从一般的原则上，不妨提供下例几点粗浅的意见。

首先我们应该意识到：今天的敌伪宣传工作，是一件非常庄重而有意义的工作，因此在我们的态度上应该是极其严肃、认真的。我看到这次有的同志在绘制《军民誓约》的宣传画报时，表示了一些不应该有的疏忽和怠惰，比方标题（誓词）的错落啦，人物轮廓的随便和不正确啦，这些都是要在作敌伪宣传画时绝对避免的。在抗战初起以后，武汉的军委政治部曾绘制了一些小型宣传画（如梁白波的《通行证》），但我们从俘虏敌人军官的口中，知道他们是不高兴的，因为在那上面，人物未免太"漫画"化了，甚至他说："你们和我们是敌人，把我们画得丑一些、凶一些不打紧，但是你们不应该把招我们反正的中国兵也画得那么长脚短腿的呀，这样——日本士兵对你们是不会好感的。"这就是说，对敌伪的宣传画，手法上不应采用漫画的形式，因为无论对于敌人和自己的变形和夸张，都容易失掉作品的严肃性。这样，有时会收到相反的效果。

第二，我们应该把作品尽量印得精致一些，应该绝对避免粗制滥造随随便便的作风。比方我们的画上描绘着根据地的建设如何进步、完美，但是如果印画的这张纸或印刷技术就非常低劣，这效果是显然可见。敌人欢喜吹嘘边区的"穷酸"和"野蛮"，所以当联大文工团在四分区演出《回到祖国的怀抱》时，有几个敌军俘虏就根本不相信这是边区，甚至中国人所能演出的，他坚信着这一定是苏联来的剧团。又，当去年秋季扫荡时，有一位日本的新闻记者在平山下槐村看到当地青救会在墙上绘制的反汪宣传画，于是对于边区文化颇为震惊，回去后，于是在报纸上登载说："匪区竟还有漫画哩!"但当他们士兵在接到我们漂漂亮亮的一张宣传画时，其效果又是可以想见的呵。

第三，画幅应该要小，最好能够做到把手掌按上去时，全幅图画可以完全遮盖起来。至于为什么要这么小而不要求画量的大？这一点，聪明的画家是会了然于心的。

第四，因为要精致，要小，同时根据边区今天的印刷条件，我以为对敌伪的宣传画可以多用木刻。因为这种艺术本身就具备了这种特性，同时，由于过去的日本国内左翼美术活动的影响，今天在一般日本士兵中，对木刻抱有许多尊敬和神秘的感觉，从一些敌伪工作同志的口中知道，他们确是欢喜木刻的。

最后，我们作为现实主义的美术工作者在制作给日本士兵们看的宣传图画时，应该要多多地了解和研究日本的一般情形，比如他们的服装、风俗等。只有在加强我们对于这方面的调查研究工作，才会使我们的作品具有真实性，才会感动被日本帝国主义欺骗和麻醉下的日本兄弟，才会使我们的作品收到预期的效果。

　　意见无多，正确与否，尚有待诸实践，因为"实际是理论的标准"，何况我已经预先申明，经验并不多呢。

一九四二年一月十日

（《晋察冀日报》1942年1月24日，《晋察冀艺术》副刊第28期）

文学上的一次战斗

——我对于这次创作运动中文学作品的印象

田间

我们很兴奋。在这次创作运动中,很短的时日内,文协能够收到三百篇左右的文学作品。除短篇小说、墙头小说、小故事、街头诗、歌谣、传说和童话等而外,还有一部中篇小说。我们能够出版五个集子,短篇小说也是其一,这是值得提及的。

文学工作者们这一次表现了很高的热情。他们对于祖国的爱,对于斗争的爱,也用他们的笔墨(或者说:他们的心血)染出来了。他们做了一次相当大的、相当好的战斗,每一个战斗者都有他所应有的光荣。

在某些作品上,作者把政治的性质和艺术的性质有机地结合起来,使那成了不是无力的空喊,而是誓约的刀。像这样的作品我们过去不是没有过,但在这一次短促的行程中仍然能有这样的作品出现,实在不能不说我们文学工作者们的生活实践进步了,更加知道真理和拥护真理了……所以,生活是文学的泉源。

可惜,从这次文学作品上,我们所看见反映出来的生活还不多、还不广、还不深。有些同志对于他所要表现的对象是模糊的,在创作时也是模糊的,于是夸大不应夸大的片面,自圆其说,或者搜集很多很零碎的东西来勉强维持作品的局面,因而只有走向概念化、公式化,成了一般无多大意义的东西。有些作品里的人物的性格不显露、感情平淡等等,也多少由于这个原因吧。

还有很多的作者在这一次战斗中,表现了他们的临阵慌张、急忙草率(一方面是他们并没有用尽自己的力量,一方面还是他们的生活体验差与技术幼弱）。

　　加里宁同志教导青年作家们要用血来创作。我看好些作者并没有这样做，我看好些作者是用淡淡的水在写作。他们在创作之前没有深深地用思想来考虑他们所选择的主题（作者借故事显示给读者的正确思想），来考虑怎样通过故事、利用故事发挥主题，使主题明朗和凸出，使主题闪动在读者的前面。

　　而结构（整个作品的一切部分的组织、结合和配置）松懈，像散沙似的。他们说了许多话，描写了许多东西，但那些话是不是一定要说，那些东西是不是一定要描写，他们好像没有深深地想过，只是抓到一点就拿出一点。像这样的事，我想一个工人当他要造房子时，他也一定要好好地想一下门和窗子应该安置在什么地方最好，还有不要把屋顶弄得比屋角大，还有不要用烂木头。至于我们作者似乎还没有这样细心。在语言上同样看到有些作者极不细心、非常马虎地运用他们的语言。他们没有用思想来称称每一个字的重量、分量，也没有用思想来照照每一个字的光度，把语言弄得很拖沓、杂乱、污秽、不简洁、不生动，甚至完全不正确；有时候找些"华丽"的字句，其实已经是不漂亮了；有时候找些口语，又没有把口语提炼一下。

　　感情，这是作品的血液。而某些作品就缺乏感情。作者自己先对现实、对于主题、故事没有抱着很大很热的感情，只是为了要创作就写，于是像在拼命、咬牙切齿，结果作品写是写成了，然而是棉花团似的东西，一点色彩也没有，一点味道也没有。感情不是逼来、偷来，或拉来的，这硬是要作者从自己生活中，从自己对于现实斗争一贯的行动中慢慢养成，在创作时，在作品上才会有感情，才会把握感情（作品中应有的感情的高潮、低潮、曲折，才能由作者为了主题和意志的关系而支配）。

　　为了未来的文学有新的收获，我们要怎样来检阅我们所走过的路。

　　这一次小的作品特别多（这自然是因为战斗生活需要，因为它能迅速迫切地反映斗争，为斗争服务的关系），但是小的作品就更要要求我们特别努力——要求我们有坚韧的、顽强的组织能力和组织工作，我们要向主题突进，要使结构更加严密、得当，要使感情集中和尖锐，要把语言锻炼得像钢铁一样。同志们，决不要以为小作品就像沙，伸手一抓便得到的那样容易呵！

　　这一次战斗对于我们有很大的意义。莫说"我失败了"。那不是你的失败，那不是谁的失败，那只是我们还年青。我们需要修养。

　　我们需要修养——这不是退却，应该是更大的进攻，以无限勇气和细心来组织我们新的进攻。人在世界上能胜利，就要这样，艺术在世界上能胜利就要这样！

一九四二年一月

（《晋察冀日报》1942 年 2 月 4 日，《晋察冀艺术》副刊第 29 期）

悲哀及其他

欧

新出版的《晋察冀音乐》上第一篇的文章，标题是《作曲家的悲哀》。这文（题）章主要的意思是说作曲家缺少了歌词，因而感到"悲哀"。自然作者在后面也说出更激励的话来，劝说作曲者也要会写词。

看起来，这"悲哀"是要大家都来担负一点的。但究其实，什么是我们的"悲哀"呢？除却了我们在过去对歌曲的联合的组织工作还不够努力而外，便似乎没有什么"悲哀"存在其间了。一个同志来信说："夜晚，火灭了，点起废纸来。左手拿着烤右手，右手拿着烤左手……"这不正是它的好办法。

但无论怎样说起来，歌词的写作是显得贫弱的。还没有如上面说的"左手拿着烤右手"的作用，它恰恰相反，是影响到了歌曲的创作。虽然近来歌曲的一般化并不完全由它负责，但一些歌词的一般化、口号化、概念化却多多少少使歌曲的作用减低了，人们从歌曲中感染到的现实，是显得贫弱无力的，有时候"进行曲"似乎也好像是在开慢步（不是它的声音不响，而是那歌声落在后面了，变成了无力的叫唤）。

那么是不是我们的歌词作者不知道所写的歌词的毛病所在呢？知道的，好多的文章不是都谈过词的写作问题了吗？问题是我们的歌词作者在努力打碎旧的一套上下的功夫还不大。《参加八路军》的歌词曾是我们好的群众歌词的范例，但是不要回过头去学习！我们应该了解到概念化就是主观主义在创作上的表现，是我们不断地前进的阻碍。

可是我这里并不全是说歌词的坏，实际上我们有很多的歌词作者是在努力地追求进步的。邵子南同志的《农民王老三》以及最近的方冰同志的《放牛的王二小》，都是在说明一些歌词作者要向复杂的、多变的现实更突进一步，但这中间还表现了一些缺点，如感情还显得生硬，由于歌词的稍微复杂化，结果在用语上显得拖沓了。这一些毛病还是存在着的。再者我们还更应该学习一些苏联的歌词，学习用具体的形象来表达人民的博大的感情（如《不要动我》）。有叙事的味道固然好，而后一者却更能给人民一种更直接的力量。

这篇文章真成杂感了，但无关重要。重要的是希望我们所有的歌词作者更突进、更密切与歌曲作者的合作，求得技术上的更密切的和谐。

让"悲哀"粉碎吧！

一九四二年一月十八日

（《晋察冀日报》1942 年 2 月 4 日，《晋察冀艺术》副刊第 29 期）

怎样解决男扮女装的问题
——兼答张春同志的来信

韩塞

最近接到一封部队戏剧工作同志的来信，他这样写着：

"现在来信有两个问题，请你答复。一、为什么反对男扮女装，它对于社会问题有什么影响，它对于剧情的价值有什么影响。二、在部队上演戏，怎样装扮，同时连演员也感觉到有困难。……"

很明显地，这儿所提出的是一个问题，就是如何解决男扮女装的问题。男扮女装好□好，如果不好，那么部队演剧，遇到有女角的戏，上哪儿去找女演员呢？

这不仅是部队戏剧活动上的一个问题，也是目前乡村戏剧活动中的一种困难。到现在为止，有些乡村剧团，还坚持着男女不合演的习惯，只好用男子捏着嗓子扮女角，女人粗着嗓子扮男角。有的妇女只和儿童团合演，把一个十来岁的小孩，沾上胡子，扮演一个二三十岁的女人的爸爸或丈夫，有的除了能和自己的丈夫合演以外，不与别的男子合演。因为这样的缘故，所以有的村子演戏，只好青抗先、妇救会，或者儿童团，各演各的，不能通力合作，把戏演得更好，甚至就因这些困难，终于演不成。

为什么在乡村演剧上，还存在这样的现象呢？主要原因有二：首先是由于今天还存在着对这方面不够开明的思想，没有养成这种习惯。有的人会想到，不相干的男女，偏要在戏里配成夫妻母子，或父女种种的关系，当着大家在台上做戏虽然是假的但总觉得不好，或者是他自己这样想，为了避免旁人说话，或者是他的家里这样想，不让他这样做。其次是由于过去有些男女合演已经做到，但个别的工作不够严肃,排演过程中,或上演不严肃,或者是演出以后不严肃,把戏里演的角色关系,拿到生活中来开玩笑,引起了认为男女合演不合适的论调,或者避免不好的现象,就索性认为还是男女不合演的好。前一种原因很简单,我们必须逐渐克服它,我们要从各方面来提高群众对于男女合演的认识,特别在村剧团里加强对这个问题的教育,要把演戏和其他的社会活动,如开会、念书等等看作同样郑重的事情。开会、念书等可以在一起合作,为什么演戏不能呢?今天乡村的演剧,是一种政治的宣传,是一种艺术的创造。今天的社会,对于演戏已经不是看作纯粹消遣解闷的事情,对于演戏的人,已经决不认为是下流,相反的,要被人看重、爱护。男女一齐在台上演戏,正是这种政治宣传工作本身的需要,是这种很郑重的、很快乐的,甚至是神圣的创造的事业的需要。目前,需要我们从耐心说服中来逐渐克服不开明的想法和习惯,去争取男女合演的条件。

至于村剧团在男女合演中如果还有个别不严肃的现象,这同样是不好,在艺术创作上不采取严肃的态度,就一定不能得到正当的收获。在男女合演中,产生不良的现象,不但影响戏剧演出的本身,而且会影响村剧运的发展,这是须要严格注意的。

但这并不能因噎废食地说,还是男女不合演的好。我以为如果正确地注意这个问题,那么男女合演,不但没有什么不好,而且可以从男女合演的过程中,培养乡村中男女的抗日工作的正确关系与互相了解和团结的精神,发挥他们共同的艺术才能。

因此男女不合演而偏去男扮女装,是不正常的,而男女合演是完全必需的。

从演剧本身来讲,一个戏,男角由男子担任,女角由女子担任,是最正常的现象,因为无论从声音、从身体、从情感、到外形,男女两性是显然有差异的,女子扮演女角的生活,男子扮演男角的生活,

即使角色性格上演员有很大的区别，也有它根本上的便利，为什么要勉强地男扮女装呢？所以人们反对男扮女装，这是最基本的根据。

但有人要问，为什么中国的旧戏，常常是男扮女装呢？

关于旧剧，为什么多半男扮女装？我以为这儿有许多原因，首先是历史造成的，因为在中国过去的旧社会封建势力统治下，女子的社会地位很低，政治、经济、文化各方面，都很难抬头，演戏，也是一样，没有她们的位置，加之旧社会里一贯地把戏子看作是娱乐消遣的工具、下流行业，戏子、吹鼓手与王八并列，为人所不齿。一部分（我们说的是一部分）旧剧人本身也是认识不够、生活不健全的，一般人哪里想到这是什么"人类灵魂的技师"呢，是一种神圣的事业呢？又哪里知道，戏子这个词儿应该是一个很美妙很庄重的称呼呢？在这样的环境下，一个女子，她愿不愿，或者有没有自由去做一个戏子，这是可以想见的事。

旧剧的男扮女装，还有一个原因，就是旧戏中旦角的身段、动作，要模拟前代女子的状态，且多半是舞蹈化了的，这就需要较好的身体、较久的锻炼，技术上才能达到相当的程度，再说旦角的唱工、唱调那样高，又那样延长转折，必须所谓中气较足的，才能支持，唱得像个样子。而素受压迫、身体孱弱的旧女子，对于这些常常是不及格的（当然这不是最主要的原因）。以现在中国少数的女子所扮的旦角说，她们的唱工和做工也还常没有男扮的那样令人满意。过去中国的四大名旦，就没有一个坤角。新艳秋可说是"坤伶主席"，但在表演艺术上，比之四大名旦还是逊色的。

这都是造成旧剧中不得不男扮女装的原因。

今天的情形，女子和戏子的社会地位，不用说是完全变了，旧戏的情形，也会在这种变动中变化的，而戏剧战线上主力军的形式——话剧，在我们的乡村、部队、偏僻的角落，已经建筑了它的阵地，有了相当的开展。我们的话剧所扮演的，主要是我们熟知的现代的人，今天的妇女是完全能够胜任的，而且应该争取这种权利。过去许多小资产阶级妇女，她们的参加解放斗争，是从争取演剧活动的斗争开始的。曾有一个女小学教员因为演娜拉而被开除，但她得到了社会的声援，是一个有名的例子。但在边区的民主环境下，新的戏剧运动已经打下了基础，这种困难已被克服，问题只是更进一步地认识这一点，克服那些不习惯。

从各方面看，今天男扮女装，是不必要的。

但问题还是摆在前面，部队演剧，没有女角怎么办？有些地区，男女不合演，还不能立刻克服，在这过渡期间又怎么办？因为反对男扮女装而不演戏吗？

在这样的情形下，唯一的办法，还是男扮女装。

在部队中，尽可能选择没有女角的戏，如果不能避免，那么还是男扮女装。在不得已的情形下，男扮女装是必要的，因为我们不能因此，停顿我们的戏剧活动。

可是，在男扮女装的时候，我们必须注意以下的几点：

第一，就是扮演女角的要认真地做戏。我说认真地做，有两重意思：一是做得像真的，一是用严肃的态度做，装少女那动作、声音、体态、感情就要像个少女，老太婆要像个老太婆，要是技术不够，做不像，但要往像里做，做得像，给人真实的感觉，才能感动人，四不像只会引人笑话。但要是过火，那就会比不够更糟，这是值得我们注意的。梅兰芳是一个男子，但因为他的技术修养的结果，在舞台上，他的演作，几乎叫人忘了他原是一个男子，把观众吸引在剧情发展中。话剧也必须这样，该做的戏，诚心诚意地做，不该做的戏，决不随便开玩笑加作料；明明真女子并不扭得那样凶，可是在台上扭得真像风摆杨柳；一般女子的嗓子，并不那样尖厉，可是在台上，倒又尖又细像吹哨子；明明戏里不必要搔首弄姿，可是一上台就来这一手，甚至像某些旧戏的习惯在台上向观众四处飞眼儿。那早就成了个人单独□□，而不是认真地演剧了，既不给观众以真实感，又容易激起观众不正当的情绪，恐怕这也就是文明戏倾向之一种吧，影响社会，影响戏剧价值的，大概就在这儿吧。

男扮女装时，这种认真，是完全必需的，我们的演员要用新的眼光来看它。在部队演剧，在其他必要的环境下，应该认为这是一种技术工作，在话剧初起的时候，许多老将，如欧阳予倩等曾因需要而扮女角表现了他们的成绩，如果认真地通过技巧去创造，还应当有它一定的评价的。

第二，在装扮上要认真。就是说无论化装、服饰要尽量做到什么人什么打扮，避免不像或过火，有些打扮是一定要想法避免的。例如：

只在脸上涂上一层粉，包上一片头布，旁的地方，还是男人，或包一片头布，穿一身女人衣服，留一张男人的面孔。

照京戏打扮，眉心里点一点胭脂，眼眉往上吊。

只在两颊涂两块胭脂，像太阳旗。

不管三七二十一穿一身过紧的衣服，装上假乳，衣服颜色过于触目。

不管身份，在襟上挂一方彩色手帕，时而舞弄……

像这种打扮都是不合适的，不认真的。认真的打扮是要按照女角的身份、年龄、性格、剧情，抓到特点，在化装、服饰上，真实地显示出来。一般说来，打扮上应当和真女人装女角没有什么差别，京戏或文明戏的打扮是不能用在这儿的。适当的戏剧化是可以的，例如适当地强调丑美，但那不是无原则地卖花样。

第三，在男扮女装的场合，应当给观众以解释，用新的眼光来看它。因为□社会对演员的态度如上所说,尤其对于装旦角的存一种猥亵的心理,这种心理在官僚层和市民层发展得很凶,也流入了农村。旧戏界本身的没落,助长了这种坏气焰,末流的文明戏,台上台下和女角调笑作怪几乎司空见惯,这种心理的残余,可能部分存在着。今天我们无论对旧戏、对话剧的男扮女装,都要废除这种残余,用新的眼光来看,把它看作是正常的技术的表演,认真地相信它。因为这个问题的解决,是演戏的和看戏的共同的责任。

这是我对解决男扮女装问题原则的意见,因为男子扮女角的情形比较通常,所以没有提到女扮男,但问题,没有什么不同,态度和方法,是同样的。

(《晋察冀日报》1942 年 2 月 20 日,《晋察冀艺术》副刊第 30 期)

《晋察冀文艺》创刊号读后感

林江

多少日子了，我们渴望着边区有这样的一个文艺杂志！读后非常兴奋，把一点浅薄的感想记在下面。

我觉得《小姑娘》像一条清澈的小溪，流在晋察冀的土地上，传播着人民的不屈服的斗争！我们的小姑娘，当她还不该知道人间有这许多罪恶的年纪，也受到了日本法西斯的教训，在仇恨的血海里站起来，风雪里领着英勇的兄弟们去袭击敌人。作者的笔调像水一样流畅，像水一样地有情。但作为一个民间的传说，我想，如果更有农民的气氛，和农民的感情，那我们对于它也许会感到更亲切、更有味吧。

《寨主》之所以动人，是因为作者的的确确从人物的生活诸细节中、人物的行动和历史中艺术地把他介绍在读者面前。作品中有着作者的笑和眼泪，但作者并没有轻易施用感情，恰恰相反，作者是很懂得控制住自己的感情的，像——

"'这位——从哪里来呀？'我想叫同志，却收回去。"

"这位老爷立刻使我浮起那已经压在我脑中僻远角落里的紊乱的市影。……三年来我曾在各处遇到了不少刚从那里走出来的同志们，都是年青活泼，使人看到那黑暗城市里潜伏活跃着的火星，给人以慰藉；但面前刺目的人形，一时使我不能自持地陷入那曾使我厌恶了二十年的暗窟里，意外地懊丧起来。"

作者一开始就对这可敬爱的人物不抱好感，直到在崎岖的山路上，还是——

"我们悻悻地望着寨主，他像连动弹都不能了，简直是个累赘！"

作者用这样的手法，把寨主的真实的思想感情和可敬佩的行动在与作者的初面的不确切的认识的斗争中，有机地交织起来，在斗争中不呆板地展开人物的介绍，终于，使读者也不得不跟着作者——"我们笑了，大笑着，我们的泪都流出来。"

没有多余的废话，作者只集中笔墨来打一个靶子，同时语言朴素有力，这样作者便如愿地完成他的主题——爱边区的人民和人民自己的军队。

《锁》的缺点在于对人物的刻画无力。也许因作者对农民，特别是边区农民还不熟悉吧，这里没有更好地写出农民的对话、农民的感情和生活习惯。

对于题材的处理也是不够好的，没有更强调地在作品中布置斗争——农民陈满仓与他自己的斗争（从保守、对锁的重视转变到对新生活的认识、献锁打日本），旧一代与新一代的斗争。如果作者觉得有必要把新的一代写进去的话，最好是使他们与事件的进行活生生地联系着，而不仅是把他们接驳在小说的开端和结尾。这样会减去了主题的力量。语言的不够洗练，某些不十分必要的穿插，都会使描写逊色。

但《锁》还是我爱读的一篇作品。作者从一件平常琐事告诉我们，有一种什么力量在改变着旧的可咒诅的生活和农民怎样觉悟起来为着幸福的日子而斗争。作品中也有不少出色的地方，像尾饰"那也终竟锁不住什么的，我爹熟悉它！"有力地暗示我们一个新的主题：旧的生活将必被打破。总之，作者捕捉题材的敏感力，值得我们学习，由于作者的技巧的更加熟练，我预祝更好的小说的产生。

关于田间同志的诗，有各样不同的意见。我觉得，田间同志的大胆运用口语化的语言和新颖独创的表现方法是值得学习的。在《贫农和酒》中，我也这样感想着。

李又华同志的《武丁伯伯》，有着质朴的语言和深厚的感情。作者似乎受着古诗的影响。但在诗的语言上，愿作者更能解放一些，就是说更大胆地运用口语，突破个别的文言的调子，那么，诗篇也许会达到更新颖有力吧！

《王福禄》的作者，这在不多的篇幅中，过多地写了与她有关的人物和她的环境，而没有把作品中的主角时时安置在主导的地位，因此，对于在农村中常常可遇见的这样的年轻妇女，我们在现实生活中所给以她的同情要比作品中的王福禄多些。

《大众习作》这一栏的确非常需要，它将会给今天边区许多学习写作的同志以极大的帮助。希望杂志经常保持这一工作，并且说得更详细一些，举例更多一些。

批评和短论都为我们所必需，希望从此能够更加展开，那么，边区的艺术工作必然会因此进步得更快。

《高尔基的美学观点》《列宁和高尔基》《江布尔自传》使人得益不少，望以后常登载这样的文字。

（《晋察冀日报》1942年2月20日，《晋察冀艺术》副刊第30期）

怎样来进行文艺批评

邓康

文艺批评的任务,就是使更大多数的人了解作家的作品,扩大这个作品的社会意义。反之,它也负有纠正一些创作上不好的现象,(例如批评今天作品的公式化),指出作家应该走的路。更广泛地说来,它是负有把我们的文艺活动推到正确的广阔的路上去的责任。

今天我们谈开展文艺批评的意思也不外是这样。

那么究竟怎样来进行文艺的批评呢?

首先我们不应该用自己心目中固定的条件去看作品。这很明显,譬如:我们今天不能用全国的水准来批评边区大多数作者的作品。同样,也不能把作家的作品和刚刚写作的工人战士的作品来比较。我们应该看到地方的条件,要不然我们的文艺批评就会失掉它的积极的具体的意义。

但是,水准也不是死的,是发展的,四年前边区的作品和今天的边区是决然不同的。"一切决定于条件、地点和时间",批评者是应该顾及的。

及至当我们进行研究被批评的作品的本身的时候,批评者应该用最大的注意力去认识这作品所反映现实的深度,认识这作品的主题,因为由这里我们才可以清楚地知道这个作者的思想,知道这个作品的社会意义。从这个基础上,我们才可以进一步地去批评作品的技巧、形式……这里,那些舍本而求末的人,我们应该反对。只去看形式,只去看技巧,结果批评人家是形式主义,是主观主义,而自己却由于没有认清楚批评的真实的内容,反而投入形式主义、主观主义的圈子里。这种情形我们是应该绝对避免的。

批评者一方面是作者,一方面又应该比作者站得更高更客观;能像作者似的了解他自己的作品,又能站在批评者的立场去揭发这作品的优缺点，指出他的创作之路。为什么柏林斯基在文艺批评上地位那么高，那就因为他在很早很早的年代里，就预见了现实主义创作之路，他大胆地发掘了能够为现实战斗的作家，指导他们。有这样的一个文艺批评之父，俄罗斯的文学才更广阔地在世界上流布着。

过去批评家与作家似乎是处在敌对的状态中（这由于批评家不能更深切地去了解作家，提出的意见也不能使作家心服），但在我们这里情形是大大的不同了，我们是常常给我们的同志以友谊的生活上的批评的，这是我们今天进行文艺批评运动的真实的基础，作者不要怕被批评，而批评者也更要比作者自己更清醒、更清楚地指出那些作者自己不知道的缺点。

但批评的意义也一定要确切、要具体，批评的态度也更应该友善、真诚（批评者是一方面指导作者，一方面又跟作者学习的）。有些同志，常用一些模糊不确切的字眼来提意见，如："你的作品一般的怎么怎么样……"究竟怎么样呢？没有说出来，这等于没提意见，因为它反而使意见混乱了。

文艺批评运动在我们这里是刚刚的展开，批评的范围还狭小，仅是对一些作者、作品或出版物提出的意见，但这会逐渐逐渐进展的。我们今天的批评者也应该在这发展中间锻炼成为文艺的批评家，更多地学习文艺的、政治的知识，灵活地掌握马列主义的理论原则必须是我们文艺批评者提升自我修养的任务。

一九四二年二月十日

（《晋察冀日报》1942年2月28日，《晋察冀艺术》副刊第31期）

培养部队中的文艺作家

柳茵

什么是部队文艺工作的主要任务呢？用文艺来武装每一个战士。

如果这样的了解是正确的话，很显然的，我们开展部队文艺工作，单凭着几个属于知识分子的文艺作家，采访或整理一些有关部队生活、战斗的题材，写成作品，印给战士们去看，这不够的，而必须能使每一个战士（至少是一部分）也学会运用自己的语言，写出（或讲出）自己的（或集团的）生活、情感与战斗的意志。

就是说：有计划地培养部队中的文艺作家。

就是说：把文艺的武器直接交给每一个战士。怎样来完成这一任务呢？

首先，应该加强对于部队中初学写作者文艺理论和创作方法的指导。任何一件工作，想要做得好，是不能够和正确的理论、方法脱节的，文艺写作何尝可以例外呢？从前有些人曾否认或轻视过理论和方法对于文艺创作的一定作用，他们是盲目的"天才崇拜"论者，他们认为：理论和方法不仅对于文艺创作很少帮助，而且往往会约束了"天才"的奔放。不难了解，这种观点是非常有害的。我们必须认清：正确的理论和方法，对于文艺创作，能给予积极的指导和帮助，特别是对于一个初学写作者。自然，我们不是要作家完全变成理论和方法的俘虏，一切按定型产生作品，不是的，我们是要作家在创作中主动地掌握理论和方法，并不断地以新的经验去发展它们。目前，由于部队文艺工作的活跃，我们可以想象到：在边区每天一定有不少的战士和政工人员们，在思索着如何写出他们的作品；同时也一定有不少的战士和政工人员们，为了自己的作品不能表现真实的生活感到烦闷。在这种情况下，及时地向他们指出：如何来把握现实、反映现实，如何来完成一件文艺作品，难道还有比这种工作再迫切、再需要的吗？关于这方面，过去《战地文艺》是注意了，也开始在做着，比如它所发表过的《从一粒沙看一个世界》《追踪短小精悍的形式》等，都是对于初学写作者很实际、很亲切的讨论创作方法的文字。因而，我们希望各部队文艺刊物，今后要多多注意这一工作，并且把它进行得更有系统些、有计划些和更经常些。比如关于文艺中的素材、题材、主题、语言等，也许在我们已经成为粗浅（？）的或不值一谈（？）的问题了；但在一个初学写作者，也许正是一些应该了解而始终没有得到很好的了解的问题呢。文艺创作不是盲目的，理论和方法是它向前行进的路。今天边区部队文艺工作者的责任，就是指给部队中初学写作者以最正确、最直接的路！

其次，应该更加重视初学写作者的作品，给他们以适当的估价和更多的发表的机会。过去，我们在《战地文艺》《连队文艺》和《文艺轻骑》上，已散见不少这类的作品。从这些作品中（包括报告文学、诗歌等），我们可以看出两个明显的特点：一方面在作品里，无论是故事、结构，或者人物的描绘上，大都是比较粗糙和简略的；但另一方面，却充分地表现了健康、活泼、纯朴与新的情感和气氛。我们必须认清后面这一特点，而给作品以足够的重视，在部队文艺刊物上，宁可多登载一些这类的作品。同时，编者在做改稿工作时，也应该注意，尽量保存原作者的语言和风格；这种新的语言的积累和新的风格的形成，将是未来中国新文艺的最宝贵的财富。

最后，应该注意，在部队中除一部分能执笔写作的以外，也还有些人，虽然不能运用文字，却能根据他们丰富的斗争生活，用嘴讲出很好的传说、诗歌来。只要我们用笔记下，少许加以文字上的整理，便可以形成很好的文艺作品。以往在民间曾出现过不少这样的作家，在今天我们的部队中，恐怕也不乏其人呢。

开展部队文艺，是一件很艰巨同时也是一件具有非常意义的工作。

让大批的诗人、小说写作者，在我们的部队中生长起来吧！

让他们有一天真能这样来喊着自己：

"我们是一个战士，同时也是一个作家！"

二月九日

（《晋察冀日报》1942年2月28日，《晋察冀艺术》副刊第31期）

谈文学的语言

康濯

得承认,今天我们的文学语言有着很多缺点,这是我们创造民族的、科学的、大众的文学路途中一个大障碍。

我们的文学要求的是真正大众的语言。然而,我们却经常见到一大堆一大堆啰嗦、别扭,或者"华丽"得要死的语言堆积成的作品。事实说过:有些写作的同志,在写作时往往故意追寻和枯索"新"字眼、"新"词、"新"语汇;甚至自己还不认识或者不懂得的字和词,只要"新",只要"华丽""漂亮",也像宝贝似的抓住,而且再抓住,不放这些。一般地说,并不能以所谓"洋化的语言"的帽子给概括地戴上,而是一种什么不适当的"新"的文学语言的滥用,"天空闪烁着繁星……""血花激荡着……""风张开翅膀,嗖嗖地吹着……""……迤逦……""女人的奶子似的柔软……"同志!在我们的文学里,你大概看到过这些语言吧!请原谅我,当我想到这点的时候,我没有去找些更好的例子,我举的这几个例子,是很不够的,而且很不够"新"的,好在这是个老问题,事实谁都承认。

老问题还有另一方面,这表现在文学语言的记账式、口号化,或者叫作政治的杂音、新名词、新术语不适当地采用,是枯燥地叫喊"伟大"式的语言,而不是形象的艺术的语言。我们边区的一部集体的伟大的巨著《冀中一日》出版后,这部著作的编者之一王林同志写了一篇批评文字,对于这方面可说说得很深刻的了。

而我们很多写作的同志,也并不是不注意大众语言的搜集和运用,在我们的作品里,也到处可以看到写作者在这方面努力的成绩。然而,在这些宝贵的成绩里面,我们也看到大众语言运用的生硬、不恰当，甚至可笑。由于接近大众、深入生活以及对大众语言的研究均太不够，使我们的写作者，在注意到语言问题时，往往只能发现和运用一些皮毛的、缺乏生命的群众口头语。或者，根据自己听到的一些群众口头语，主观地创造"新的大众语言"，结果在一般写作的同志们自己看来，认为很不错，到了群众里面，却不免仍是庸俗和不接近了。

和上面所说联系着，我说：创造真正的大众的文学语言，首先应当丰富我们的大众语汇和词，没有这方面的努力和成就，要求对我们用来写作的语言突然改变，那只好不写。不写会是我们的罪恶，不写不行，要写呢？要最高度注意语汇和词的收集与准备。

苏联文学顾问曾告诉过我们一段这样的话：

"初学写作的人，定要给自己树立一个任务：要有自己环境下最多的词的储藏，或如一般所说的，要有顶大的语汇。

"莎士比亚所用的词有一万二千个，普希金所用的词有一万个，莫里哀所用的词有七千个……

"充实写作语汇的方法，主要有三：（一）灵敏地经常地注意生动的词句，研究民众的创作——口头的与书写的；（二）经常地细心阅读文艺作品；（三）使用专门参考书——辞典。"

而我们，应当特别注意三个方法中的第一个——研究民众的创作，我们应当具体运用：深入生活，深入生活！今天，我们有着值得骄傲的条件：我们是和群众在一起的，我们的房东、我们所住的村里的人，我们应当和他们生活得非常好。

不要以为群众的语言贫乏、土气，甚至没有办法研究和采用，我们更进一步地认识，不是简单地记录口语，而含有创造和丰富它们的意义，像今天一些区、村干部的语言，是值得我们重视的。

不要以为群众的语言不美丽，当我们满嘴"但是""而且""可能"等等时，群众自己的一套代替这些的语汇并不比我们的低级些、坏些。我的小本子上记着句这样的话："抗日就要大家一个心，疑疑思思的，又想抗又不想抗，这个日就抗不成！"这是一个老乡说的，这"疑疑思思"，谁能说它不美丽？

不要以为研究群众的语汇没有意思，太枯燥。当我某次和一个老乡走在一道，谈了很久，我忽然问起他"你什么时候离开家的？"这句话时，他想了半天，对我说："你是问我打什么工夫从家里动身的?"时候，我竟忘了听他下面的回答，我是那样好笑地兴奋着。我想只要真正去研究，和研究一切工作一样，是有最大的兴味和最大的意义的。

今天，大批大批从群众中生长的干部同志、大批大批小学教员、小学生和群众，常常热爱到抱住文学作品不放，而且偷偷地或者大胆地写作着。我和他们中的个别人谈过，他们竟会认为文学就是字眼儿"漂亮"，像"诗"那样的高贵，是很难接近的东西；而当他们偷偷地或者大胆地写作时，于是就从事"高贵"的"漂亮"字眼儿的填塞了。就从这点上，也够使我们呼喊：创造民族的科学的大众的新民族主义文学，应当赶紧强烈地□□文学语言这个旧问题。

（《晋察冀日报》1942年2月28日，《晋察冀艺术》副刊第31期）

肃清新闻工作中的党八股残余

在我们的报纸上，大家可以看到，无论是时评论文、长篇通讯或者新闻短讯中，党八股的残余都还严重地存在着：在时评论文的写作上，无的放矢、可有可无、抓不到痒处的一般化的文字与议论，虽不见得是连篇累牍，但也到处皆是；在长篇的通讯中，不必要的繁文冗句，不必要的描写与渲染、曲笔倒装，往往过火，要求生动，反而无力，并且几乎每篇通讯都有一套公式化的引题和结语，不合现实；在新闻短讯中，呆板记录、贫乏无味，大都是中世纪的记录式的体裁，而每则新闻，往往都带着一定的八股式的帽子，千篇一律，望而生厌；至于报上刊载的一般宣言通电中，则八股更多，人云亦云，无异于应酬文字，这些显然都极大影响于我们新闻报道的实际效果，必须加以彻底肃清。——这不仅是从事于新闻工作者的单独的任务，而应该是报纸的所有读者与投稿者共同一致的任务。因为肃清新闻工作中的党八股残余是反对党八股与整顿文风的整个任务之一重要部分。

应该怎样肃清新闻工作中的党八股的残余呢？我们要求的好的时评论文、通讯、消息的写作标准应该是什么呢？简单地说，我们所需要的论文是没有空洞字句和啰嗦废话的，要求论文的写作开门见山、斩钉截铁、明确扼要，尖锐地提出问题，也尖锐地解答问题，有话即长，无话即短，有什么讲什么；我们所需要的通讯是没有铺张胡扯、颠颠倒倒、舞文弄墨、装腔作势、效颦掩丑的，要求通讯的写作简短精练、率直具体、生动有力；我们所需要的新闻短讯是打破老套公式、死板记录的，要求消息写出抓住事件的具体特点、突出反映，特别欢迎恰当的分析与综合的新闻报道。至于充满八股气的一般通电宣言，一律要加以清除。

这个肃清工作，绝不是简单的文字技巧上的问题。如果为了避免八股气而专在文字技巧上去下功夫，甚至制造趣味、装妖作怪、以新奇为刺激，企图用趣味主义来打破八股气，那就是不容许的错误偏向。要知道党八股的最基本病根与罪孽是在于它的空洞的老一套，要克服这病根，基本上就得从内容的具体、充实方面着想，写作技巧上的趣味主义不但绝不能打破党八股，反足为害。写作还是必须严肃的，各种文字各有其特点，论文还是论文，杂感自是杂感。严肃，就是对于客观事物的真实反映。因此，要肃清写作的空洞、老一套的党八股，最重要的是要对于每一个问题，用精细的方法搜集丰富的材料，用周密的思考分析这些材料，用科学的观点判断这些材料，更用慎重的态度从材料的研究中得出结论，然后表现于各种适当的文字体裁，这样写作的东西才能现实具体、生动有力，这才是内容充实的文字，而不是空洞的文字。不从内容方面下功夫而单凭文字上玩弄花样，那简直是走到牛角尖去的极端有害的文字儿戏，绝非我们所应取的。单纯的文字趣味主义者，结果一定会变成新的八股家，这是我们必须预防和反对的！

由于新闻工作是天天和大众接触的，它对群众的影响最快也最深，因此，要肃清党八股的残余，我们首先就要从新闻工作中开始。

(《晋察冀日报》1942年3月14日)

写 小 故 事

歌

谈起来，写小故事是一件很有意思的事。

小故事借着它那口语化的描写、动人的故事，将作品的主题打入读者的心中，而且它使读者常常回味着这个故事，回味着这故事有意味的场面；而且由于它极富于口语化的特色，因此在乡村中也是很容易流传的形式。

有些人说小故事只是写小说的材料。我们说小故事也并不是这样简单；它在今天来说，除了负有宣传上的任务而外还有它的历史意义——它常常是某个时代记录的片段，是开放在历史路上的小花。譬如《水浒传》那是许多民间故事编织起来的，同时也因为有了这许多有历史生命的小故事，《水浒传》也才获得它不朽的生命。

那么我们今天说要写小故事，自然也是指有历史生命的小故事。这里是要强调提出小故事的真实性的（特别在今天的边区），虚构的小故事还是应该少写。

谈到在写小故事当中，把握住读者的兴趣，这一点是必要提起的。我们应该向那些村妇、村老去学习，学习他们讲故事的方法。我们写小故事的人，也应该站在讲述者的立场，引读者向故事中心行进，作品的主题也随着展开了。当然，讲故事的方法很多，但重要的是应该含蓄，使读者来回味、来思索。

由上面可以看出来小故事与墙头小说不同之点：后者注重的手法是在人物的描写上，而小故事则注重在情节上。人物与环境气氛的描写是完全溶化在一起的，是在行动中表现出来的。小故事中不能用很多的字来写景，也不能用很多的字来刻画人物。

我在前面说过，小故事是极富有口语化的特色，这一点是说明在写小故事中一定要大量运用口语。但运用口语还不单单是用在讲述（叙述）上，还要注意到描写，要给小故事以极丰富生动的场面，这样它给读者的印象会更深一点。

小故事虽然注重情节、注重故事的生动，但也要避免过分的夸张、传奇。由这一点说来，它与民间的传说也是不同的。

关于小故事的问题，曾记得延安《大众文艺》也提出过，但作者似乎只谈到搜集小故事的问题，但无论怎样写小故事是极有其重要意义的。至于在写作方法上，这里也只提到一些较原则的意见，关于这还希望大家用经验来充实它。

（《晋察冀日报》1942年3月14日，《晋察冀艺术》副刊第32期）

化装随谈

边

一、为什么要化装

为什么要化装？因为演员在舞台上演戏一定要演得像剧中人，所以改变演员的面貌、身体像剧中人的面貌、身体。如果要演一个老头子，那么演员并不是一个老头子，这就要化装了，不然怎么能像那个老头子呢？如果要演一个日本兵，演员长得并不像日本兵，那么这也要化装了。所以演戏一定要化装，不化装就不像剧中人，假如演戏的时候不化装，这样即使戏表演得怎样好，也是不会成功的，因为演员的面貌、身体并不像剧中人呐！

因为要使演员像剧中人，所以有时就需要把演员好看的地方、美的地方变成丑陋的、病态的。有时也正相反，演员的不好看的地方，也有时为着使他变成一个美丽的人物，而用化装把它们——他的缺点、丑点——都遮过去了。

但有时巧得很，演员的面貌长得和剧中人差不多很相像，这是不是还要化装呢？这马上可以回答：要。因为演员在台上演戏，距离观众很远，为着使观众能看清他的面部，所以也要化装。再说别人都化装了，而他没有化装，那他们的脸一定不一样，这样就会显得不统一而破坏了剧情。无论如何在舞台上演戏是一定要化装的。

二、化装的准备

化装也和其他工作一样，需要有准备工作。没有准备工作，什么工作也做不成。化装的准备工作是：

（一）人相的研究——化装主要的就是化装面部、改造面部，所以我们对人的面部的一切都需要研究——人的由于内心的变化而起的各种表情，以及构造这些表情最基本的东西——线条。

愁苦人的线条都是向下的，喜乐人的线条都是向上的，强悍有力的人的线条是直的，软弱人的线条是不直的……这些都需要知道才能获得表现性格与情感的方法。

（二）搜集材料——获得这种方法最有效的办法就是多多搜集材料。看到的、活人的、画上的，只要是看到关于人的面部的东西都可以搜集起来，这可以供你参考供你研究。

（三）了解自己——这是化装时最重要的。就是说要了解你自己的面部的缺点与美点，在化装时才能补救与发扬。譬如说你自己的鼻子低，你应知道这是你面部的缺点，以备化装时好补救。

（四）了解角色——这是演员在化装时应该做到的。重要的是确定角色的外形。外形怎样确定呢？这就靠演员到剧作里去寻找你的角色的外形了。确定了角色的性格，角色的外形差不多也确定了。没有适当的外形，是表现不出来角色的性格的，演员一定要仔细看剧本，详细做化装设计，这样才能化得好。

（《晋察冀日报》1942年3月14日，《晋察冀艺术》副刊第32期）

《晋察冀戏剧》读后

蓝静之

这刊物对于边区剧运是很有益的，这原因很简单，因为它密切地配合着边区剧运的发展，起着它的提高和指导的作用；它将为边区戏剧工作者所爱护，并成为行动中不可分离的伴侣，它本身具备了这因素，这是由于它真诚的关切的态度和严肃正确的立场出现的。

还是让它自己来说明吧。

这一期包括了一个特辑"对于目前工作上的意见和感想"，一篇是属于导演的基本技术之一的《道具的选择安排及使用》，两篇关于剧作的论文，及一篇难得和可贵的翻译《丹青科和青年戏剧工作者的谈话》，和一些短小的消息、报道等等约三万余字。

"对于目前工作上的意见和感想"这一特辑共十三篇，这是特别值得重视的。这是各方面的戏剧工作者的集体创作，联系起来看，可得出一个今后边区剧运发展方向的轮廓。对于这些在边区戏剧战线上的"现役军人"，从实际战斗中所痛切感到需要纠正和注意的问题，是不容忽视的！这里包括了戏剧工作各方面的问题（创作、研究、演出、乡村剧运等），有的是主观的偏向，有的是客观要求所造成，我以为戏剧工作者们都有深入研究这一特辑的必要！

崔嵬所写的《道具的选择安排及其使用》是一篇很好的文章，是理论与实际密切联系着的，不只导演可以得到实际的帮助，在某种程度上，也是演员必备的知识，像关于道具选择的原则、如何安排，以及把道具当作一个表演者所获得的效能，都有精湛的解说，并列举了大家所熟知的剧本及文艺名著为例，生动异常，内容既丰富，材料又新颖，在演出的创造上，定可予读者更多的启示的。

胡苏所写的《戏剧中的文学要素》，是一篇关于剧作的理论的文章（剧作法讲义中的一篇）：一、从文学在戏剧中的作用说起；二、戏剧的文学要素（脚本）的制约性；三、为演出而写作的剧本的特性。虽然是说理的，但也是剧作者应当认识的问题，行文虽较为艰深，但也易于领会，这在理论研究的提高上是必要的。

韩塞所写的《奇特与平凡》是针对着目前边区剧作的一种形式主义的倾向的指摘，虽然不是全部，但一部分剧作者确是只从"离奇的故事""惊人的手法"下了不少的功夫，以虚构代替真实，以"技术"吸引观众，于是"忽略了题材的现实性"，这是应加纠正的。今后的剧作应当是"要从目睹手触的人间事物中，寻找人，寻找人所造成的戏剧的真实"。这文章是值得剧作者们深思研究的。

沙可夫的"翻译"是不必再加以介绍了，《丹青科和青年戏剧工作者的谈话》是他在百忙中从苏联戏剧杂志上译下来的。这篇文章的作者丹青科是与史坦尼齐名的演出家，在这文章里阐述了关于演员处理角色的问题：演员在出场以前应如何准备？如何把演员技巧的概念和舞台上活的人结合起来？什么是"演员的气质"，又什么是"形象的气质"？舞台的定型是什么？等等，这一期刊载了《气质》和《在出场前如何准备》两节，是值得每个导演和演员精读的！

这是适合于戏剧工作者的良好的读物，虽然稍嫌专门化，和较为深了一点，但在作为研究和指导的性质的刊物是无碍的。

最后，我很喜欢这刊物的形式上的完美：刻板的清晰、印刷的精致、编排的活泼以及钟惦棐的封面设计都是佳作。

（《晋察冀日报》1942年3月14日，《晋察冀艺术》副刊第32期）

妇女·文学

——夜，炉边，三个男同志的闲话

林江

杨："三八"又过去了。（低头拨着盆里的火）

秦：它对于我还是一个新的节日呢。在外面，这一天就没有什么——对于这节日，你有何感想？

杨：我听你的口气，倒像个新闻记者，可惜我不是一个大人物呵。不过，真的，我是有些感触的，关于这一天！

（风，叩着窗户）

秦：说吧，说不定讲得比大人物还要好些。

吴：说！（打着南方口腔，很重的鼻音）

杨：每年的"三八"节，在那热烈纪念的气氛里，总使我想起一个妇女！她在我的生命中留下了一个深的印象，或者说，一个痛苦。这痛苦，每当想起的时候，就激动着我，鼓励着我前进。……唏，人真是奇怪的东西呵！

吴：想不到"三八"节对于你还有这样的作用！

杨：（不理吴，继续）自然，我也想到蔡特金、克鲁普斯加雅这些伟大的女性，但"她"给我的印象似乎更具体、更生动一些！她就是我的祖母。我的祖母是一个无父无母无兄无弟的孤女，以婢女的身份被我的祖父纳为妾，那时她才十七岁。在她的爱抚里，我度过了童年。寂寞里，她常为我诉说女人的痛苦，和她自己一生的辛酸的经历，那泪痕、那暗夜、那古老的大屋，至今还颤动在我的心里！

（沉思，火盆里的柴枝低声歌吟着）

秦：将它写出来吧，会感动和鼓励了自己的，常常也会感动和鼓

励别人，这是创作的条件之一。（以青年人的热情）并且，这都是我们的母亲们的痛苦呀！

杨：可惜我对于这痛苦的了解不够多，体验不够深！

吴：你大概要把这个任务期待于你的老祖母吧！

杨：当然，并不是说男人就不可以写出女人的痛苦，不过我总觉得妇女切身的痛苦由妇女自己来写，可能更细腻、更深刻、更动人！

吴：在文学上，曾读过妇女描写她自身痛苦的作品，也为之感动过，不过究竟不够伟大、不够深沉。像屠格涅夫在《猎人日记》中写出了俄罗斯农奴的灵魂，像高尔基写工人阶级的痛苦、愤怒与反抗的那样的作品还没有。

杨：这是有其社会原因的。谁曾在幼年伴同祖母、母亲或婶婶们在月下或炉边讲故事或唱木鱼书吗？谁就会感到妇女们爱文学、接近文学。更不必说普式庚曾从他乳母处得到天才的启示了。

吴：可是直到现在，革命的火焰烧得这样猛烈的时代，我还没有看见女作家们写过一本以妇女的痛苦、愤怒、反抗为主题的大作品。我们也有不少的知识妇女呀！

杨：这也还是有它的社会原因的，当然，并不是说我们大家，尤其是女同志不须加强主观的努力。可是怒的抽象的调头必须少唱，空洞的口号也必须休息！

秦：我曾在《解放日报》上看到一篇写安定县妇女生活的小型报告《离婚的申诉》，写出妇女在旧婚姻中所受的痛苦，和某些下级公务人员拘于传统压迫妇女的成见，阻挠了家庭妇女的解放。我觉得在今天妇女要求解放声中，这样的东西非常有意义，非常需要。

吴：（俏皮地补充）当然，这不是说就够了，而仅仅是开始。

杨：我也读过这篇文章，我完全赞成你的意见。毫无疑问，文学是妇女解放斗争的武器，并且由这样切切实实、一点一滴地来做起，也才是达到伟大文学的产生之路。

秦：是的，大家都应这样来练习，特别是女同志们，反映妇女的痛苦、要求与斗争！这比白白等待"伟大"的诞生好得多，对工作、对文学，都有益处。

杨：可惜这一点现在还不为某些革命的知识妇女所了解。

吴：我还听说有些小资产阶级出身的女同学讨厌做妇女工作呢，在延安时就曾费过不小的劲来说服教育。我读契诃夫的小说《爱》，在描绘了那个丈夫看到他的新婚的爱妻的种种缺乏思想的行为之后，写道："她快二十岁了……"我暗自想道：谁若是找一个受了教育的男孩，像她这般年龄的，拿来和她比，那相差多远呵！那男孩一定是又有知识，又有信念，和相当才力的。——唉，思想，思想是人的头等重要的东西！呵，我这话可别让妇救会听见才好！（他伸一伸他那灵活的小舌头）

杨：当然在个别的地方也许有个别的这样的事。老吴的一贯的主观主义该熄灯睡觉了。

吴：（变得严肃）不过的确——思想、革命的感情、深入实际的斗争，特别是对于今日农村妇女生活以及广大妇女同胞的深入的观察与了解，只有具备这条件，女同志们才谈得到用文学这一武器，伟大作品的产生也才有希望。

（风呼啸着，柴火发出愤怒的燃烧的声音）

（《晋察冀日报》1942年3月25日，《晋察冀艺术》副刊第33期）

看过《晋察冀画报时事专刊》以后

金沙

记得一九三五年左近,那是国内的"杂志年"。雨后春笋一般,出了那么多的杂志,各种各样的杂志互相竞赛着、斗争着,蓬蓬勃勃,盛极一时。出版事业是可以作为文化发展的尺度的,"杂志年"就正是新启蒙运动高涨的时期。

今年并不是晋察冀边区的"杂志年",但是由于斗争生活的丰富、广大群众的要求与自由民主空气的培养,却出版了不少的文化艺术刊物,这是新民主主义文化空前繁荣的具体表现。最近军区政治部又出版了铜板照片的《晋察冀画报时事专刊》,给边区的文化建设开辟了新纪录,真是一件可喜的事。

这一刊物的出现,正如"发刊的话"里所说,在边区还是创举。其实不仅在边区,就是在全国,像这样的画报也属凤毛麟角,不可多见。

从第一期的内容,首先我们就看到它的政治斗争性与现实性。它不像过去都市里流行的一些画报,大幅大幅的刊载着人体、静物、风景、女人的画片,这些逃开现实的颓废作品除了给人以柔媚空灵或浮华肉欲的感觉之外,再有就是粉饰、陶醉与蒙蔽的作用了。我们的画报,它走着另一条新的道路——三十张照片,把边区目前的重要活动,鲜明有力、活泼生动地表现在我们眼前了。这都是边区军民大众斗争生活的现实景象,这里我们看到了志愿义务兵役制的伟大胜利。高度政治觉悟的边区人民,成群结队潮水似的参加了志愿义务兵,我们看到了政治形势的初步成果;宣传大出击、深入到敌人的心脏,敌伪军由动摇而逐渐投诚反正,我们也看见了反法西斯的国际友人络绎地走进边区和觉悟的日本朋友在热情地做着反战反法西斯的工作；此外我们还看到狼牙山五壮士感人心魄的民族气节。所有这些活生生的事实，有力地说明了一个问题：晋察冀的力量在增强与壮大中，循着胜利的道路发展着、迈进着，同时也揭破了日寇对边区的一切欺骗宣传与无耻的造谣污蔑，在铁的事实下面，更显示了法西斯匪徒们的□语叫嚣是怎样的狂妄无力！这些事实必然地会转过来影响、教育边区广大军民群众，更加提高政治认识，增强胜利信心与斗争情绪。

其次，搜集材料的深入性与剪裁编制的组织性，也是这一刊物的优点。当然边区的摄影工作者，在五年抗战过程中，已有其艰苦奋斗的成绩在，不过单从这一期所刊的新闻照片来说，也可见他们努力的一斑了。在志愿义务兵这一辑里，不同的场面告诉了我们，摄影工作者是深入这一运动之中的，从最热烈的群众大会一直走到参军者的家庭角落，正像一个作家为了熟悉人物，从热闹的市场跟踪他到酒馆里、到他私人的卧室里，从他在大庭广众间的高谈阔论追寻到他对妻子儿女做生活琐屑的扯谈，因此这些照片里所表现的事物才能深入，所传达的感情才不单调。像青年一样，有狂风暴雨的朔拿大（奏鸣曲），也须有风吹芦笛的小夜曲，这样，感人的力量才来得更大。狼牙山五壮士一辑，材料的选取与配备是好的。虽然不能够看到五壮士当时顽强抗敌与壮烈跳崖的实景，可是从狼牙山的险峻形势，从两位壮士坚决不拔的英雄气概，已使我们深深感觉着牺牲精神与民族气节之庄严崇高了，棋盘石的遗迹、老君堂的道士，更给这英雄故事增添了一些令人怀想的插话。

此外，在制版与印刷方面，深受物质条件的限制，而竟能达到如此精致的程度，够我们兴奋的了。就是敌人见了恐怕也一定大为惊奇的，边区"毁灭"了？边区却开出这样质素健康、色彩鲜明的花朵，恰当一九四二年的春天！

还要提及的就是材料的收集还不够广泛。譬如志愿义务兵役制的实施本是全边区的,这里却只反映了一个县的两个地区,固然从一粒沙可以看一个世界,如果我们能收集到更多的材料,则其表现力量也会更强的。

在照片的构图上还没达到应有的艺术要求,成排成排的人像、大堆大堆的人群,这类的场面须要更好的设法处理,表现集体的力量不仅求之于广大,更须求之于中心,必须能把握一般现象中之突出者,摄取日常生活中最典型的形象。

最后我希望这画报能发行得更多、更广泛,使边区的军民大众都有阅读的机会,让这一支新民主主义文化战线上突起的异军,成为政治斗争上最锋利的武器。

(《晋察冀日报》1942年3月28日)

把文化工作推进一步

陕甘宁边区政府文化工作委员会最近成立了。这个委员会的组织，是边区政府推动文化工作的一个有力的步骤。文化运动在中国的革命运动上，历来就有着很大的作用，它是每一次大革命前的精神准备过程，又是每一次革命运动中间思想意识上的推动力量。抗战五年以来，文化界的人士是和前线的战士一样，同样在艰苦地奋斗，同样有英勇的牺牲。最近的例子，如香港的许多文化工作者，在敌人的飞机大炮直接威胁之下，甚至在敌人占领当地之后，还用尽最后一刻的努力，以进行不屈不挠的斗争。五年来中国民族战斗意识之所以不断地发扬高涨，悲观、失望、妥协、投降思想之所以不断地能被克服，抗战之所以能坚持，这中间，我们文化界人士的英勇奋斗也正有着很大的推动之力。

文化运动不仅仅推动着抗战，并且也有助于建国。陕甘宁边区的民主政治以及敌后各抗日根据地的民主政权的发展，具有赖于文化工作的地方也不是很微小的；边区政治上的设施、经济上的建设、生产技术的改进，以及文化上的提高，如果没有全国各地到来的科学技术人才、文艺家、社会科学者以及其他文化人士与知识分子的努力参加，是不可能获得现有的成绩的。这些文化界人士来到边区，忍受着艰难的物质生活条件，努力贡献了自己的力量和才能，这种为国为民的精神，不也是值得赞扬的吗？

文化工作在边区□□□就没有被看轻的。五年以来，这里团结了许多科学技术专家、文艺家、社会科学者以及知识分子，开展了延安的以及边区各地的文化运动。边区政府对于文化工作的重视，更在二届参议会通过的《陕甘宁边区施政纲领》里表现为成文的规定："奖励自由研究，尊重知识分子，提高知识与文艺运动，欢迎科学艺术人才，保护流亡学生与失学青年……"这就是边区政府文化工作的纲领，这纲领是全部施政纲领中的一个有机部分，它的实现是与边区的新民主主义政治的建立分不开的。

过去边区在文化工作上自然还有很多的缺点，不论在文化界人士的团结方面，不论在文化工作的开展上，都曾有过很多不正确的表现。主观主义、宗派主义、党八股的歪风，在文化工作上也曾给过很多危害，对于文化人士的狭隘的简单政治尺度的看法，对于文化工作的特点的忽视，对于各文化团体的工作不能依据边区的需要和边区的具体情形给予有计划的推动，这一切使得边区的文化工作没有能够达到它所应有的开展程度；而在政府机关里没有设立适当的组织机构来进行团结文化人士，及领导文化工作，更可以说是一个很大的缺陷。

文化工作委员会的成立，一定能除去这一个缺陷，而将边区的文化工作推进一步，因为这样的委员会用来推动文化工作，是很适当的组织形式。文化工作委员会是由政府聘请文化各部门的专家组织而成，它之所以适当，就是因为文化工作是有它自己的特点的，并且一般都是专门性质的工作，所以必须有文化工作的专家们的参加，才能够将它的任务担当起来。

当着文化工作委员会成立的现在，我们有几点意见贡献，作为它的工作的参考。

文化工作委员会在工作上不要简单地只成为一个事务机关，而必须掌握着新民主主义文化运动的方针，来领导边区的文化工作。具体地说，就是要努力从事实现边区施政纲领中的前面所举的文化纲领，这是一。

在推动工作中必须对于边区的文化人士、文化团体等加以研究和理解，必须切实地认识边区对于文化工作的需要，以及开展文化工作的可能条件，根据这些具体情况来进行推动工作，这是二。

在团结文化界人士上应采取更大的开门的方针。目前边区在文化人士的团结工作上，范围还是很欠广泛的。我们还没有将各派文化人士都能召到边区来工作，我们这□□着的，主要还只是少数最进步的分子。应该采取各种办法和设施，使一切抗日的文化人士都愿意来到边区工作，这是三。

最后，对于边区的民众文化工作，希望文化工作委员会能够特别加以注意。边区民众文化的落后，对于新民主主义的政治的发展是一个不小的障碍，民众文化水平的提高，是当前很迫切的任务。因此，文化上的专门化和深入化的工作，固然必须努力去做，而普及化、大众化的工作，也至少要用同等的力量去加以推动。

上海租界被敌寇占领，香港陷落，中国就随着失去了两个重要文化据点。在大后方仅有的几个都市上，文化运动自由发展的光辉，仍然似乎黯淡得很。当着这样的时候，陕甘宁边区在全国文化运动上的地位，是比以前更重要了。我们希望边区政府文化工作委员会的成立，能把边区文化工作大大地推向前进一步，希望它能起伟大之文化领导作用，以照耀全国。我们预祝边区文化工作委员会的成功。

（《解放日报》）

（《晋察冀日报》1942年3月31日）

读班威廉先生《我怎样来到边区》后感

黎阳

在太平洋战争爆发后不久，我们就听到平津方面有一些英美荷奥等国的反法西斯战友们，已冲过日寇的封锁线，到边区来了。我们都兴奋地迎接着这些国际友人的到来。最近从《晋察冀日报》上，我更兴奋地读到了班威廉先生的一篇《我怎样来到边区》的文章。他虽是一位物理学家，潜心于自然科学的研究，对政治问题素少涉猎，但来到边区后，却能注意到边区政治文化各方面的活动，并提出许多积极的意见，这实在是值得我们重视与敬佩的。

班威廉先生在他那篇文章里，除了告诉我们那些紧张艰难的脱险经过之外，还扼要地叙述了他对边区的印象。这正是边区每一个人都热切希望着的宝贵的批评和意见。班威廉先生，像连年陆续来边区参观和访问的那些国际友人一样，看到了边区人民自由愉快的生活，看到了边区军民亲密的团结，听到了边区人民"英勇而愉快的歌声"，惊异和感动于边区各方面近年来飞速的建设。这些现实，在我们的外国朋友的骤一接触之下，显然会感觉到边区经过四年多艰苦的缔造，已经改变成和中国旧社会完全不同的新样子了。

的确在边区，军阀官僚的专政已不存在，代之而起的，是最广泛的民主政治，是统一战线与"三三制"的革命民主政权；早先那种压迫人民的"特殊的武装"——军阀的军队已被肃清，代之而起的，是八路军，是边区人民的子弟兵，是中国历史上从未有过的人民的武装；封建的额外剥削已被废除，今天边区实行的是减租减息，取消苛杂；少数特权阶级的教育与普遍的文盲现象已经有了重大的改变，边区实行了普及的免费的义务教育；"妇女奴役"基本上已成过去，今天边区一般地实现了男女平等；过去人民无权的现象已经改变，全体抗日人民今天掌握了行政司法各方面的实权。以上这些，就是今天边区政治改革和社会改革的大概的轮廓，它说明今天边区已排除了半殖民地半封建的因素，走上了革命的三民主义亦即新民主主义社会的大道。

但是，说到这里，班威廉先生说"在短短的两年中边区已进行了彻底的社会的、政治的革命……边区已经完成了苏联经过多年的流血革命终竟完成，而西方各国根本还没有起始的事业"。这样却未免把边区推崇得过高了，使我们在这过分的夸奖之下，实在感到万分的惭愧。如果拿现在晋察冀边区和现在的苏联比较，事实上是无从比起的。

今天的苏联，是已经彻底实现了社会主义革命，正向共产主义迈进的国家；而现时中国的革命，还只是新民主主义的。它的目的，还在于终结中国这个殖民地半殖民地半封建的社会，建立一个革命三民主义的亦即新民主主义的新中国。而这个新民主主义社会离着社会主义社会，还有很远的距离。它跟社会主义是两个不同历史阶段的东西。边区四年来在抗战建设上，在军事、政治、经济、文化各方面的一些成就，固然也可说是形成了历史上一件革命的"奇迹"；但今天边区所得到的这些成就，还只是三民主义共和国建设的开始，单说离孙中山先生革命理想中所要建设的，同时也是新民主主义所要求的独立、自由、幸福的完美的新中国，也还有一定的路程，自然，更是不能跟今天社会主义的苏联来媲美的。边区成立以来，所实行的一切政策，完全是统一战线的政策。因为我们抗战和建设抗日根据地的目的，是为着驱逐日本法西斯强盗，建设一个以各革命阶级联合的民主专政为基础的三民主义的新中国，同时，并配合英美苏等友邦击溃德意日法西斯主义。

班威廉先生刚来边区不久，一路的见闻，多是一些比较表面的现象，一时未能深入到问题的底层，对边区的政治情况还不大熟悉，因而，说到对边区的印象、对边区建设上的一些成就，也就难免有过高的估计和过分的称扬。我读罢班先生的文章，在兴奋之余，深有所感，故特就今天边区发展的实际情形，简略地提出一点意见，或者也可以作为新来边区的国际战友们在进一步了解边区时的一点参考。

　　边区成立四年多了，正如班威廉先生所说，它是"在敌后，在敌人经常来破坏的威胁下"建设起来的。在这件伟大的创造事业中，许多国际反法西斯战友们曾给了边区不少的帮助。比如，白求恩博士所遗留在边区的业绩，是边区军民永远也忘不掉的。现在，当反法西斯斗争接近最后胜利，但也是华北敌我斗争空前剧烈的时候，班威廉先生等都决心来参加边区军民战斗的行列，并愿忍受艰苦的物质生活条件，致力于边区进一步的建设工作，边区人民自有说不尽的感激。我们深愿跟新来边区的国际战友们在一起，并肩合作，向我们共同的敌人——德意日法西斯强盗，进行最后胜利的战斗！

（《晋察冀日报》1942年4月1日）

对创作连环图画说述几点意见

钟惦棐

一、故事

连环图画一般都有故事,而且故事应该是越具体越好,过去《抗敌三日刊》上的《李铁牛》、一分区《战线通讯》上的《王大虎》,在这方面都是呱呱叫的,特别是《王大虎》,据说在战士中更能够得到热烈的欢迎。也就是因为它所采用的故事能给战士们极大的兴味。

——这里我有几幅《王大虎》的连环画,其中的一个标题为《丢脸的事》,全幅有四个画面:(一)大虎放哨,他不好意思跟女人讲话,有两个女人过去了,他一想不查路条也不对,于是就红着脸喊:"你们回来,呃!"(二)他一看路条,只有"月""日"认识,他装作认识,嘴巴也动着,念了半天,他又问:"你们是哪里的呀?"(三)女人说:"路条上写啦,你不是看过了?还问我们干吗?"大虎无话可说,只得把路条给她们,他的脸红得像猪肝似的。(四)他打了自己一个耳光子,他说:"大虎呀,你不努力识字你真丢脸呀!"他又追那两个女人,他说:"站住,站住,我不认得路条上的字,我还得问问你们!"

表现成为连环图画的故事,实际上也就是连环图画的题材,能够成为艺术的题材必须具备它的具体性、形象性和典型性,这是艺术上一般的道理。但如何处理一个题材,这是需要作者的匠心的。比方关于狼牙山五壮士的连环图画,我们看见有许多在结局的时候总是摆着几具死尸,或者画连队上怎样欢迎两个归去的战士,但是在我看见三专区抗战出版社印的《狼牙山五大勇士故事》的作者在处理这个故事的时候，就采用了比较新的手法，就是说作者（曹正风）在第三幅画了战士们打碎自己的枪（远处已有人在跳岩）后，第四幅却是一个日本兵望着岩下落泪（近处亦有一个日本兵在哭泣），这样，故事就更增强了它积极的一方面。从这里我们可以看到，连环图画故事的大团圆并不一定就能表现故事的完整和有力。比方在另一个连环图画《不投降的小姑娘》（孙逊）中，小姑娘大骂了劝她投降的县长夫妇以后，故事并没有结局，但是，读者完全有可能去同情和尊敬这位小姑娘，并不时为她担心着。相反的那些老是"胜利归来"的结局，倒不过是证明了作者的老套，而不易引起读者的爱好，也不易启发读者的想象力。

——但又应该注意那些不断斗争的英雄，结果总是英勇牺牲，这也是大团圆的另一种处理方法，而且往往容易丧失了主题的积极性。

本文之一节曾发表于本刊三十五期，而续稿亦经寄出。唯因交通不便，以致发稿与排版之间未及配合得好，故延误至今始刊出。特此向读者及作者致歉！

——编者

二、画面

这恐怕是今天在连环画创作中最容易为作者忽略的一个问题，一般差不多都仅仅做到了故事的说明图，比方《王大虎》，故事大都很好而画面大都很差——一般都缺少变化，老是几个人翻来覆去，画面很少美的成分。因此，我认为在今天来谈画面的时候，也大致就是这三方面。

第一，变化。（为了方便，我仍引用曹正风同志的《狼牙山五大勇士故事》做例子）五大勇士全部只有四个画面，但每幅都发挥了它的特性：（一）五勇士向山下射击，战斗是很近的。（二）战士摆得很远，近处是日本兵吃手榴弹。（三）（四）见前述。这样就使每一幅都给人以新的印象。再如美协最近编印的《连环画集》中，徐□同志作的《平沟》连环图画四、五两幅也充分地发挥了这一点——注意到了画面本身与画面和画面间的变化。

第二，连续性。连环图画的画面需要变化，但它却不能变化得一幅在天上、一幅在地上、一幅在山沟、一幅在海洋式的变化，在变化中又有它的连续。比方《狼牙山五大勇士故事》很有变化，但它却是用同一个山头作为背景，这样就使读者感到了一种熟悉。沃渣同志的连环画对于这点也注意得很周到，我看过他的一幅连环画（题目忘了），就以村头的一棵树作为连续的媒介，在变化的时候只是把这棵树摆远、摆近或者左右调动，这样读者也就感到有线索可寻了。

第三，画面美。换句话说，也就是要在构图、明暗、笔触上多多推敲，不要都弄得漆黑一团，或者使读者看得厌烦，透不过气。比方《王大虎》里的一幅《骆驼表哥》，构图上都一味是铺满，人物的安排上，四幅中有三幅是两个人在同样位置上的画面，而且调子平淡、笔触零乱，这样就多少使它在艺术性上有些损色。

我想：边区今天的连环图画创作是到了应该来注意这个问题的时候了。故事在连环图画与戏剧或小说中，前者是不及后者重要的。比如柯勒惠支关于农民战争的连环图画（七幅铜刻），本身是没有什么故事性的。再，比方《连环画集》中的《平沟》也没有什么故事性，但在全集中，《平沟》确是比较好的作品。

这就是说，连环图画仅有了故事是不够的，它还需要生动活泼的画面。

三、人物

在这方面我们要求作者应该熟悉他所描绘的人物，并能注意到他所描绘的人物的特点（典型性）。自然，我们在这方面所遇到的困难会比叶浅予的《王先生》要多一些，因为我们今天一般人物的特性并不如过去的那么明显，特别是战士——如李铁牛与王大虎，但这个困难又是必须解决的，更特别是像李铁牛和王大虎这样的人物，如果没有一定的特点，他给读者的印象则仍是故事而没有人物。

对于典型人物的创造，自然不是一件轻而易举的事，但给与他某些特征那还是可以的，比方靳夕同志的《大咀巴》，这样的特征是不会妨碍主题的。

能够确定一个人物（如毛三爷、三毛、牛鼻子）或几个人物（如王先生、王太太、小陈、阿媛）来发展一个主题，并给这些人物以特征，这样是只能帮助主题的发展，而决不会赔本的。

这是说作为一个连续漫画的主人公时应注意他，同时在一般的连环图画中也应该注意他，比如《抗敌画报》第三十六期上的《我是个该死的老混蛋》一幅连环画中，对于老混蛋的刻画是很深刻的。孙逊同志的《不投降的小姑娘》中对于小姑娘、县长和县长太太的刻画也都很深刻。

最后，我以为在一般的连环画，特别是所谓事实连环画中，人物的描绘不应该有漫画似的夸张才好。在最近看到的《抗敌画报》三十九期中孙逊同志的民族气节故事画《脱险》中，日本兵的漫画趣味重了一些，这不是说我们对于敌人丑态的夸张或者说漫画的描写是不应该，而是说这种手法和这种人物，在一幅画上和别的人物显得不很调和而已。而在另一种格调中，比如李劫夫同志的《当烽火烧起在太平洋的时候》（《抗敌画报》第四十期），对日本人描绘得夸张却又很得当。

四、环境

恩格斯说了几句很有名的话——现实主义是除开细节的真实之外

还要真实地表现出典型环境中的典型性格。而我们的连环图画，却厌战都在这方面注意得很差。比方最近在一些描写日军□□的连环画中，有的就在一张纸幅上画了一个日本兵在那里低着头，其实这样的画面无论怎么也不能说明他在想家的，中国旧的诗中有一句话："每逢佳节倍思亲。"这也就是说这种"倍思亲"是由于"佳节"这个环境中引申出来的。沃渣同志最近在本刊上发表的《无声的凯旋》，描写一个日本人自杀了，而这种自杀的行为如果我们推敲一下，那又是不可以和那阴暗的调子、□□的烛光、爱妻的小照分开来。

在《不投降的小姑娘》中，我特别注意第一幅县长屋里墙上挂的那张日本人的照片，因为这张照片说明了这个特殊的环境。

连环图画要能够给人以真实感觉，除了人物的细心刻画外，便还须要注意他的环境，也就是说，这个所描绘的画面是在现实的空间中发展而不是在"虚无缥缈"中发展。应该多体贴人物的动作和表情，并给与这些动作和表情以适当的环境作依靠。比如《我是个该死的老混蛋》之所以生动，原因是作者能够注意他在每一幅中所处的环境：第一幅的选举，第二幅的献媚，第三幅的逃遁，第四幅的尴尬，第五幅的惭愧，作者都能以适当的人或物的衬托去烘托他。

五、标题

像我前面所举《王大虎》那样的标题，生动自然生动，但总显得长了一些，这样读者有时倒反为那生动的标题所吸引而放过了画面。因此，我以为最好的连环画应该做到每幅画不用标题也都能看得懂才是——这需要较高的表现能力，今天我们一般还不能做到。

那么，我也认为连环图画的标题——

第一，不应该过长，尤不应该有超画面的描写（比如"他的脸红得像猪肝似的"之类）。有人说像《王老五当兵》那样韵文似的标题老百姓很欢喜，如果是真的，这当然可以采用。

第二，少用说明似的标题（因为画面已做了最好的说明），而把标题作为人物内心想的或者对话。比如梁奋同志画的《王明哲的悔悟》（边区美协编连环画集）中第一幅，当王明哲拾到了日本飞机撒下的欺骗传单（传单上写"不跑的皇军就不杀的……"），在那里看的标题是——啊！这就保险了！这样的标题是可以帮助画面的。

第三，只把画上人物讲的话写出来，而且就划出一块地方写在画面上，这也是可以的。这中间好处就是读者可以更明白上面的话是谁讲的，缺点就是容易破坏画面的完整，但今天一般的都采用这种方法，大概是这种方法在连环图画中是允许的。（续完）

（《晋察冀日报》1942年4月10日、6月4、17日，《晋察冀艺术》副刊第35、39、40期）

"艺术节"

罗东

"艺术节是检阅艺术工作者的力量",这自然是应该做到的头一条。但以往,说是这样说的,做却做得不好,演出几个晚会,这当然是力量咯,但并不是全部。

艺术工作者力量□□的检阅是演出,是展览会,是……而其中最主要的是艺术上的创造!贯穿在我们五年敌后艺术生活里的一个活的因素是"创造",边区的艺术是在"创造"里才获得进步的。看不见那些"创造",看不见那些"进步",而大吹大擂地斜着眼睛看"艺术"和"艺术工作者",我会毫不犹豫地送他一顶帽子:主观主义。

边区的艺术工作,自然有很多缺点(我们正在进行检查)。《解放日报》告诉大家要"脱裤子",艺术工作者首先要响应这种"脱裤子"精神,要脱得光,更要不怕人家在光屁股上打几下。

所以今年的艺术节,要检阅自己的力量,似乎应该放在这两方面。

(《晋察冀日报》1942 年 5 月 6 日,《晋察冀艺术》副刊第 36 期)

我们的宣传

邓康

没有问题，我们的艺术宣传工作直到今天都是要围绕着这个攻势的中心的："瓦解敌伪，争取沦陷区人民。"

这个活动的主题是异常广阔的，我们的边区是四面接触着敌人，但是我们在把握敌、伪、沦陷区人民的情绪以及对他们生活状况的了解上还大大的不够。主观主义还在作祟，党八股还在唱着调调。

而出现在艺术领域上的党八股，它的特点也至为明显的，一句话就是内容的公式化。人物是装上去的、死的；结构是定型的，老一套；感情是不真实的，不能激动人；语言是无活人的气息；……

这许许多多的缺点在我们所制作的作品中是严重的存在着（这例子是很多的）。许多作品不要说我们看了没劲，敌伪军、沦陷区人民看了也不会发生作用的。发了□的纸弹是击不中敌人的！

因此，我们在进行对敌宣传攻势当中，不能不要求各个艺术团体进行对艺术上党八股的清除工作，而且把这中间的经验教训发表出来作为大家的参考。

自然，我们还不能完全否认我们活动中的成绩，特别是有些艺术团体分批派人到沦陷区、游击区进行宣传的活动，这是一个很好的办法。

在另一方面，我们还应该搜集和研究敌人的宣传材料。敌人的宣传材料特别在形式上是颇为注重的，因此，我们也必须注重到我们的宣传工作的多样化，要注意我们对象能接受的程度，主观主义地乱放一通是不沾的。

一般地说，我们的宣传是处在政治上极有利的条件下，但怎样把这些政治上有利的条件化成为艺术的力量，深入敌伪军的脑子去，深入沦陷区人民的心里去，这是要我们研究与努力的，而这样的艺术也才是真正的艺术，才是真正的宣传活动！

(《晋察冀日报》1942年5月6日，《晋察冀艺术》副刊第36期)

艺术字商榷

方用

艺术字传到中国来，我说不清究竟在什么年头。大致这和外国的商品输入很有关系，因为商标和广告大都是艺术字的。

现在我们还经常可以看到大革命和一九三〇年左右的艺术字，大半都不很规矩、难看。抗战前几个年头，中国的艺术字似乎有一些发展，但大都用之于一些药品和香烟的广告，字体非常恶俗。

边区没有广告，但"坚持抗战到底""拥护双十纲领"之类的大小标语，确乎比比皆是。现在似乎大家都有一个信念：就是标语不论大小，不论墙头或是纸上，不写则已，一写则必须是艺术字。这里很显然的可以产生两种现象：

第一，由于一些写"艺术字"的人对于艺术字了解不正确，以为艺术字一定要写得东倒西歪、上下脱节（刘伯承将军名之曰"吊死鬼"），一直弄得不能认识而后已。据说在冀中的墙上标语，花样极多，有的把一个字写成桃子形，有的写成茶壶形，形形色色不一而足。这真是活见鬼，试问把一个字写成桃子形、写成茶壶形究竟有什么"艺术"呢？我以为这种无原则地变化、随心所欲地鬼写，不但不能称作"艺术"，倒是给艺术的一种污蔑。借托尔斯泰的话说，如果我是沙皇，我一定要打这些写"艺术字"的人两百板子，罪状是因为经他这么"艺术"之后，老百姓根本不认识，而识字很多的人□□不知道这究竟为何物？

第二，因为一些宣传工作人员在脑子里已经确定了，写标语必须用艺术字，而写艺术字就成了做美术工作的人的天职。最近接到一个美术工作同志的来信说："我们近来创作的时间极少，大都忙于写标语,宣传科给我们写的标语实在多,而每条标语又大都是照宣传大纲或《解放日报》的社论直抄,因之每条不下两三百字,一天忙到晚,实在头痛。"说句私心话,边区美术工作者对于写艺术字实在没有多大兴趣,特别是那么冗长的标语,差不多耗费了自己绝大部分的时间和精力,现在军区下命令禁写"艺术字",这在我们是应该首先赞成,举手称贺。

但现在的问题是这样,军区下令禁用艺术字,是不是将来我们就不会再看到或者再写艺术字了呢?我以为不会。因为军区下令禁用的是"艺术字",就是说括弧里的艺术字,这样的艺术字正如三月四日《晋察冀日报》社论中指出的:"'艺术化'诚然是很'艺术化'了,但是写的人似乎是只顾自己欣赏为满足,而下定决心不叫别人看得懂,真不知是何用心?!"这样的"艺术字"我们应该坚决反对,给群众看的艺术字应该坚持规矩、清楚、易懂的原则,像生活书店出版书籍封面上所采用的字体,一般都很正规、清楚、大方,并不有什么难认,这也是一种艺术字——根据宋字稍加变化的艺术字。在中国正楷书法中,也有所谓柳(宗元)字、颜(真卿)字、王(羲之)字等,而其中以颜字为正宗,学书法的人大都知道,学写颜字是不会走入邪门的。那么我也认为今天的艺术字应以根据宋字的印刷体为正宗(这种风格接近颜字),而在一些特别的对象和条件下(如对象是较少的知识分子,而写的又属于一种装饰性比较重的东西),为了构图和调子上的统一和调和,字体加以适当原则的变化,则仍然无关大体,而且有时是必要的。特别是一些招贴画,上面的标题是一定要用美术字的,因为中国的所谓赵(子昂)字、柳字写上去无论如何也不会调和。中国如此,西洋也是如此,比如我们看到过去西班牙和苏联的一些招贴画,也是把拉丁字母加以适当变化,看起来非常触目而有力量。

美术字在抗战后的流行，也并不是偶然的，写得好不但整齐美观，而且特别在书写者方面讲，这是一个书法的捷径。因为要把柳字、颜字写好，这并非数日甚至数月的工夫可以办到的，然而美术字可以在熟悉它一些简单的规律后可以很快地学会书写，这对于标语宣传实在也还是有着莫大的裨益。因此问题不在于美术字的本身，而在于书写者对于美术字的正确认识和了解，比如据我所见到的：西战团、火线、抗敌……几个剧社写标语时所用的美术字，那还是很正规、很好看的。像这样的艺术字应该发展，桃子形、茶壶形的"艺术字"应该消灭，不然则是因噎废食，而使标语宣传受到损失（在标语宣传上，不但字体应该注意，而且写的地方也值得注意，比如在□□□堂内写一长串一两人大的标语，使人见树不见林，不认识一字，或者不择地方，随便乱写）。

但在有些地方，怎样好的艺术字也是不行的，比如题词、碑文、挽联之类。

至于"艺术字"而又简笔，这更应唤起我们百倍的注意，因为我们的"艺术字"，不仅表现在写得难看，同时也表现在写得难认。虽然这中间也有书写者的苦衷在，比如□□□□□□□□□繁或过简，而需要加以适当的变化和调整而求得全体的统一，但这只要我们更能匠心经营一番，困难也并非不能克服，而又何况一些写出不能认识的简笔"艺术字"，并非为了形式上的美，而是在随心所欲、自作聪明呢！

三月十六日

（《晋察冀日报》1942年5月6日，《晋察冀艺术》副刊第36期）

保存"艺术"
——一个问题的提起

见

艺术是由一粒一粒的血创造的,艺术工作也是由一粒一粒的血创造的。这方面最大的表现是出版物。外方参观团要考察工作,首先要看看出版物,我们为了检讨工作、互相观摩工作,也往往要组织个展览会。为什么?因为所谓出版物,并非仅是纸,而实是一种血的记录品。

道理很平凡,然而却有很多同志不注意甚至漠视这点。要看的先看印得漂亮不漂亮,要留的也留下"漂亮的印刷",否则大半置之火中。我们想:从此劝大家,特别是艺术工作者自己要保存"艺术",要用一切的力量、要用艰苦和耐心来保存"艺术",要将这种"保存"的精神推广和壮大起来!

轻装的号召,在我们,主要者是要我们将自己的破衣服少带些、破东西少留些,而不是一定要我们将艺术物毁灭和丢弃。正是因为我们所处的环境,我们才更加要提起这问题。我们的道路是长远的,我们的工作也是长远而多面的,为了未来,我们往往不得不看着过去、现在。是的,过去和现在的东西也许是很幼稚的,但世界上一切的伟大和高大,都是从幼稚开始而成长。所以,保存"艺术",也不是简单地保存少数作者的好东西、个人爱的东西、印得好的东西,而是连幼稚、连丑劣一起。

保存的工作,是精炼的工作,更是全面的工作,离开"全面"的"精炼",这不是社会式的精炼。

保存的工作,是和艺术工作上的调查研究工作分不开的工作。许多地方要想开始研究一些问题，然而着实感到无东西可研究——因为，本来是不能空手研究的啊。

说到这里，不妨也说一个别的问题。譬如书籍吧，今天才有很多人实在感到无书可读了，虽然这样，却也还有人不关心书籍，把书籍乱抛一气，随便地卷到口袋里。……好吧，"反攻"快来了，将来到北平去，到天津去，还怕找不着书吗？有的是。但我想冒昧地先劝告一下、先预言一下——敌人是不会妥妥当当地替我们保存"艺术"的，敌人唯恐我们的艺术、我们的文化不光蛋大吉吗？

（《晋察冀日报》1942年5月13日，《晋察冀艺术》副刊第37期）

形象、想象

——答复读者王琨同志的两个问题

蔡其矫

问：往往有些人批评我的诗形象不够，究竟诗的形象是怎样的和怎样努力做到这一点？

答：诗人不能是以抽象的概念来反映现实，而是以具体的形象来反映现实，这就是诗与一般论文的不同点。有些人批评你的诗形象不够，也许你的诗多半是概念的叙述，充满口号和标语。这是写诗所最忌的。究竟诗的形象是什么？譬如说吧，敌人现在实行的自首政策，是非常之毒辣的，你假若要把这"敌人的心最毒辣"这一概念，你若是把它写成诗这样写："日本人心里所想的全不是好事，有人要是相信了，他自己就要受到毒害！"这讲法在论文中是不错的，在诗里面却嫌太抽象，在我手头有一首绥远的歌谣，说的也是这个主旨，但它却是另一说法："蝎子的尾巴马蜂的针，蛇的牙齿，日本人的心。"只需两句话就非常了然，而且说不定读的人都会受感动。不过这个写法只是创造诗的形象的许多手法之一 —— 比拟的方法。而最重要的是你要能拿具体的事件、具体的性格、具体的景物、音响、画面（特别是这最后一项在诗歌中最重要）来表达出你的思想，具体是最要紧，拿具体的东西来在理论上和情感上说服读者。至于怎样才能做到这一点呢？创造明晰的形象，是靠你的想象与联想，而想象与联想是由生活决定的。"诗人愈经验了丰富的生活，愈能产生丰富的形象。"（艾青）自然，注意学习名家的诗篇，注意民间的歌谣，注意收集大众语汇，经常做记录工作，把随时随地听到、看到、想到的记录下来等等工作，都是必要的。

问：幻想（大概是想象之误 —— 笔者）在艺术上有什么价值？我们应当怎样运用它？以及如何培养？

答：假若你问的是幻想，幻想在艺术上依然有它的价值；幻想常常是思想深邃的结果，是诗人由于某种暗示而向"未知"的探索，它可以发现所未曾发现的事物。但若没有深邃的思想、极宽阔的人类感，则幻想将是浅薄轻浮的。似乎初学写诗的人不好来谈这问题，所以我想你问的大概是想象二字之误吧。假若是这样，我倒愿意说几句。"想象本质上是对于世界的思维，不过它是形象的思维。"（高尔基）因此想象不是无中生有，它还是现实的土地上生长起来的；想象的内容是经验的累积。所谓经验实为世界认识的结果，没有经验不能产生想象，譬如，你没有海的经验你不会由蓝天想到海洋。但经验并不就是想象本身，过去的经验现在回忆起来这仅是记忆，记忆旧经验不能产生艺术和诗歌，它必须有新经验的呼应而两者综合起来。想象在诗歌中的重要，有如鸟类之翅膀，有了它才可以飞翔。一切的拟人、托物、比喻、联想、象征，全是想象力的结果。想象力是可以培养的，最主要的还是生活体验，而且要有对事物的本质了解的热心，对人类命运之严肃的考虑，以及对现实深刻与宽阔的思索。写诗不是单纯技巧的问题，而是把自己的灵魂用语言表现出来的问题。有了这条件才可以谈进行培养想象的工作。首先，专心致意于一个事业，犹豫不定或意气消沉断然产生不出新的观念。其次，从事积累的工作，无论何时都要你把所得的暗示，不管是阅读、谈话、思索、沉思或做梦所得的记录下来，等待或追求突然有如闪电的观念的出现。同时，再其次，想象进行中必须努力前进，中途废弃它就等于夭亡。再其次，给你想象找一个出发点，不要天马行空，你心思要有条理，必须开始做一件有目的和切实的研究，收集材料，当是想象的启发和开始。最后，宝贵你孤独的时间，常常思索。

编者限我六百字的篇幅，我想我已经大大地超过了。

四月八日

（《晋察冀日报》1942年5月13日，《晋察冀艺术》第37期）

秧歌舞的化装

更石

关于改造秧歌舞问题,已经有些同志发表了一些文章。改造,这确实不是一件容易的事,但是,实际去做改造的工作,在目前实在还不多见。在有些农村和个别部队里,对于秧歌舞活动,还常常发现许多不正常的现象,这主要表现于化装和表演上。

这里,只提出一些化装上的现象。

脸上擦的红一块、白一块,鼻子是白的,眼窝是红的,嘴唇又是白的,两颊画上了"王八蛋""狗"之类的字样;或者是一张歪嘴,两撇倒挂的斜眉眼;更恶劣的,装上两只肥胖胖的假奶子,配上表演时一扭一捏的抖动和怪声怪腔……

穿上旧戏中花旦用的彩衣艳服,紧箍箍地包在棉军装外面,配上脸上的"怪"相,不管人看着是不是会呕吐(——也许有人说,这是农村老乡的趣味,会呕吐的只是些城市来的知识分子,那可实在不见得,我亲眼看到了几个年青村妇,扭转头去,互相说了几句话,转身就离开了人群)。

在有些没有故事性的表演中,好像是成了一套公式似的,在整个表演的笑乐愉快情绪之中,也一定搅杂着"日本鬼子",于是就有人发问:

"这算什么呢?日本鬼子怎么也跟咱中国人一齐跳舞呢?"

"大概是投降过来的吧?"

"可是你没有看见他那一脸的凶劲儿?!"

…………

这类的现象不算少。

在那些现象里,我们应该指出表演者的本身是不应该负什么责任,一般说他们并不会意识到这些表现的不妥当；而且特别应该指出，由于边区人民生活的自由活跃，在秧歌舞的活动里（化装自不能例外）也充分表现了这种愉快的情绪。但是，我们也必须指出，在目前条件下，首先克服化装上的不良作风，是必须而且也是可以做得到的事。

那样的化装（和表演），最多除了给人——某些人——笑乐一番以外，没有什么更大的意义（我敢说至少一些接受新文化较多的青年农人，一般说已经不喜爱这一套了）；而且，还常常会引起一些不好的作用，给社会上一些不好的影响。

化装上按照什么样的原则才合适呢？我以为：

一、秧歌舞的化装，首先应该是为了舞蹈动作和表情的需要。譬如，穿着臃肿不堪的衣服，扭也扭不动，还谈什么动作上的好看呢？满脸涂上红白，从什么地方去表现舞蹈者的感情呢？如果舞蹈动作是一种轻逸的步子，那么衣服得较瘦一些比较适宜；如果是一种□健的步子，那么不妨打扮得威武一些；如果模拟的是农民的动作，就得化装成农民，模拟的是商人的动作，那就得化装成商人；如果是一种悲苦的表情，脸上的线条往下挂一些，穿红衣裳就不很合适了，如果是喜悦的表情呢，那恰恰又相反；……

二、描写一件故事的秧歌舞，那不消说，得按每个人物的身份个性去化装。适度的夸张是可以的，像漫画上画的日本鬼子、汉奸一样都不妨画得丑一些，因为他们本质上就是丑的；革命的人物，应该画得美一些，因为他们本质上是美的。可是有一点要记住：要夸张得不轻浮、不妖冶，叫人们不讨厌（这是说不讨厌扮演人），叫人们相信得过这些都是社会上活着（或者曾经活过）的人。

秧歌舞的化装，可以与戏剧的化装不同，采用假面具，或者化成面具化的容貌、傀儡似的装扮，都行，只是一句话——要适合舞的内容，不允许只在化装的形式上去找"趣味"。

三、没有故事性的秧歌舞,是不是也需要化装呢?这还是需要的。为了表达舞蹈的情绪,为了帮助模拟舞蹈所表现的动作,为了使站得较远的观者也看得清舞蹈者的表情,在化装上除了采用上面第一点里讲到的原则以外,把原来的面目化深一些纹路、化清楚一些明暗面(需要明的地方可以擦上白的颜色,需要暗的地方可以擦黑的)和稍微涂一些胭脂之类都行。

服装上换一些比较整齐清洁的衣衫、鞋袜,这也行。

为了得到表演的效果,化装上能够配合舞蹈动作的变化,注意到"和谐""匀称""强调"这些道理,倒是非常好的。

这些道理固然是不能与表演分开来的,但是要从化装上来讲也可以讲一些。

什么是"和谐"呢?这就是要求化装的形式或者色彩至少有一方面的一致。譬如,十二个人有四个戴帽子、有四个光着头,另外四个又包着头巾,这便能叫人发生"和谐"的感觉;或者四个人穿红的、八个人穿蓝的,这也能叫人感到"和谐"。

什么是"匀称"呢?这就是上面所讲的"一致"。在数量的对比上,不要杂乱,不要不整齐。譬如,十二个人三个穿红、二个着绿、一个穿蓝,另一个穿灰,那五个又穿黑,这便不能叫人有"匀称"的快感,这也就破坏了"和谐"。

但是,这不是说就不允许有一个人的特异化装,譬如十一个人都穿蓝衣服,只有一个穿红的,这也很"和谐"。但是这种情形,常常只能是需要把这个穿红的"强调"的时候,也许因为他是领唱者,或者是他个人的舞技,值得突出地来表现一下等等的原因。

这以上所谈的各点,很希望关心秧歌舞的同志们来研究。

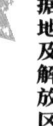

(《晋察冀日报》1942年5月13日,《晋察冀艺术》副刊第37期)

对于部队剧社工作的几点意见

克己

部队剧社的中心任务就是开展部队的文艺运动，就是帮助推动部队中戏剧、音乐、美术、文学诸活动。

但是检讨起来，它只是做了一部分的演出工作，在剧本、歌本及战士文艺食粮的供给上与实际工作的指导上做得非常不够，只是在很忙的演出当中抽出了很少一点时间写一两个剧本、教一两次歌子，有机会的时候开一两次短期培训班，工作于是就不能经常，就不能深入有计划地去推动部队的文艺运动了。

其原因不外两方面，一是由于演出太多影响其他工作的进行。我曾听说有一个剧社一年曾演出了将近一百次的戏。老是从这一个团到那一个团一次次地循环公演，再加上一些临时晚会、纪念大会、干部晚会，有时专署、县政府、地方上再请一请，行军准备节目，时间就过去了，一年演出六七十次是很平常的数字。

一次新的演出是件很复杂的集体创作的劳动过程。一个剧本的产生，要经过材料的搜集、组织、构思、讨论、执笔和修改。剧本到了导演的手里，要做导演计划，组织这次的演出；演员要创造剧中人物的个性，背诵台词，一次次地反复排演；装置者要首先设计画样，然后做成木架，剪裁布匹，还要画上色彩，还要想出种种办法来克服困难。效果要排练，服装要设计，道具要东奔西跑地去借，这种种过程都是说明一个戏的演出要花费很多时间。

一年要上演大小十几个新戏、排几个新舞、唱几十支新歌，加上走几百里的路，演六七十次的晚会，时间当然感到不够用了。突击成了部队剧社的特点，于是对其他工作也就没法全面地顾及了。

另一方面剧社同志本身对任务的关心与重视不够，而在其认识上使其偏向于演出。虽然演出也是文艺活动的一个重要部分，但我们的剧社是一个文艺团体，除演出外还担负其他的许多文艺工作。各种工作部门应平衡发展，而不应使其单一化。

要想帮助和推动部队中戏剧、音乐、美术、文学诸活动必先减少其不必要的演出，而得有充裕的时间了解各个部队不同的情况，有计划有步骤去做。虽然各部队有各不相同的情形，然而对文艺工作上知识的缺乏却是一般的现象，所以按期开办文艺工作训练班，训练团体的宣传队，及各单位俱乐部的所谓文化娱乐人才，灌输各种文艺知识与方法，使其能担任领导各单位的文艺活动。关于组训工作过去还存在着一些缺点：真正好的文艺干部不送来受训，随便送一个人来充数；还有一种最不好的现象是把训练好的干部调到别的岗位上去。其次在教学上，两个月甚至于一个月内，一个同志要把文、音、美、剧的一般常识与方法都要学会，这种主观主义的教学方法，是不会有好的成绩的，今后应当每人只学一样，使其专一，在教学上应更具体、简单适用，就是只学一样，要在一两个月里学得很好也是不可能的事情。为了弥补这个不足，每月可以出版一种供给连队文艺知识理论或工作经验的小册子，使得这些同志在工作中还能得到学习的机会。同时在这刊物上介绍他自己的创作、经验，解答他们工作中的实际困难，反映他们的活动。除了文艺知识的教育外，要战士今天能自己写歌子、剧本还是很理想的（虽然这事情也有，但是太个别了）。那么每月供给连队的剧本和歌子，应是经常的重要的工作之一。过去剧本歌子虽有不少，而收获不大，其原因：一、太高深了，没估计对象。二、不适合战士的生活。于是歌子不能唱、剧本不能演的严重现象存在着。这里就要求我们下一番调查研究的功夫，什么歌子他们喜欢唱，为什么？什么戏他们能演，为什么？

此外就是帮助宣传队的工作。因为宣传队是直接到连队帮助推动文艺工作的基本力量，没有宣传队的基础，部队下层工作是无法开展的。过去的宣传队只做了一些检查教育的工作、民运工作、动员担架、看护伤兵，而没有做到应做的文艺工作，今后应有改变的。我们认为所谓部队剧社深入连队去，就是指导、帮助和推动部队的文艺活动，就是按期到连队去演出，把民族斗争的一切现实生活反映出来，同时提高部队对文艺的修养，使指战员能够从新文艺中认识抗战各方面的现实活动，而不应是直接地到一个连队去做一个连队的实际工作者，这样就会缩减它的作用，一定的工作分工是必要的。

除此，剧社本身应加强文、音、美、剧各门的理论、技术、实战的研究与学习，几年来，这一点做得太不够了，形成自流现象，今天这种情形再不应当存在下去了，不提高自己，普及工作做不好；不提高自己，也不能提高别人！

（《晋察冀日报》1942年5月23日，《晋察冀艺术》副刊第38期）

广泛培植部队文艺工作者

洪荒

如果问部队文艺建设责任应放在谁的身上？自然会使人想到那些经常演剧的青年艺术工作者——剧社同志，他们确实是部队文艺建设上的支柱、新文艺的开拓者；他们有责任也有能力，用艺术来帮助部队政治教育与宣传鼓动，调节部队生活，提高战斗情绪，密切军民联系，扩大我军影响。同时部队文艺工作者不仅为完成这些政治工作，而同样有推动新文艺运动的责任，开辟新民主主义艺术的道路。马克思说："诗人是另外一种人物，应该让他们走自己的路，政治家常常在一定的抽象的原则下行动，去认识；而诗人则不断地在具体形象中，掘出典型的事实。前者的急务之第一步是原□之订立，后者之急务是把握具体生活。"文艺工作的特点是不能忽视的，但要建设部队文艺中坚固的阵地，单靠这些现有的专门的艺术工作者还是不能够的，必须设法把文艺工作者在广大战士中栽植起来，使他们在文艺的浸润中丰富他们的智慧，改造他们旧的意识，用新的思想斗争的武器，逐渐地建立起他们心里的文艺园地。军区《战地文艺》和其他文艺副刊上所出现的那些纯朴、真挚、健康的短小作品，就是他们以新的感情、新的气息来写部队的生活、战斗、新的人物，这告诉我们部队文艺中的新的芽正在迅速地成长着。

还有一些人，有较高的文化知识，他们深深地被文艺吸引住了，他们愿在文艺上有些修养，而且志愿向文艺方向努力，创作些东西。也有些已经创作了些东西，可是他们在部队里有自己的工作岗位，而不是文艺工作者，这些人的力量是常被忽视的，有时肯定地认为他们有自己的本职工作，就没有可能，也不必要再去分散自己的时间和精神来从事文艺阅读或创作，因此也就不去有计划地团结他们，帮助他们从事一部分文艺活动。相反的，甚至因为他们的某一疏忽而受到过分的责备。

我曾见过一个同志在工作时间中阅读《雷雨》（据说当时有闲暇读教材，也许有闲暇时间学习的），但因为看文艺书而在会议上受到批评，因而影响到周围的几个同志退出了文艺小组。也有过这样的同志，努力文艺学习和写作，为不影响工作与学习时间，只有在游戏时间或熄灯后做，结果也因遵守生活制度不够而受到批评。

部队文艺建设，不必要也不可能使全体指战员成为专门职业化艺术家，但如何使指战员能接近前进的新文艺，从新的文艺阅读与活动中来认识现实、改造现实，同时在运动中来培植爱好者，这一工作都是非常重要的。那么现在部队里这些已经爱好文艺的、文艺有修养的，就成为部队文艺建设的桥梁，这部分的力量是决不应该小看的，因此需要鼓励他们、培植他们，使他们实际为革命多出份力、多做一份工作。八路军是个革命队伍、一个大学校，使这些指战员、政工人员拿枪打敌人，不只了解理论原则，而且要一个个成为坚强的革命家的话，需要在文艺浪涛中成长起来。

由于对文艺的认识得不够，在实际工作中就出现了矛盾，一方面建设部队文艺、建立文艺小组，一方面没有活动、阅读与写作时间（当然不是说时间问题解决了，一切问题就解决了，但今天主要的是时间问题）。我认为只要不影响工作，阅读些文艺书籍、写些文艺作品，没有什么妨害的，相反在工作上、进步上有好处。知识不一定全在教材中去求得，文艺书籍是具体知识的源泉。过去很多干部在文化上比较单纯，其原因当然很多，但对文艺不太接近的习惯，怕也是原因之一，否则为什么某些负责的干部也说过看一个戏，比听一次讲演的印象还深得多呢！列宁爱好文学，书桌上经常放着文学书，借工作过程中阅读，他同时从不会花几小时工作时间，做其他活动，可是音乐会他总参加的，这可说会影响工作吗？

给文艺爱好者以时间与便利吧！让这些嫩枝嫩芽壮大起来，都成为部队文艺工作中的支柱吧！有了这种分布在各个角落里的支柱，部队文艺的美丽的大厦才能建筑起来啊！

（《晋察冀日报》1942 年 5 月 23 日，《晋察冀艺术》副刊第 38 期）

我们所希望于部队文艺的

见

目前我们有一个最大的希望，希望部队文艺更前进一步！

不必多说，自中共中央文委及八路军总政治部关于开展部队文艺工作的指示以及军区关于开展部队文艺工作的新决定——这两个确切而有力的指示公布以来，我们的部队文艺工作会大大地推动了，并且获得许多成绩。

譬如文艺工作科、抗敌剧社（及其他分区剧社）、《战地文艺》（及其他分区文艺副刊）等就做了不少实际的工作。而个别同志或者以为像《战地文艺》上既没有什么伟大作品，又看不出什么"明显"的效果，抱着"有"和"无"都差不多的观点，这是轻视部队文艺工作的一种具体表现——这也就是还存在着在目前部队文艺运动上的一些具体妨碍。在我们看来，像《战地文艺》这么小小一页纸，如果仔细看来，那上面不是培养了很多的部队文艺青年写作者吗？这些人今天好像没有什么，但等到我们更需要的时候，我们更会感到"这才是我们也需要的人！这才是我们也需要做的工作！……"我们明白：一个优良的射击手不是三天五天就可训练成的，那么，一个优良的文艺战士也更不是三天五天所可训练成的吧？

因而我们认为所谓更进一步地开展我们的部队文艺工作——就是要求更要把部队文艺工作放在长期计划之内、多面培养之内（前面所举的《战地文艺》不过是所需要的培养之一例）。一方面要把它和部队的某些工作看成同等重要，一方面又要把这个工作和部队其他的工作区别开来，因为为了更好地使文艺工作开展起来，只有把握其工作的特性，这里我们不啰嗦，仅待大家讨论和研究之。

晋察冀边区各种工作都在进步着，人们对于文艺工作也要求有进步、更进步。特别是为了准备反攻，而那将要参加反攻的文艺战士们，更必须马上由我们培养起来，这在我们铁的子弟兵营垒里说是一个切身问题，而在整个边区文艺运动的阵地上说，也是重要的问题。华北敌后文艺运动有一个最大的特性——就是部队文艺运动和地方文艺运动是一个整体，是不可分的，是互相影响的，某些地区则就是部队文艺运动成为地方文艺运动的指导者。所以，我们是这样迫切地希望部队文艺工作猛烈开展起来呵！这当然不是单纯为着"文艺"，从来我们所说的文艺、文艺的目的和政治的目的是一致的。文艺从政治而来，文艺也指导政治、服务政治，但文艺也有它独自发展的系统。这里我们也不再啰嗦。

我们仅相信：我们的部队文艺工作一定能克服许多困难，能向前进的。因为我们的部队首长、干部们都是非常尊重、非常帮助这一伟大的工作的。不必多说，像我们的聂司令员也是一个文艺工作的优秀的指导者！

——我们的希望会实现的！

（《晋察冀日报》1942年5月23日，《晋察冀艺术》副刊第38期）

得呢？失呢？(杂感)

见

一

诸位射手们：在我们的箭还未射发之前，请沉思一下：

——我的灵魂和集体的灵魂，一致了吗？

如果不会一致，如果看个人比集体大，如果在某些时候甚至想以自己的手来拆毁公共的原则的话，那我们必须整顿自己的灵魂。为了集体，也为了文艺。

文艺的创造者是人。

(文艺的内容中心也是"人"。)□□怎样人创造出什么样文艺□□"羊一样的俗物决不能给我们留下宝贵的遗产"。鲁迅没有他那好的人格，就不会有那样好的鲁迅的文学。为什么在这样伟大的战斗中，有的人还唱着他悲哀的歌？——他这个人和战争的精神融和不起来，也就唱不来适当的歌，于是就不想唱，或者也□□唱一唱"战争"，但那是多么空虚、无有实感的调子呵！

然而，我们是要时代跟自己跑，还是要自己跟时代跑呢？

先□这决□好，而且要把自己身上的污秽洗掉，□文艺上的污秽将因那□的大众的灵魂而很快被击溃。否则，头疼医头，事实上连头也不见得会医好。

二

否则，文艺上的宗派主义（毛病在"偏见"上，毛病在"一切决定于个人的口味"上……）将怎样克服呢？

三

否则，文艺上的教条主义毛病（毛病在"死□傲"上，毛病在

"乱搬名词和名言"上，毛病在"用圈子去套人"上……）将怎样克服呢？

四

而文艺上的党八股毛病（如"形式主义""公式化"等），是不是把"形式"拆开来洗一洗、刷一刷，就这么简单地一下去拆掉的呢？——而这不正是"形式主义"的毛病吗？

五

"人"和"文艺"的问题，还不是今天突然起来的问题。这个问题占了文艺史上多大的篇幅？直到今天，在文艺的光荣的国度——苏联，他们的理论家们还在争论着这个问题，有的人竟主张"坏蛋"也可以创造出好的文艺来。这种"理论家"倒连事实也不看一看□。事实明明告诉我们：□□□□文艺都出自进步的作家之手。……

目前，我们要整顿文艺阵地，不妨说是整顿文艺家的阵地。自然，晋察冀的文艺家们差不多都是爱进步的，而且在炮火中多少已经过一番锻炼，身上所有的污秽并不太厚，但，只要有一点污秽、一寸污秽，我们也还是要做最后的奋起把它扫光的。事实告诉我们，改造一个人与创造一个新的人是需要多么强悍、尖锐而持久的人。

诸位射手们：这是应该发射的时候，而且是应该以最好的箭来发射的时候了！——新的文艺复兴运动需要我们建设起来啊！

一九四二年五月

（《晋察冀日报》1942年6月17日，《晋察冀艺术》副刊第40期）

对死者的记忆
——高尔基、瞿秋白、萧红

□□

纪念死者，不是容易的事。这原因就是那值得纪念的死者是在生活上给予我们最大的勇气，在事业上给过我们无比的坚强的信心的人。

我们纪念着高尔基、瞿秋白，不是就深深地感到了这一点吗？他们是在斗争的事业上呈献了自己最勇敢、最□洁的灵魂的人，他们是为着建设我们新的一代、为着我们新的一代的总觉醒而战死的。

想起了那继着这两位先知者而死的女战士萧红，那情形不是觉得更亲切吗？而且也愈加会鞭策着我们的事业吧（我们□□大后方那些文化的叛贼，是他们在摧残着文化□那些优秀的文化战士们受到不幸的）。

在今天我们正在进行着的新的文艺复兴运动，它的完成，也□□我们黄金时代的到来。这是我们的死者，曾经用着他们的沾着血与泪的笔所歌颂过、所殷望着的时代！

记忆死者不是容易的事，就在这里，那响彻在我们灵魂□的话语是不允许我们对自己宽许，更不允许我们的灵魂□□有不洁的榨渣的。

□死者的事业，以死者的勇气鞭策自己。在死者的面前不是要永远地低着头，而是昂起头来向他们微笑。

一九四二年六月

（《晋察冀日报》1942年6月17日，《晋察冀艺术》副刊第40期）

文艺的绿芽

——对几个刊物的评介

甘城

近来各个地区都陆续出现了一些文艺刊物。在部队方面有创刊较早的《文艺轻骑》（□军分区《工作通讯》副刊）、《火线文艺》（四军分区《火线报》副刊）以及□军分区《连队导报》的副刊《连队文艺》，其他在地方上我们就见到了三专区乡村文艺社主编的《乡村文艺》（《战斗通讯》副刊），在望都县则有文艺小组编印的《绿芽》，在唐县则有《文艺》，并且我们还见到了唐县文艺小组出的诗集《小集》。火线文艺社也为着供给稍有文艺修养的部队同志而编刊了火线文丛《同志的枪》。从这一些出版物中（自然或许还有许多没有见到），可以看出来各个地区文艺的绿芽是在怎样地生长着了。

从这些刊物上我们看见了一些较好的作品，如《一颗边造的红头子弹》《王□□的工作以外的工作》（《文艺轻骑》）、《我发现了□密》（《火线文艺》）、《入伍》（《连队文艺》）、《压□》（《乡村文艺》）……从这些刊物上我们都看见了一些文艺的新芽在茁壮地生长。纵然这些作者不尽是战士，不尽是农民，但是他们在反映各个地区的斗争生活，在鼓励起战士、群众对于创作的热爱上都多少起了应有的作用。

这些刊物的读者是本地区的人民、本部队的战士，这些刊物的失败或者受到热烈的欢迎那情形是至为明显的。因此，对这些刊物最重要的问题是把□住对象，而我们的对象又是刚刚接触到新文艺□□□人们，我们觉得《文艺轻骑》还是做□□较好的一个。

所谓把握对象，也就是求得和读者呼吸的一致（在形式上如注意通俗，不□奇……），求得读者能从刊物上真能得到一些生活的启示。有些刊物所登载的作品还是不够尖□，而且还出现了一些小资产阶级感情很深的诗作，这方面都是应该力求避免的。

自然，要让这些刊物向上，求得它真正与群众的脉搏相适应，那么它就应□□□着这个刊物扶植一些□能力的作者。我们的刊物应该尽力避免同人性（文艺的同人团体要不同些），只有□个人□□□捧捧场，这情形我们应该深切注意。

培养一批作者并不是简单的事情，它需要我们的刊物比较有系统地灌□一些知识、批评一些作品从这中间求得进步，还要做创作上的动员工作，单只是拿一些个人言论来弥补空白□不够。

有些刊物采用了原作与改作的办法，这当然也是培植写作技能的一种办法（如《战地文艺》上以及延安的《大众习作》上均运用过这个办法），但这个方法还不够彻底，而且在使用这个方法的时候，改作者必须深刻地体会到原作的精神感情……譬如，在《火线文艺》上有一篇题名为《我的枪》的原作和改作。那么这个改作是一个坏的改作，譬如原诗中有这样的字句：

> 我的枪，
> 伴随着我四年多了！
> 我非常爱它，
> 它身上是那么
> 黑油油的亮。

而改作却成为：

> 诗人抱着他的女神，
> 我搂着我的枪，
> 生活

战斗

四个多年头了。

其次在原作中有这样的字句："在它（指枪）那每声呼啸里，法西斯匪徒，便停止了呼吸。"而改作者在说明中说："因为'呼啸'是对于耳朵发生影响，那么'呼吸'是肺部的事情，不会因为'呼啸'而停止的。"暂且不谈那首改作说明中其他的错误的地方，就是这样的对诗的理解也是不正确的了。至于那首失去了原作者精神感情的改作，也是不会给读者以正确的好的印象的，会使那些对新文艺不了解的人认为，只有"诗人抱着他的女神"这样的字句才是诗句似的。

因此，我们不得不要求编者注意到这样的问题——灌输给那些初学的战士们以正确的文艺知识，而且鼓励他们用自己的感情，用自己的生活来写作。

再者，稿件还应该以短小精悍的作品为主。《绿芽》上登了一些孩子们的街头诗，这是好的，而在第一期《乡村文艺》上大稿子多了一些，这情形就该注意到避免。

一般地说，我们的刊物都是在物质条件很困难的情形下来支持的。因此，我们必须很深切地注意每一篇稿件，注意到□的□用。我们的刊物都是□□思想战线上的任务的，轻率地把它□为同人的□□作品的刊物，那情形是不□□的，是要受到人民的责难的。

兄弟们，把我们的刊物的效能提到最高度吧，纵使没有好□□脱一期，也不要草率地从事。

一九四二年五月

（《晋察冀日报》1942年6月17日，《晋察冀艺术》副刊第40期）

《晋察冀美术》读后

吴嘉珍

《晋察冀美术》诞生了，它确是个能帮助美术工作者的良友，而又适宜于初学绘画者入门的读物，负有培养、提高、指导，并指出美术运动方向的使命的，它以诚恳探讨的姿态出现于读者面前，当然也必将会为读者们所热烈爱护的。

在我想见之下，使我在几年来心头上压着的一些问题，今天可以得到解决了。这是无限的兴奋、无限的安慰，把我愉快的感觉说出来吧！

同志们，谁都见过吧！在《解放日报》上、《晋察冀日报》上，或在其他的地方——刊着沃渣的木刻哦。我想同志们也还深印着，那作品的鼓动性与刺激性，更可发现纯熟的特异的个性，它在我们的血脉里交流着，栽根于我们的心里。我很清晰地没有忘记，这位中国的木刻大师，将那无产者与劳苦大众的形象，都从他锋利的雕刀忠实地表达出来。同志们要更多了解这位大师的话，那么这刊物的第一篇就是丁里写的《沃渣的木刻及其他》，告诉你，他对木刻创作的态度，及抗战前后所有作品的详细分析——为最难能可贵的文章。

同志们也见过吧！边区有座雄壮高耸的、为保卫边区求民族解放而牺牲的烈士纪念塔。我曾光临瞻仰过，上下走了一阵，也不懂得这建筑设计是好呢，还是坏呢？哪些是优点，哪些是缺点？当然也就说不出什么道理来嘛！

这里有方用写的《追论烈士塔的考察》一文，清算了这一笔账目，它会告诉你一清二楚的。

再翻到第十页，是沃渣写的《见鲁艺木刻工厂出品有感》，为木刻工作的同志迫切需要看的，他正确地批评了他们的出品并指出木刻今后应走的道路。

以上三篇文字，都是来推动加强理论批评的活动，给美术工作者以滋补的。因为理论批评确是一种教育的工作。

江天写的《绘画初步》连载，是引导爱好美术而不得其门而入的同志到画宫里去的红灯，它不像以前那样旧套的注入式的写法，而是很生动活泼地把绘画道理告诉了你。我想这样的文章，小学校的美术教育一定是急需着的教材。

在敌人开展宣传攻势的今天，尚要在一张画上面，把一个日本人画得不像，得不到宣传的效果，那是我们工作的损失。这里面有雨川写的《画日本人》，作者是有很高明的技巧修养的，尤其是对日本人的画法，有深刻的观察与研究，并有插图六幅说得很详细。

在缺点上，我提供如下的意见：

《美协美术工作队特页》，这是去年（一九四一）第二届艺术节，边区美术工作者所写的一些感想、点滴等的速写，看出这一群团结活跃的动态、对工作的认真热忱，都是有历史意义的文献，唯篇幅占得太多一点。

其次，希望以后能发表一些优秀的漫画木刻，许更能给读者以补益。

最后在编后上面写着："下期添设《问答栏》如若研究之后，尚有不懂的地方或有一些问题，你可写信去质问，对于一切不明白的地方，同志们都可得着详细的答复。……"

（《晋察冀日报》1942年6月20日）

《冀中一日》以后

力编

介绍冀中区的文艺工作，特别是文学工作，应该先说说《冀中一日》。因为《冀中一日》是冀中文艺运动中的一个转换点、一个划时期的运动。

《冀中一日》已经在去年十月印出单行本四巨册，全辑文章共二三三篇（一辑二八篇，二辑四〇篇，三辑五一篇，四辑一一四篇），全辑共三十五万余字；写稿范围上自军区司令部政治部、行署、冀中各团体，下至村公所、村团体，事先经过党政军民郑重动员布置、示范；从发动到编出历时七八个月有余，最后由《冀中一日》编委会（冀中文建会主编）审阅编印出版，完全用冀中产油墨、纸张印刷；今年二月间已开始石印，并又经一次审阅选择，不知已印出否。

《冀中一日》所定日期为一九四一年五月二十七日，第一辑名为《罪与仇》（敌占区近敌区情形），第二辑名为《铁的子弟兵》（三纵队及地方游击队作战、生活情形），第三辑名为《独立、自由、幸福》（政权建设），第四辑名为《战斗的人民》（为群众参战、进步生活情形）。

《冀中一日》为名副其实的群众文艺运动，影响至巨，从此提高了人民对文学的认识、对写作的认识、对现实的认识者至大，许多有才能之写作者亦由此发现。

从《冀中一日》不仅可以看到冀中子弟兵及群众今天的生活（及横断面生活）情景，并看到生活和现实的纵的发展，无数壮烈、光荣、美丽、生活故事交织其中，无数热情、希望、仇恨、悲愤故事交织其中。

《冀中一日》不能以"美学"去衡量，不能选择出多少杰作——其意义并不在此。其意义在于以前从不知笔墨为何物、文章为何物的人，今天能够执笔写一二万字，或千把字的文章了。其意义在于他们能写文章是与能作战、能运用民主原则同时获得，同时发挥。

《冀中一日》对上层文学工作来一个大刺激、大推动、大教育，使上层文学工作者更去深入体验生活，扩大生活圈子，重新较量自己。在《冀中一日》照射之下，许多人感到自己的文章，空洞无物，与人民之生活、人民之感情距离之远。

《冀中一日》之另一意义，在使冀中干部人民，从文学上再认识现实生活及工作，认识各地、各种工作、生活的样像。一种发扬、一种楷模、一种检讨，使冀中以外人士从这些实际工作者、战士、人民笔下，看他们的工作和生活，虽有时为片段，虽有时因技术，不能完全写出丰富生动的生活。

《冀中一日》发动编辑过程中，因时间迫促，游击环境，亦有些缺点。如在示范时，或未能照顾到生活工作的多样性、人民生活的实际，示范出多样的写法、适于群众日常生活的表现的写法；未能强调主要看是不是作者的生活，且不必去研究文章的写法等等；因此次所见，群众常受文章形式之拘束、顾忌，而未能写出生活之本质部分；在选稿时，未能完全由有写作修养、文学修养的同志负责，以致常有遗珠之憾；在修改稿件时，未能全部保留原作纯朴本色，如第三辑即有润色之弊；而在印出之单行本看来，尚有许多重复，尚欠精炼严峻（如第四辑交通战、生产战线、过封锁线等部分）。

《冀中一日》工作布置时，笔者未知其详，如果详细向群众说明，解释其目的而写出他那一天的所做、所见、所闻、所想到、所接触的事情，以朴素为重，不加润饰，不拿文学腔调，怎样真，就怎样写，怎样写着痛快，就怎样写……这是对的。示范时也应该照着这个原则做。假如只说明要有人物、要描写、要文艺化等等，则是一个失策了。这是对将来再做这个运动的一种参考。

《冀中一日》有两个副产物，其一是《纪念鲁迅特辑》，这特辑发给《冀中一日》发表作品□每人一份，其中说明农村题材的写法，和鲁迅对农村题材的模范，贯彻了鲁迅解放农村的热情、精神。末附一篇《为了忘却的记念》，则是为的使今天的战斗员学习回忆、记事。有许多壮烈事迹、人物，因不会记下而致淹没，是非常大的损失。其一是《区村和连队的文学写作课本》出版，此书根据《冀中一日》用稿及未用稿写成，是企图帮助作者们理解冀中现实及加强文学技术的。

同时，在《冀中一日》运动后，文艺读物大受欢迎，冀中文建会先后翻印了《表》（班台莱夫）三千份、《不走正路的安德伦》（聂维洛夫）五千份、《毁灭》及《被开垦的处女地》亦在翻印计划中（以前曾翻印三种理论书）；自编的则有《抗战英雄故事》二集；《冀中街头诗选》等；此外军区政治部专刊一种《文艺学习》供给读物。

冀中几个文艺刊物的投稿者大增，如文建会主编的《文艺习作》（月刊）、《平原文艺》（《冀中导报》副页），军区政治部主编的《连队文艺》（前为月刊单行本，现改为《前线报》副页），在《冀中一日》后，面目均为之一新。

而此种运动持续不断，如安平县编了《安平一日》，亦见精彩；各学校、机关，亦小规模地做一日征文运动；军区程政委并谈，今年青纱帐期间，再来一次冀中一日。

在各种文艺训练班上，文学课分量很大。如冀中文建会主办的文艺训练班（去年七八月间）、军区政治部主办的摄影训练班（今年一二月间）、个中学校的国文课程，均在从新的观点试验教学（如抗属中学)。

冀中人民在从对旧文学的爱好走上对新文学的爱好,在生活创造之外,从事艺术。《冀中一日》大浪潮后,文艺急转直下,成为群众的。

(《晋察冀日报》1942年6月24日,《晋察冀艺术》副刊第41期)

怎样阅读文艺作品

丁克辛

先要问一问自己,你拿起文艺的书本来,是不是因为无聊,要解解闷儿,想在里面找一些卑俗的趣味?如果是这样,你赶快放下吧。一定要做的:为了想从文艺作品里多认识一些好人和坏人、好事和坏事,什么样的人和事是应该的、合理的,你喜欢他们,你爱他们,或者原先你是不知道应该爱的,作者(写这个作品的人)教你爱了,什么样的人和事是不应该的、不合理的,你不喜欢他们,你恨他们,或者原先你是不知道应该恨的,作者教你恨了。总之,你想从里面多得到一些处世的重要知识、做人的严肃态度,换句文绉绉的话:"你要深入体□人生,了解斗争。"这样,你可以打开书来了。

读书,不论理论书和文艺书都是一样,都是希望书里告诉我们一些什么。——什么呢?归根说起来,是一种思想,教导你怎样做人和斗争的思想,这就是作者的主题(但也有坏的思想,那就是反革命的书)。理论书传达主题、传达重要的思想,是直接告诉你,抽象地向你解释、说明,有时还能一条条说得很明白,有时就显得奥妙、艰深,说了半天你还是不懂,越读越枯燥、吃力。文艺作品就不同了,作者不直接向你讲道理,他用语言文字写出些人和事,写得挺真挺好挺美,都是活的,你一看就有兴趣,愿意听书里的人和事说些什么,看他们做些什么,你都很容易了解,被他们感动。因为同情他们,你愿意也来这样做,因为反对他们,有机会你就想用行动去反对。所以说,文艺作品是用具体的、真实的、生动的形象(就是活生生写出来的人和事)和动人的热情(感情)来反映生活和思想,传达理论的,它影响你、教导你、说服鼓动你,叫你怎样去想去做——这方面做得愈好,这个作品也就愈加成功。为什么读一篇理论文章很费劲,读一则新闻、读一篇枯燥的通讯也远不如一篇文艺的速写、小故事、报告来得舒快,得益更多,道理就在这里。文艺是一种武器也就明白了。

  书打开来了,也具备了正确的心情和态度了。怎样读呢?没有一定的方法,又有很多的方法,各人有各人的方法。据我的经验,第一遍读快一些,但仍要用心读,如不生好感,就丢开也可以。如能引你再读,觉得有味,那么就读第二遍,这就要慢慢读,精细读,一定味道更多。如果愿意,再读快些,读三遍四遍也未尝不可,或者暂时丢开,过一个时间再读,还会不断生出新的滋味来。当你差不多读熟了,全般领会了,可以做些笔记,初学者应该记笔记。记笔记不是叫你抄一些美丽的好的句子,或写一些读了以后的喜欢与不喜欢的抽象的感想,并非绝对不能这样做,但主要的是记下这些:为什么这作品打动你?它给了你一些什么?这就是分析作品的主题:是什么主题?作者是怎样表现主题的?就是它怎样把一种思想感情传达给你的,而且传达得那样有力量。这个,你就必然地要去更仔细地看里面人物是如何写的,写得那样活;故事是怎样讲的,讲得那样动人;结构又编织得很自然很巧妙,却非常节省文字,而语言、气味、调子(合起来也就叫情调、风格)都很合你的意,或者不全合你的意,但你仍然喜欢它有另一种味道。把这些感受,分析出来,都记下来,必要时可以抄一些其中的句段和描写,使笔记更具体,但这和空空洞洞单抄美丽的字句,意义完全不同。

  书有好坏,不但有你不喜欢的书,而且有思想感情不正确的反革命的书,那怎么选择呢?选择得不好,既浪费时间,又没有好感。因此,开始读的时候最好是有人指导,请有修养的人或文艺团体介绍好书给你,但万一没有这种机会也不要紧,只要用上面所说的正确的认识和态度,尽量多读,这个作家的、那个作家的,古代的、现代的,中国的、外国的（自然，一般先读中国的现代的好些），互相比较，慢慢就会分别好坏。时间是要浪费一点的，可是总比老读一两本书或一两个人的书或只读中国的不读外国的书好，精读并非不重要，应该先求广博，而后精深才有基础，才能真正深入，而且由于多读博读，从中就会选定你最喜爱的，和你的性格气质相通的一两个或几个作家作品来精深研究，这时你就会接受他们更深的影响。再由于你也有生活和斗争，也有思想感情要表达，或许就想自己也来写一点东西，这就从因为阅读文艺作品而走上创作（创造）之路了。不一定每个读文艺作品的人都走上创作之路，但走上这路的人除充实生活以外，更需要多读精读文艺书，他们也自然更会多读精读的吧。

（《晋察冀日报》1942 年 6 月 24 日，《晋察冀艺术》副刊第 41 期）

田庄演出与开展乡村剧运

田野

在游击区、在敌占区里演出我们的戏剧,战斗环境与战斗行动要求我们不搭舞台,也不制布景,甚至连幕布也不要挂;于是舞台上演出的方法便不适用了。我们为了适应这种新的要求,采用了田庄演出的方法。

我们这次去前方,演出的对象,大都是当地的和从敌占区、无人区里逃来的老乡们。因此,演出的东西,须要适合于他们的文化水平,最好是他们日常生活中发生过,或者是可能遇到的事情——实际上,我们创作的素材,也多是从他们中间得来的——所以,这些在他们生活中很熟习的故事,发生在他们自己田庄里的可能性很大的。比如:敌人要修堡垒,就在附近的许多"爱护村"里,逼着老乡们为他们拆毁自己的院墙和房屋,亲自把这些砖块石头一车一车地送过去,弄得全家老少,睡在露天地里,受着风吹雨打;堡垒上的鬼子们,穷困得没有法子,偷去他们的饭勺子、菜刀去换酒喝,任人打骂,将妻子女儿逼死在自己的门前……这些事实,在游击区、在敌占区,几乎是常常发生的。而我们把这些素材经过艺术的创作,演出在一个真实的环境里,岂不比得在那布景不完备的舞台上演出,更使观众感到真实亲切吗?

田庄演出,没有幕布,所以表演开始之前,场上不要有人,结束时也要随之净场——场上不能留下一个人,不然没法叫观众知道,一出戏的开始与结尾。因此,最好要求一种适合这种演出法而特制的剧本,不然,也要选择可以变动首尾的舞台剧本,略略修改一下。例如《喜爱》这剧本,本来开始时夫妻俩就在场上吵着嘴,结尾也是夫妻俩和妇救会小组长三个人，很高兴地留在场上的。可是，当我们在田庄上演出的时候，却改成：开幕后，场上没有人，待一会儿，丈夫唠着嘴在从房子里走出来，老婆又追出来后，才开始了剧本上的剧词；结尾时，我们也利用了院外"召集报名入伍的人快去开会"喊声和锣声，使他们把他送出门外去。其次，演出之前，还要按照剧情和观众数目的要求，找好一个比较适合的地点——村边的山坡、广场、街道，或者是老乡的院子里。地点找好之后，还可以把不需要的或者位置不适当的，或者缺少而需要补充的东西，尽量整理布置一下；不过不管怎样，也不容易做到像排演时所想的那样一点不差，而且，在乙村演出的环境，也绝不会和甲村的一样，所以，在这种情况下，除了尽量找好比较适合的地点，再加上一番布置以外，最重要的，还要演员们和导演临机应变的智慧来补救。导演在演出之前，应该清楚地向演员指出：布景、环境，比较排演时有些什么变动，怎样利用每一在场的景物，并且规定，哪里是上下场的门路（如有真的门路可用者例外）。演员们在表演时就要利用场上的每一株树、一座石台……像排演得很熟练的一样。

　　这样的演出，演员和观众距离太近了，而且又在真实的环境里，于是化装和表演上一切不实在的东西，都失去了掩护。所以，演出中，不管什么地方，略有一点不真实，观众马上就会反映出来，这使得我们不能不更加深入地向实际知识（对于当地和敌占区的群众生活，及其与敌伪关系等等）和演技去追求，着实地锻炼自己。另外，田庄演出，也扩大了我们表演的领域。如在《仇恨》和《支应》等剧中，屋顶墙头都变成了我们做戏的场所，这些，在目前边区舞台装备的条件下，还是很难做到的。

　　目前许多村剧团，因为没有幕布和布景，在演出的工作上，感到很大的困难，在边区严格执行经济制度之下，一个村子抽出大批的款子去为剧团买幕布、制布景简直是不可能的事。退一步想,即使有的个别剧团能够想些法子,至多不过弄出一两套布景,也是东拼西凑,很不凑手。那么,这样的东西用起来,在舞台上的演出,我们觉得还不如多做利用天然景物的田庄演出,还要好些。因此,村剧团的演出工作,虽然不像我们在前方,战斗环境和战斗行动要求得那样紧张,但因经济力和装备上的限制,为了演出的方便,为了把演剧和观众更紧地联系起来,也说明了,确实须要另找一套新的演出方法。

田庄演出,虽然不能解决村剧团演出工作上所有的困难,但是以村剧团演出的对象——绝大部分为村里老乡,演出作品多为农民剧——因此,剧情故事发生、发展的环境,在田庄各处的可能性也最大。从这一点来谈,各地村剧团,适当地采用田庄演出的方法,普遍地进行田庄演出的工作,既能节省经济,又能锻炼演员的演技,且能收到宣传教育工作的实效——确是能够解决乡村剧团演出工作上一部分问题,而且推动着乡村戏剧运动更向前进。

(《晋察冀日报》1942 年 7 月 12 日,《晋察冀艺术》副刊第 42 期)

影响和提高

辛光

一

在边区，村剧运的普及开展，是戏剧运动中一个伟大的收获，也是它的特点之一。但，在这个特点之下，同时产生了另一个特点，就是它的发展的不正规和不平衡性。

要求村剧运的正规发展和平衡发展，这将是今后边区戏剧运动工作任务之一，当然，这个要求是要相对地随着边区经济、政治、文化等运动变化而变化的。

怎样才能使村剧运发展到相当正规和平衡呢？也就是怎样更进一步来提高村剧运的质量呢？我以为，以不平衡的工作来突击不平衡，突击落后的、发展不正规的地区是最好不过的方法了。然而，在已经正规发展的地区，不是等待，而是不断地向更高阶段发展，同时，帮助附近落后的或发展不正规的地区，使他们飞速地赶上来。

在这个工作进程中，一般地是以加强村剧团的组织与领导、解决村剧运的干部材料问题（如开训练班及创作大批适合村剧团的材料），在发展上重质不重量（如建立区中心剧团）为主要方面。其次是以大剧团（即所谓脱离生产的剧团，下仿此）的工作来影响他们，并使他们互相影响。过去提高村剧运的工作是这样做的，今后应该更加注意在这方面的努力。

二

根据边区村剧运历史的发展来看，今后以大剧团工作来影响村剧运的发展（过去是量的增加，今后是质的提高），并使它们互相影响，是有强调提出的必要。因为过去一般较大的剧团，对于这一方面工作我觉得还不够重视。

边区村剧运的初期（自觉发展时期），大多数村剧团是在大剧团的工作影响下成立起来，村剧团参加者，大都是从做观众到做演员，从爱好到真正地认识到戏剧的宣传力量。其次便是他们互相影响而成立起来的，如三专区的村剧运，差不多完全是受了四专区的影响发展起来的。这一时期，在量的发展上是获得了很大的成绩，却缺乏质的提高。

边区村剧运发展到一个相当的阶段，某些地区的村剧运完全是由文救会或别的团体领导起来的（如满城），往往这些地区的村剧运发展得还很正规（满城村剧团演戏都有剧本，他们从来就不知道没有剧本还能演戏，也没有不排练台上见，和在台上乱七八糟的现象）。虽然他们成立的时间不久，但他们的发展却比旁的地区来得快，来得正规。从这样情形下，说明了有正规的示范（过去村剧运发展的经验教训），再加上正确领导发展起来的村剧运是比摸索前进的自发运动强得多。

其次，在村剧运的发展过程中，因为没有一个好的榜样，不能完全把握住正确的路线，发生了许多偏向（如文明戏、旧戏遗毒等）。但是，当他们看见大剧团演出以后，他们就模仿着（一般村剧团的模仿性都很强），渐渐走上了正规的道路上去。《反〈扫荡〉秧歌舞》演出以后，各部分纠正了不正确的利用旧秧歌舞的毛病。这可以说明，在某种情形下大剧团对村剧运的影响，和它们自己互相影响的结果，比训练班的收获还有过之无不及。

另一方面，由于某些村剧团脱离了本身任务，需要和可能，而做一种不正确的模仿，这也是常见的现象，如大批置备汽灯、幕布，过于讲究舞台装置，轻视小戏，动辄三幕四幕等等，大剧团应该注意到这种不良倾向，而多从各方面给以影响。

再者，就是一般村剧团已经能把握住正确的发展方向和一些方法的时候，要使它们发展得更健全一些的话，大剧团不断给予他们影响，和他们自己互相影响，也是很重要的。因为他们在训练班里得到的一些常识，还不能运用，或不能运用自如，他们工作中发现很多问题，从他们的经验和常识里还得不到答复，那么在一些很好的实际例子里，都会完满地解决了。

三

大剧团多流动到比较落后和发展得不正规的地区去，多演出一些群众晚会，必要时给村剧团联合演出。这样，不但在戏剧理论和技巧上提高了他们，而且教会了他们怎样组织晚会，怎样组织与管理演出时的舞台秩序。要这样首先大剧团应该支付出一部分力量在村剧运中，具体了解村剧运和不断帮助村剧运发展，同时严肃自己的演出态度，留心别把坏东西灌输给村剧运。

村剧团之间，应该建立起正确的互相帮助和批评，使他们能经常联合公演，这样不但能使一个地区的村剧运平衡和正确地发展起来，而且可以影响别的地区，要这样，首先要彻底克服过去村剧团之间的互相轻视和闭关自守的不良倾向。

有了正确领导，克服了村剧运中一切不良的倾向，解决了干部材料问题，再加上不断地给予良好的影响，现在村剧运不平衡和不正规的现象是逐渐可以克服的。

种子发芽是很容易的，而把它培养得成长壮大却是一件更艰苦的工作啊！

（《晋察冀日报》1942年7月12日，《晋察冀艺术》副刊第42期）

孩 子 们

——我看了《清明节》所要记下的

周奋

一

在民主政权保护下的土地上看世界的黑暗的一面，更觉着黑暗世界的面貌的狰狞和可憎恶。同时，对于牺牲和残喘在黑暗世界里的人民，又更增加了我们的同情和义愤。孩子小三是多么纯真可爱呀，他是很爱着他的母亲的——妈！你不哭！——他安慰着她；孩子又很自然地想到孩子的事情去——玩。但是玩，这孩子的天分，在日本法西斯统治的下的孩子们是绝了缘的！他玩什么呢？他玩风筝，但他没有风筝；当他的哥哥小二从树上取来了一个断了线的风筝的时候，他已经被日本法西斯和他的走狗汉奸们强迫走上疯癫，走上死的道路去了。

在日本法西斯统治的下的孩子们，虽然都有着同样的命运，过着同样的被侮辱与被损害的生活，然而，他们不懂得团结，他们互相欺负……什么人叫我们的孩子们学得这样坏呢？

二

至于我们晋察冀边区，孩子们的生活和心情，和上面所写的敌占区的孩子们，恰好是个相反的对照。在我们这里，孩子们是幸福，是歌，是为民族服务。这在《清明节》里头，曾做了有力的对比。看看我们边区的孩子们吧，现在看看演出《清明节》的抗敌剧社儿童演剧队的孩子们。这是一群艺术小战士，是□文化建设的一支力量。虽然他们大都是农村的小孩子，但在八路军的培养和教育底下，他们高度地发挥了他们的智慧，他们每天都上课，上文化课、上政治课、上艺术课；每天到游戏时候，他们在游戏场上运动、玩，在俱乐部里走棋，走棋走得是那样的认真，那样的高兴。我看见过孙玉雷走军棋，输了，重新来一盘，又输了，又重新来一盘，脸是红红的，但他并不要求倒回或怨声啧啧，我想，这是实事求是精神的一种表现。《子弟兵三日刊》来了，他们围着读。他们读安徒生的童话，读高尔基，读鲁迅，读弱小民族的作家。

在《清明节》里，饰小三的孙玉雷，今年十六岁，参加八路军已经有四个年头了；和我前面所记他的走棋一样，他认真地工作认真地学习。在第一幕里，适度地表演了天真纯洁，在第二幕，他把孩子在痛苦里求生的欲望传达出来了，激起观众很大的激动。陈雨然的小二，又勇敢，又倔强，一切都很自然，并不去矫揉造作；他如霍文献、郝玉生、一切的小同志们的演出，都成功在他的自然上。我尤其羡慕的，是他们具备了或正在具备着一种新的健康的生活习惯，我看见了张永康到一个地方帮助工作，每天有他的工作日程，计划好的事情没有完成是不放手的，甚至少休息一会儿也不在乎，他走时，他还有他的工作小结。孩子们从这种生活习惯、环境，成长下去，这是多么了不起呀！小同志们！我祝福你们的前程远大！希望你们更多努力！

前程是宽广远大的！前程是需要努力的！

（《晋察冀日报》1942年7月17日，《子弟兵》副刊第55期）

我对于目前文艺上几个问题的意见

艾青

一、文艺和政治

假如政治家的工作是经常地用一定的术语和口号，来概括一定时期的人民大众的利害和要求，从而根据那些术语和口号去组织人民大众，并且促使他们向一定的目的去行动；那么，文艺工作者的工作是用具体的描写（如：人物在事件当中的活动，和人对于周围环境的情感、思想、感觉以及日常生活或者整个时代所引起的憎、爱、悲、喜等等）的形象，来表现一定时期的人民大众的利害和要求，从而激励他们把这种要求变成行动（在没落的阶级里则相反：诗人们常常用不是出于自愿的颓废的歌唱，促使他的阶级走向崩溃与毁灭）。在为人民大众谋福利，为大多数的劳苦的人类而奋斗的，这崇高的目的上，文艺和政治，是殊途同归的。

在为同一的目的而进行艰苦斗争的时代，文艺应该（有时甚至必须）服从政治，因为后者必须具备了组织和汇集一切力量的能力，才能最后战胜敌人。但文艺并不就是政治的附庸物，或者是政治的留声机和播音器。文艺和政治的高度的结合，表现在文艺作品的高度的真实性上。愈是具有高度的真实性的文艺作品，愈是和一定时代的进步的政治方向一致。因为具有高度的真实性的文艺作品，就愈加明显地反映了一定时代的，阶级与阶级之间的矛盾，各个阶级的本质，合理与不合理之间的严重的对立，以及改革制度的普遍和迫切的需要，和一定的行动之不可避免。……

我们对文艺作品要求尽职的是：忠实地反映现实（不是现象），客观地（即根据唯物辩证法）描写现实。

我们对于文艺作者要求尽职的是：永远忠实于现实，用自己全部智能去和现实结合，随着在发展和变化的现实一同发展和变化。

文艺作者认识现实的程度，决定了文艺作品反映现实的忠实的程度，所谓作品的价值的高低，就是从那作品反映现实的真实与否所下的估价。

根据进步的世界观，文艺作品在忠实地反映现实之外，必须同时具有指导的精神，必须引导到美好的、科学的理想。

文艺的特殊性，就是它必须是形象地去表现事物的这一点上。文艺作者塑造形象、产生形象的过程，就是文艺作者更深刻地认识现实的努力。真实的形象，只能产生文艺作者对于客观世界更紧密地观照中。……所谓艺术价值，即是指那作品所包含的形象的丰富与真实——这是每一个真正的艺术家所曾经使自己痛苦和快乐的基本的东西，也是他用来使自己效忠于他的政治理论的东西。

反之，我们不欢迎那些粗制滥造的东西，那些代制品或者半制品，那些复写着政治口号和政治术语的东西。那些东西常常是那些作者没有把从外界接收来的素材，通过自己内心的溶化，通过自己的思想的锤炼，没有把人民大众的愿望和自己的情感溶解而且凝结在一起的结果，那只是对于政治概念的粗心的应和。

我赞成现代诗人路易斯的话："对于政治的观念和事件的一个深刻的情感，不必相同于那些仅仅产生辞藻的'跟别人的争论'。不成功的宣传的韵文，便是这种辞藻的一个例子：这是诗人不先自己经验到动摇或是信仰，就想使人相信的结果，或者不然便是他不是一个诗人的结果。"

所以当我们评价一个作品时，必须根据它是否达到了真实，它所包含的思想是否和作者本身的情感结合在一起——这是一切艺术的生命——以及它的政治目的和艺术的苦辛是否相合一致这些准则，而下高低的批判。

二、作者的立场和态度

每个写作的人都必须有坚定的立场,和明确的态度。这立场和态度,是被他的世界观所决定的。这立场和态度,是作者和他所生活的时代的政治方面相结合的东西,是根据于作者世界观,使作品向一定方向出发的轴心和轮子。

目前中国文艺作者应有的立场,当然是抗日民族统一战线的立场,这是每个中国人民所应该共同坚持的立场。那么,目前中国文艺作者应有的态度,也必然是联合一切被日本法西斯所残害的阶级和民族,以反抗日本法西斯的、民族统一战线的态度。

文艺作者的立场是固定的:即为中国民族解放斗争谋取胜利,为中国的广大的劳动人民获得生存的权利,进而为全人类在明天能取得自由、劳动、和平、幸福的永久的保障。

但文艺作者的态度却要看写什么东西而有灵活与微妙的变化,这种变化并不是意识得清楚的,这种变化是跟随作者的心□,对于他所采取的人物事件的、阶级的关系的憎爱程度而不同的。

文艺作者的态度,当需要具体表现在他的作品□的时候,必须是:对法西斯主义,尤其是日本法西斯主义及其走狗(汉奸、亲日派、反共分子……)给以残酷无情的、绝对对立不容妥协的、满怀仇恨与反抗的、辛辣讽刺的斗争。

反之,对于同一战线(尤其是同一阶级立场)的人,则应该充满热爱,具有共生死的深情,和真诚宽阔的心胸。

假如在同一战线里看见了缺陷和污点,亦应该是富有同情的、恳切规劝的、勉励改正的(这些态度,在对于同一阶级立场的,则表现得更自然些、更充分些)。

一般地说,我们的文艺作者们(连我自己也在内)都或多或少知道这些态度,但是他们知道得不很深刻,不很明确,所以常常在运用时把不很稳。有的人立场不很坚定，甚至也有丧失了立场的——虽然这些都是他们的心所不愿意承认的。

三、写什么

写真实的社会生活——却不是生活现象，写产生于中国社会的现实的人物、典型化了的人物——却不是侧影，写被现实所支配的，有情感、思想、感觉的、活的人物，写在革命战斗中在变化和发展的中国社会和人物。

写古老的、陈旧的、不合理的东西逐渐消灭，写新的、有希望的、合理的东西逐渐生长。

写抗日战争所带给社会的变化，和各个阶层的变化，这些变化不仅表现在日常生活的习惯的改变上，同时也表现在人与人之间的相互的心理关系变化上。

写我们对于这时代的情感、思想、感觉，写这时代的，那些本质的和其他时代不同的东西。

写集体主义的抬头，写广大人民的觉醒与抬头，写新民主主义的抬头——所有这一切，将完全站立在中国的土地上。

写法西斯的兽性与残暴，写我们的反抗与胜利。

写这时代的□的英雄——群众，写广大的有团结的有组织的群众，这是中国革命的最坚固的基础。

写人民的希望和理想，写我们和人类正义的阵线联结在一起的、必然的胜利。

四、怎样写

语言

拿现代流行的、科学的（即是正确的、合乎文法的）口语，作为基本语言，而文学的语言更必须是具体的、形象的、明确的、鲜活的。

抛弃那些抽象的、暧昧的、含混不清的、隐晦的、口吃的、饶舌的，或者是陈腐的、成了滥调的语言。

创造新鲜活泼的语言。这种语言必须吸收科学的外来语，吸收许多流行的术语，吸收日常的大众语，同时接受民间的朴素的、生动的、简单的谚语。

逐渐地，有意识地减少文言字，努力避免那些只流行在知识分子层中的，过于文绉绉的词藻。

少用成语。反对一开口就唱出滥调的诗（例如"据说物价又在见风涨，长此以往，何堪设想？"），反对满篇铺散着成语的文章，反对用成语来敷衍一切新的思想、情感和感觉，反对让成语踩死了我们的思想、情感和感觉的新芽。

反对语言的雕琢、堆砌、叠罗汉的作风。

不断地创造外表浅显，里面却包含着丰富的思想的语言。

每一个文艺作者必须为自己创造合适的语言，每一个文艺作者必须培养自己创造新的语言的才能，必须把创造新的语言，作为自己的文学事业的努力方向之一。

形式

拿新的、创造的、生动的形式，作为文艺的主要形式。只有新的形式，才能适如其分地表现新的内容。

让和尚去穿袈裟吧，让神甫去穿长得像裙子的黑袍吧，让那些卖弄风情的女人去戴耳环吧，与其戴瓜皮帽、穿长袍背心，我宁可裸体。

现实具备了足够的产生新的形式、新的风格的条件。

反对摇头摆尾吟哦的派头，反对用陶渊明的静止的眼睛来看自然，反对用李后主的格调来诉说因抗战而流离的痛苦，反对涂脂抹粉的文字，反对脂粉气和闺阁气的文章，反对文字的忸忸怩怩和装腔作态。

反对各式各样的公式主义、洋八股（的）的派（这些文章，叫人看了比看外国文还要难懂）！

反对抄袭，反对剽窃，反对一味模仿的作风（这些"作家"们，永远用饥渴的心，期待人家的新作，用饥渴的眼，在那些新作上搜寻新的东西，像乞丐在阳光下搜寻虱子似的）。

提倡新颖，提倡创造，用新的思想、情感、感觉，去和新的事物、新的世界拥抱。

题材

融进生活里。社会生活是文艺创作的唯一的丰富的泉源。一个文艺作者愈是和生活接近（不是外表上的接近，必须是把情感融进到里面去的接近），愈能产生有丰富内容的作品。反之，一个文艺作者和艺术的分离，就在他和生活分离的时候开始。

深入各阶层的繁杂的生活中，从阶级的矛盾与变化中认识生活，吸取题材。

提高我们的体验生活的热情，培养和增强我们向陌生的环境突进的勇气。

培养我们了解人物的强烈的兴趣。只有充分地了解人物，才能创造典型。

写人物必须注意他的阶级根源，写人物的目的是通过人物写阶级。

人物是阶级的典型，写人物必须赋予他的阶级所决定的，一定的思想和气质。

熟习各个阶层的生活和人物，熟悉他们的欲望、感觉、趣味，以及用来表达这些东西的表情、动作与语言——丰富的、复杂的语言。

反对那些以所写的题材的阶级性，去判别作品或作者的阶级性的论调。那种人以为无产阶级的作者就非写无产阶级不可，写资产阶级生活的，就是资产阶级的作者。因此，就一时产生了无数以空想为题材的"无产阶级作家"，没有人敢写或愿意写资产阶级。这种论调现在已成了残余，但是并没有完全消灭，殊不知作家的阶级性乃是决定于他的创作的世界观的。社会是一个无限深奥、丰富、广阔的大海，文艺作者只有深沉到它的里面，才能搜集无限丰富的珠宝。

写光明呢？写黑暗呢？

近来在文艺界流行着"写光明呢？写黑暗呢？"这问题。我以为这是形式上的问题，本质地说，是要看作者怎样写？从怎样的态度出发，到达怎样的真实程度？——这真实程度，就决定在作者处理题材的方法和认识现实的程度上。

无论看事物或写东西，必须从事物与事物的比较上去看，必须从事物的不断的变化与发展上去看。譬如说，一个作者对现实有深刻的认识，他在全体上是光明的地方写一些小缺点，他一定会在处理题材的时候，显露他的态度，他应该知道写这些东西的目的，无非是想用以规劝的、希望改正的，却不是借以攻击。

我们现在所生活的地方——边区，没有暴力的统治，没有政治上的腐化，没有中世纪的黑暗，没有令人难于提防的恐怖，没有监视光明行动的阴影……这些对于一个长期的受过迫害的知识分子，是会慢慢地感到的。说"边区'也'有黑暗"，是一种夸张的说法。所谓"黑暗"，是指那种漆黑一团的环境，那种半夜里突然有人来敲门，请你到你所不知道的地方去的环境。边区是有一些"小缺点"，但这些"小缺点"大家都看得清——是在太阳光里的破窗纸一样看得明晰的东西！这些窗纸今天破了，明天涂上新的！

无论写什么，必须写过程，写发展，反对从片面上去写，反对写片段。反对站在一个侧面，锋芒向整体。

所有进步的作家都热爱边区——这是长期被政治放逐的革命者的温暖的家庭，更是无数的今天仍被放逐的革命者所渴望归来的家庭，被叫作"根据地"的这块地方！就是我们站脚的土地，没有人会愿意这土地突然从我们的脚下被抽去——除非他是我们的敌人。

这土地的周围有无数的满怀□恨的眼睛在狩视着，有无数的黑暗的炮眼在四周窥伺着——它们在每秒钟里都准备着向我们扑过来。

我们需要"自我批判"，需要"自我教育"，需要批评，批评"自私"，批评"懒惰"，批评"小贪污"。但我们更需要鼓励，鼓励"进步"，鼓励"发展"，鼓励"战斗"，鼓励"同心同德"。

五、作家的团结

生活在一个罹难的时代，共同领受了这时代的数不尽的悲苦，又为同一的目的在长期地进行着艰难的斗争，作家们是无疑的应该团结的。

但这种应该有的团结，却长期地被阻碍着，无形地被什么制止着，像他们所居住的山坡一样，一个一个地被无数山沟隔断着。

主观主义、宗派主义都是团结的障碍物，他们在作家与作家之间筑成了无数的篱笆和墙围——有的甚至叠上沙包，装起铁丝网。

我们必须彻底清除宗派主义，撤毁那些堡垒，撤毁那些障碍物——请他们到宋家川去！

反对文学上的行帮主义——无论是同乡、同学，或曾经同一社团的，那些互相吹嘘、互相标榜的作风。反对文人相轻，有意无意地抹杀别人的劳作，互相攻讦、互相诽谤的作风。

无情地打击造成宗派的理论、批评，以及其他一切的企图。

反对主观主义和支持主观主义的文艺理论和批评——这些主观主义的"理论家"们，永远幻想着能在文学上起"托拉斯"的支配作用——注意并且纠正文艺创作上的唯心论的残余倾向，这些倾向在作品里很自满地微笑着。反对文学上的本位主义，这些本位主义者只顾自己的范畴里没有受到攻击与损害就得意了。

宗派主义的文艺理论和批评，在中国文艺运动上形成了霸权，现在也还继续强固地存在着。

希望批评家们能把眼睛睁开，向自己的小圈子以外去看看；也希望批评家们能把眼睛朝下，向无名的作者布施一点恩惠。

提高批评热情，只有真实的批评，才能促成文学的发达。

一切论争——口头的或是文字的，都为了提高创作、提高艺术技巧，都为了文学事业的发展，都为了使文学能更有效地为革命服务。

提高创作热情，培养互相友爱、互相勉励的精神，和互相讨论作品的风气。

提高学习兴趣，使自己能在一门或一门以上的艺术科学上增加知识，训练自己能对问题做较有系统的研究的精神。

作家与作家之间，应该从艺术上，从学习上结成友谊，不害怕对方的锋利的，却是诚恳的批评，不因人事及其他的关系，而影响到艺术上的尊敬。

反对艺术家不看作品的恶习。批评家不看作品，是最可恶的官僚主义。批评家必须具体了解作家，熟读、精读作品（我们遇见了一些看不懂文章而写批评的"批评家"），反对批评家自己闭着眼睛，却向作家们发号施令。反对批评家自己聋盲，而成天问着："伟大作品怎么不产生？伟大作家怎么不出现？"——这是一种白痴的行为。反对批评家死捧住几个作家不放——有的甚至已经捧死了，他还不放。

批评家必须使自己长期地成为作品与读者之间的桥梁、作品与社会之间的桥梁，成为作者向现实进展的可靠的计程器。

六、文艺工作的领导

文艺是从心理上组织民族或阶级，促成民族或阶级团结的武器，文艺是使革命队伍扩大和巩固的工具。

把文艺看成保卫思想、感情的一种巨大力量，把文艺看成提高民族或阶级的自尊心理的一种巨大力量。

从全国的甚至是世界的，从长时间的关系去看文艺的作用与影响。

不要用狭隘的眼光去看文艺，不要把文艺当作新闻通讯一样报道消息的东西；或者以为作家都是"新闻记"，非传达某个号召或某个事件的始末不可。

一首诗不仅是街上的一张标语，一篇小说或散文不只是一张传单或通告。文艺不只是从每个突发事件中，用直接的方法去刺激群众心理的东西（这种刺激是不经久的）。文艺必须比这些东西更富有深沉的感化的力量——所谓潜移默化的作用。文艺必须比这些东西更适合于普遍的要求，更能持久，因而必须比这些东西更需要冷静和客观。文艺必须把思想、情感、感觉，通过具体的形象去表达，进而把思想、情感、感觉灌输到读者群众的心里。

希望领导文艺工作的能首先了解文艺的作用，了解作者，了解作者的思想、情感、技巧——语言、结构、表现手法等。领导作家的应该注意到他们的停滞与发展（停滞的，帮助他发展；发展的，帮助他更发展）。领导文艺工作的必须比一切都更重要的鼓励作家写作，从精神和物质上关心他们的写作情绪。……

希望领导文艺工作的能了解文艺对社会的影响，希望关心作家和作品成为领导者的一种友谊的行为。希望从情感上和生活上关心作家，从趣味上，和革命的同志爱上接近作家（当然，在作家方面更应该以坦白的友谊，交付给对方）。

作家们多数是苦斗出来的。他们所经受的迫害和困厄，不比其他的革命同志要少些。他们要排除各种各样的困难与障碍，来完成自己的艺术生涯，为的是什么呢？他们在很多时候，很多地方，足以引起对写作生活的厌倦与灰心，但终于每次都自己用发自内心的力量把它们克服了，他们始终坚持着没有放下笔（当然也有聪明的已经放下笔了）。那唯一的目的，无非使自己的艺术永远效忠于尚未完成的革命事业，向广大的读者群众保持自己的革命的信仰和艺术家的节操——直到完全胜利为止。

假如说，革命的理论是从思想上去影响人朝向革命，组织人为革命而行动；那么，革命的文艺创作则是从情感开始到理智去影响人走向革命，组织人为革命而生，为革命而死。

二十年来的中国文学的光荣历史，可以证明我这最后的一句话。

一九四二年四月二十三日

（《晋察冀日报》1942年7月25日、7月26日连载）

对于当前文艺诸问题的我见

萧军

五月二日由毛泽东、凯丰两同志主持举行过一次"文艺座谈会"。作者为参加者之一,对当时所提出诸问题,曾口头上表达过个人的见解,并提出几个问题,算为个人的补充。这里想把它就所能记忆的大致写出,同时增删一些,以供参考。

一、立场

凡是一种艺术作品,无论它是以什么形式和材料,总是表达着一定的思想、感情和意志的。因此它也要有一定的立场,不管作者在主观上承认不承认。在有阶级的社会里,这立场就是作者所属的阶级。虽然有时候属于某一个阶级的人不一定就站在自己的阶级立场来创作——但,他一定又属于另一个阶级的立场了。

我们——现代的中国人——是需要站在一个什么样立场上来创作呢?这是明显的,第一个是为求得民族的解放,第二个是求得人类的解放。一切是为这"解放"而服务。这解放面虽是较广义的,但它的集中点,却应该是最团结和最战斗的一方。

二、态度

根据了一定的立场,就决定了用什么态度和方法,来创作、批评。

科学者的态度——

这就是要严肃,要客观,要把握住事物、人最真理的部分,最本质的东西。由抽象到具象,到形象,到典型……再赋以艺术的生命和灵魂，让它——艺术品——自己去生活、去行动。

现实主义的手法——

所谓"现实主义"，它既不脱离现实，也不拘泥于现实，更可贵的，还是在它有指导现实的本领和作用现实的力量。在创作或批评的手法上，不管它有千万个派别，它们全是从"现实"派生的。不过去发展的行程中，有的把它——现实——歪曲了，有的部分特别夸大了，有的倒置了，有的变形了……以至于弄到奇形怪状，甚至也有的竟到了毫无艺术气息的地步。这是作者本身的罪恶。无论古今中外，凡算为一位伟大艺术家，一件伟大艺术品，从客观来看，他们本质上毫无疑义全是用最伟大"现实主义"手法来工作，来产生的。

三、给谁看

我这里只是说文学作品吧。一个作家无论知道不知道，愿意不愿意，他的作品一定要有某种对象或读者层的。有的作品，它的读者层的角度越来越宽，有的越来越窄，结果到"没有了"的程度，决定这事的，不是作者主观的愿望，而是以作品本身社会价值和艺术价值以及读者文化水准……为条件的。

文学作品，第一个条件，要使有相当于接受你的作品文化水准的读者层能读得懂；第二个条件，要使他们发生兴味，读下去，能读完它；第三个条件，能使他们从感觉到思维；第四个条件，由思维到行动——又复归于社会。

好的，伟大的作品，它必定是兴味浓厚，使你感动，使你思维，使你判断，使你美的、善的、真的情操增高增强，使你行动——向人类进步方面走。……

我们当前大部分的读者层都是革命青年、进步的军人、进步的工人，农民差一些，一部分行政工作者。在内容上我们可以尽可能深而又深，但在表现形式上却应该尽可能浅而又浅，所谓"深入浅出"，使水准低的不厌其深，水准高的不薄其浅。还应该抱一部分文学上"启蒙"目的，提高和普遍一定要并行，多写具体形象，少玩抽象的不必要的雕琢语句。作品要有坚定的主张，明确的范畴为第一，朦胧、模棱……的作品是要不得的，要健康，要团结，要向上……

四、写什么

文艺作品本来什么全可以写，由这里也要有一定限度的选择。这就是所谓事物和人的"典型性"。多写进步的，典型性较大的，必然的，尖锐的……一面。从动的、发展的观点上来写一切，一切也就是动的、发展的……"从卑污中寻出美的来——发扬它；从美的中寻出卑污来——消灭它。"

立场、表现的本领、所取的材料，这是构成一件艺术品三个不可缺少的条件。看作品也要从这三方面下手。

五、如何搜集材料

作家们第一个工作是理解人、表现人的生活，其次是历史、事物和世界。

要理解就要接近、观察、研究——无论间接或直接，不独深入，更重要的是"要融合又要独立，要独立又要融合"。从多方面，从本质来接近来研究，不要忘了自己是"作家"，作家是"人类灵魂的技师"。宁可人不理解你，但你不可不理解人，因为你的任务是技师，并且是"灵魂的"；但也不能常常想着自己是"作家"，这样容易特殊化，居高临下，犯一些"牧师式"的嫌疑。作家是下海——生活的海——取珍珠的人，珍珠要取到手，还要不为海水淹死才好。

前方可以搜集材料：乡村可以，都市可以，眼前，身边……全可以。这里有个选择的，就是先到最复杂、变动最快、斗争最尖锐、明暗度最显著的地方去，也多接近这样的人。形成、生长和发展……作家就在表现这过程，促成一种理想，一种精神，新生的力。

六、学习

学习对于一个作家，和吃睡一般重要。他要支出，也要收入。在学习速度上，别人进一步，他们要进三步；在学习的宽度上，别人可以不知道他的东西，他一定要知道别人的东西；在学习的深度上，他一定要懂得这事物最本质的东西。从人那里学习，从事物那里学习，从书本上那里学习。……因为，每一个读者，全□从你的作品里吸取些他们所□或需要的东西；你应该是座"人类的"百货商店，货物要好而廉而精，那你的主顾——读者——一定也是"人类的"。否则，你一定要被遗弃。天才只是一块质地有差别的田地，学习就是肥料和耕耘。

补充几个问题

以下是我想起的几个问题：

（一）可能时建立一个独立的文艺出版所，按计划出版文艺作品，代售一般文艺上用品。

（二）对文艺青年、新作□等文艺上的才能、创作的前途……应给以切实注意与帮助。

（三）较大数目筹设一笔文艺奖金与基金。

（四）建立文艺资料馆，搜集革命故事、民间故事等。

（五）建立正确的、马列主义的文艺批评作风，可能时出一种批评刊物，由较公允的人来主持。

（六）由党或行政方面对各方面加以解释，使知道：作家的任务，他们对革命的用处，他们的特殊性。

（七）对延安以外各□派作家，应取得联系，向他们解释边区的政策，影响他们走向革命的路。批评的时候，立场要坚定，但尽可能要公正，所谓"名正言顺"，堂堂作战。多下说服功夫，少用打击力量。要争取"第三者"。

（八）可能时制定一种"文艺政策"，大致规定共产党目前文艺方向，以及和其他党派作家的明确关系。

一九四二年五月六日

（《晋察冀日报》1942 年 7 月 28 日）

鲁迅对于左翼作家联盟的意见

这是一九三〇年三月二日鲁迅先生在左翼作家联盟成立大会上的讲演。其中对于左翼作家与知识分子的针砭,对于文艺战线的任务,都是说得很正确的。至今完全有用。今特重载于此,以供同志们的研究。

——编者

有许多事情,有人在先已经讲得很详细了,我不必再说。我以为在现在,"左翼"作家是很容易成为"右翼"作家的。为什么呢?第一,倘若不和实际的社会斗争接触,单关在玻璃窗内作文章、研究问题,那是无论怎样的激烈,"左",都是容易办到的;然而一碰到实际,便即刻要撞碎了。关在房子里,最容易高谈彻底的主义,然而也最容易"右倾"。西洋的叫作"Salon 的社会主义者",便是指这而言。"Salon"是"客厅"的意思,坐在客厅里谈谈社会主义,高雅得很,漂亮得很,然而并不想到实行的。这种社会主义者,毫不足靠。并且在现在,不带点广义的社会主义的思想的作家或艺术家,就是说工农大众应该做奴隶,应该被虐杀、被剥削的这样的作家或艺术家,是差不多没有了,除非墨索里尼,但墨索里尼并没有写过文艺作品(当然,这样的作家也不能说完全没有,例如中国的新月派诸文学家,以及所说的墨索里尼所宠爱的邓南遮便是)。

第二,倘不明白革命的实际情形,也容易变成"右翼"。革命是痛苦,其中也必然混有污秽和血,决不是如诗人所想象的那般有趣、那般完美;革命尤其是现实的事,需要各种卑贱的、麻烦的工作,决不如诗人所想象的那般浪漫;革命当然有破坏,然而更需要建设,破坏是痛快的,但建设却是麻烦的事。所以对于革命抱着罗曼蒂克的幻想的人，一和革命接近，一到革命进行，便容易失望。听说苏联的诗人叶赛宁当初也非常欢迎十月革命，当时他叫道："万岁，天上和地上的革命！"又说"我是一个布尔什维克了！"然而一到革命后，实际上的情形，完全不是他所想象的那么一回事，终于失望、颓废，叶赛宁后来是自杀了的。听说这失望是他的自杀的原因之一。又如毕力涅、爱伦堡，也都是例子。在我们辛亥革命时也有同样的例，那时有许多文人，例如属于"南社"的人们，开初大抵是很革命的，但他们抱着一种幻想，以为只要将满洲人赶出去，便一切都恢复了"汉官威仪"，人们都穿大袖的衣服，峨冠博带，大步地在街上走。谁知赶走清朝皇帝以后，民国成立，情形却全不同，所以他们便失望，以后有些人甚至成为新的运动的反动者。但是，我们如果不明白革命的实际情形，也容易和他们一样的。

还有，以为诗人和文学家高于一切人，他的工作比一切工作都高贵，也是不正确的观念。举例说，从前海涅以为诗人最高贵，而上帝最公平，诗人在死后，便到上帝那里去，围着上帝坐着，上帝请他吃糖果。在现在，上帝请吃糖果的事，是当然无人相信的了，但以为诗人或文学家，现在为劳动大众革命，将来革命成功，劳动阶级一定从丰报酬，特别优待，请他坐特等车、吃特等饭，或者劳动者捧着牛油面包来献他，说："我们的诗人，请用吧！"这也是不正确的；因为实际上决不会有这种事，恐怕那时比现在还要苦，不但没有牛油面包，连黑面包都没有也说不定，我国革命后一二年的情形便是例子。如果不明白这情形，也容易变成"右翼"。事实上劳动者大众，只要不是梁实秋所说"有出息"者，也决不会特别看重知识阶级者的，如我译的《溃灭》（即《毁灭》——注）中的美谛克（知识阶级出身），反而常被矿工等所嘲笑。不待说，知识阶级有知识阶级的事要做，不应特别看轻，然而劳动阶级决无特别例外地优待诗人或文学家的义务。

现在,我说一说我们今后应注意的几点。

第一,对于旧社会旧势力的斗争,必须坚决,持久不断,而且注重实力。旧社会的根底原是非常坚固的,新运动非有更大的力不能动摇它什么。并且旧社会还有它使新势力妥协的好办法,但它自己是决不妥协的。在中国也有过许多新的运动了,却每次都是新的敌不过旧的,那原因大抵是在新的一面没有坚决的广大的目的,要求很小,容易满足。譬如白话文运动,当初旧社会是死力抵抗的,但不久便容许白话文的存在,给它一点可怜的地位,在报纸的角头等地方可以看见用白话写的文章了,这是因为在旧社会看来,新的东西并没有什么,并不可怕,所以就让它存在,而新的一面也就满足,以为白话文已得到存在权了。又如一二年来之无产文学运动,也差不多一样,旧社会也容许无产文学,因为无产文学并不利害,反而他们也来弄无产文学,拿去作装饰。仿佛在客厅里放着许多古董瓷器以外,放一个工人用的粗碗,也很别致;而无产文学者呢,他已经在文坛上有个小地位,稿子已经卖得出去了,不必再斗争。批评家也唱着凯旋歌:"无产文学胜利!"但除了个人的胜利,即以无产文学而论,究竟胜利了多少?况且无产文学,是无产阶级解放斗争的一翼,它跟着无产阶级的社会的势力的成长而成长,在无产阶级的社会地位很低的时候,无产文学的文坛地位反而很高,这只是证明无产文学者离开了无产阶级,回到旧社会去罢了。

第二,我以为战线应该扩大。在前年和去年,文学上的战争是有的,但那范围实在太小,一切旧文学旧思想都不为新派的人所注意,反而弄成了在一角里新文学者和新文学者的斗争,旧派的人倒能够闲舒地在旁边观战。

第三,我们应该造出大群新的战士。因为现在人手实在太少了,譬如我们有好几种杂志，单行本的书也出版得不少，但作文章的总同是这几个人，所以内容就不能不单薄。一个人做事不专，这样弄一点，那样弄一点，既要翻译，又要作小说，还要作批评，并且也要作诗，这怎么弄得好呢？这都因为人太少的缘故，如果人多了，则翻译的可以专翻译，创作的可以专创作，批评的专批评；对敌人应战，也军势雄厚，容易克服。关于这点，我可带便地说一件事。前年创造社和太阳社向我进攻的时候，那力量实在单薄，到后来连我也觉得有点无聊，没有意思反攻了，因为我后来看出了敌军在演"空城计"。那时候我的敌军是专事于吹擂，不务于招兵练将的；攻击我的文章当然很多，然而一看就知道都是化名，骂来骂去都是同样的几句话。我那时就等待一个能操马克思主义批评的枪法的人来狙击我的，然而他终于没有出现。在我倒是一向就注意新的青年战士的养成的，曾经弄过好几个文学团体，不过效果也很小。但我们今后却必须注意这点。

我们急于要造出大群的新的战士，但同时，在文学战线上的人还要"韧"。所谓韧，就是不要像前清作八股文的"敲门砖"似的办法。前清的八股文，原是"进学"做官的工具，只要能作"起承转合"，借以进了"秀才举人"，便可丢掉八股文，一生中再也用不到它了，所以叫作"敲门砖"，犹之用一块砖敲门，门一敲进，砖就可以抛弃了，不必再将它带在身边。这种办法，直到现在，也还有许多人在使用，我们常常看见有些人出了一二本诗集或小说集以后，他们便永不见了，到哪里去了呢？是因为出了一本或二本书，有了一点小名或大名，得到了教授或别的什么位置，功成名遂，不必再写诗写小说了，所以永远不见了。这样，所以在中国无论文学或科学都没有东西。然而在我们是要有东西的，因为这与我们有用（卢那卡尔斯基是甚至主张保存俄国的农民美术，因为可以造出来卖给外国人，在经济上有帮助。我以为如果我们文学或科学上有东西拿出去给别人，则甚至于脱离帝国主义的压迫的政治运动上也有帮助）。但要在文化上有成绩，则非韧不可。

最后，我以为联合战线是以有共同目的为必要条件的。我记得好像曾听到过这样一句话："反动派且已经有联合战线了，而我们还没有团结起来！"其实他们也并未有有意的联合战线，只因为他们的目的相同，所以行动就一致，在我们看来就好像联合战线。而我们战线不能统一，就证明我们的目的不能一致，或者只为了小团体，或者还其实只为了个人，如果目的都在工农大众，那当然战线也就统一了。

(《晋察冀日报》1942年7月31日)